綿裡繡花針

4
完

風 文創
1031

秋水痕 著

目錄

第六十一章

正月很快過完了，小末郎已經要八個月，開始能爬兩步了。

不過人家爬是往前爬，他倒好，先是後退著爬。有時候他還覺得爬得太費勁，坐在地上，用兩瓣屁股走路，還走得挺快，每次看他在地上顛簸兩瓣屁股尖，家裡人都忍不住哈哈大笑。

末郎見到大家都笑，並不覺得羞恥，反而走得更帶勁了。

顧綿綿每日在家裡帶孩子、照顧邱氏，偶爾抱著孩子去看看方太后，或是找幾個太太、奶奶們一起聚一聚，日子過得有滋有味。

那史太太自從搬走了之後再也沒來過，三間屋子足夠她們母女住，院子裡的水井，她每天挑出去幾擔賣，也能得個一天的菜錢，再加上衛家給的五錢銀子，儉省著過日子完全沒問題。不過她想給女兒攢些嫁妝，所以每天做了些外地的小吃食拿出去叫賣，史姑娘雖然跟著，總是有些不情願，還曾去衛家門口流連過，不過衛景明一個眼神就嚇得她抱頭鼠竄。

衛家人並沒有過多關注這母女倆，任由她們單獨過日子。

衛景明的心最近又放到了宮裡，因為劉皇后病了。

平王雖然再次得寵，但因他已經無緣皇位，衛景明就懶得去管他，不過眼下劉皇后一病，可能又要出亂子。

皇后病了，各宮嬪妃都要去侍疾，未出閣的公主們自然也不能缺席，住在清暉園裡的五公主也被方太后送回了皇宮。

魏景帝為了表明自己敬重原配皇后，命寇貴妃領頭，帶領各宮嬪妃、皇子妃、公主輪流伺候劉皇后。寇貴妃知道自己近來風頭太過，為了轉移大家的注意力，欣然領命，並親自給大家排班。

魏景帝的這道命令，讓張淑妃心裡有些不大舒服。如今嫡長子一脈被廢，她的兒子二皇子就是長子，於情於理，也不該讓一個宮外進來的年輕女人壓到自己頭上，況且寇貴妃在宮外還有男人、有過孩子，想到這裡張淑妃心裡就很不服氣。

寇貴妃知道張淑妃心裡對自己不服氣，第一天便故意把自己和張淑妃排到一起。侍疾名單排好之後，寇貴妃通知各宮。張淑妃一看到名單忍不住就罵。「賤人！」罵歸罵，張淑妃這個時候也不敢不聽話，只得乖乖去昭陽宮侍疾。

張淑妃才一進昭陽宮，就見寇貴妃已經坐在劉皇后床前噓寒問暖。「娘娘可有什麼想吃的？臣妾出身市井，不大懂富貴人家的保養方子，娘娘大家閨秀，懂得多，還請您多指點臣妾，臣妾一定盡心伺候娘娘。」

劉皇后見她今日乖覺，勉強給了個微笑。「貴妃辛苦了。」

寇貴妃見劉皇后表揚自己，立刻表現得像個孩子一樣乖巧。「都是臣妾該做的。」

一轉頭，她看到了張淑妃，瞪大了眼睛，連忙幫張淑妃解釋。「淑妃宮裡離得遠，來得遲些也是正常。」

我要妳替我解釋嗎?!張淑妃氣結。

生氣歸生氣，張淑妃仍舊按規矩行禮。「臣妾見過皇后娘娘，貴妃娘娘。」

劉皇后躺著歇息，只嗯了一聲。

寇貴妃立刻道：「妳來得正好，太醫剛剛給娘娘開了藥，咱們倆去給皇后娘娘煎藥。」

說完，她不容張淑妃拒絕，拉著她就到小廚房煎藥。

張淑妃心裡直罵：小戶出生就是沒見識，大戶人家侍疾有幾個親自煎藥的？不都是吩咐下人動手嗎？

寇貴妃卻道：「雖然昭陽宮裡宮人多，但我們親自煎藥，方能顯示出對皇后娘娘的敬重。昨兒晚上陛下去咸福宮，一再囑咐我，定要用心伺候娘娘。」

張淑妃見她這樣熱心，以為她自己要動手煎藥，誰知寇貴妃把藥材拿來後，便往張淑妃面前一丟。「我不大懂煎藥，還請淑妃妹妹教我。」

快四十歲的張淑妃，被二十出頭的寇貴妃喊妹妹，這一聲妹妹讓張淑妃心裡如同吃了蒼蠅一樣。想當初寇貴妃剛剛進東宮時，張淑妃身邊的大宮女都比她地位高，這才幾年工夫，這個女人就爬到自己頭上去了，居然還吩咐自己做事情！

張淑妃拿著藥包發愣，煎藥她當然會，大戶人家的姑娘以前都被教導過，為的就是出嫁後好伺候公婆和丈夫，關鍵時刻動手，顯得更有心思。但看著寇貴妃頤指氣使地吩咐自己幹活，張淑妃的怒氣壓了再壓，還是忍不住刺了她一句。「貴妃姊姊難道不會煎藥嗎？姊姊原來在那一家，竟然從來沒伺候過公婆不成？」

張淑妃諷刺寇貴妃嫁過人，寇貴妃豈是好相與的。「淑妃妹妹不知道，我小時候我娘就告訴我，這有本事的人啊，只管動嘴就是，故而就沒教我這些伺候人的活兒。也是我命好，除了伺候陛下，還真沒伺候過人。這回伺候皇后娘娘，還是我第一次伺候人呢！妹妹別愣著呀，快些。」

張淑妃哼一聲。「貴妃姊姊既然想伺候人，也該動動手才是。」

寇貴妃點頭。「那是自然，這樣，我看著藥罐子，妳看著火。」

說完，她伸出纖纖玉指，解開藥包，動作麻利地把藥倒進爐子上的藥罐中，然後看向張淑妃。「淑妃快燒火吧。」

張淑妃強忍住怒氣坐下。她哪裡會燒火啊？好在爐子的火並沒熄滅，往裡面添幾根柴火就夠。

正殿裡的劉皇后聽人說二人之間的爭端，忍不住哼了一聲。「讓她們鬧，莫要多管。」

小廚房中，寇貴妃坐在那裡摸摸自己的指甲。「淑妃妹妹平日怎麼也不出宮，有空也去本宮那裡坐坐，說不定就能遇到陛下呢。」

寇貴妃這樣明目張膽的炫耀寵愛，張淑妃差點嘔出一口老血，但她也不是好惹的。「姊姊不知道，二皇子大了，如今有了好幾個孩子，我日常就惦記孫子、孫女，有空了還想給孩子們做兩件衣裳，故而出宮就少了些。」說完，她還輕笑一聲。「我也羨慕姊姊呢，整日清閒。」

寇貴妃輕蔑地看了張淑妃一眼。「二皇子原先不是好好地當著差，怎麼忽然就回府讀書了？都二十幾歲的人了，這書也該讀夠了。」

張淑妃手下的扇子狠狠搧了幾下，藥罐子立刻咕嚕咕嚕開始往上冒氣，把蓋子都快頂了上來。

寇貴妃立刻叫了起來。「妹妹，這是給皇后娘娘煎藥，妳可要仔細些！」

張淑妃真想把手裡的扇子甩到寇貴妃臉上。什麼東西？本宮兒子都比妳年紀大，輪得到妳教訓本宮！但她還是忍住了，兒子惹陛下生氣，她這做娘的要多給兒子爭臉。

張淑妃磨了磨後槽牙，端起一副笑臉。「是我搧猛了，多謝姊姊提醒。」

寇貴妃對張淑妃的識相心裡很滿意，她站起身。「淑妃看著這裡，我去看看娘娘那裡有什麼吩咐。」

張淑妃見寇貴妃扭著水蛇一樣的腰肢往外走，對著地上呸了一口。等過幾年妳也老了，看妳能囂張到什麼時候？

外頭寇貴妃到了劉皇后跟前，又是一副笑臉。「娘娘，臣妾笨手笨腳的，才把藥弄好，讓淑妃先看著呢，臣妾幫您擦把臉。」

劉皇后並不拒絕，在她眼裡，寇貴妃就是個小丑，憑她怎麼鬧騰，也上不了天。

寇貴妃幫劉皇后擦臉，弄得劉皇后一臉水；幫劉皇后擦手，用力過大把劉皇后的手都擦紅了。等到藥端過來，寇貴妃從張淑妃手裡搶過藥碗，餵劉皇后吃藥，餵著餵著，就灑了劉皇后一身的藥汁；餵飯的時候，劉皇后嘴裡還沒吃完，她又往劉皇后嘴裡塞，差點沒噎死劉皇后；等劉皇后出恭時，她還非要扶著，差點把劉皇后摔進馬桶裡。

偏偏每次劉皇后還沒生氣，寇貴妃立刻請罪。「都是臣妾太笨，請娘娘恕罪。」

半天的工夫，生病的劉皇后被寇貴妃折騰得不行，張淑妃只在一邊看著，寇貴妃讓她做什麼她就做什麼，寇貴妃不說話，她就乾看著。

劉皇后想要罵寇貴妃，她態度又好，不罵她，她又總是這樣「失手」。

最後，劉皇后乾脆把兩個人都打發走了。

等二妃一走，劉皇后靜坐在床上沈默不語。

她的大宮女月枝勸她。「娘娘，您躺下歇歇吧。」

劉皇后冷笑一聲。「月枝，看到沒？一個無子的貴妃，都敢這樣折騰本宮。」

月枝也皺起了眉頭。「娘娘，貴妃毛手毛腳，往後還是別讓她來了。」

劉皇后看向窗外。「本宮不讓她來，我們的陛下怎麼能答應呢？他還指著這個給貴妃攢兩分好名聲呢，不然人家可是要罵他昏庸。」

月枝又勸她。「娘娘，陛下心裡是有娘娘的，若不然也不會讓大夥兒輪流來侍疾。」

劉皇后哼一聲。「一個皇帝，搶人家老婆，還立做貴妃，若是再不把原配當回事，天下讀書人的嘴豈是饒人的？我們的陛下想做個好皇帝，又捨不得嬌美的貴妃，可不就需要本宮幫他搭橋。」

月枝也替劉皇后打抱不平。「娘娘受委屈了，不是奴婢多嘴，這貴妃娘娘有什麼好的？整日唷唷呼呼，行事不大體面，聽說在咸福宮，經常弄一些讓人看不上眼的手段。」

寇貴妃每次侍寢，那動靜鬧得，真是滿宮都曉得了，還學外頭那些花娘，穿著薄紗，也不怕凍死。

劉皇后搖頭笑了。「妳整日吃山珍海味吃膩了，不也想吃一口鹹菜？大郎沒了，繼哥兒廢了，賢妃和淑妃相爭，陛下知道本宮不會摻和進她們的鬥爭，總得有個人壓著她們兩個。貴妃多好啊！娘家差，膽子大，什麼話都敢說，什麼人都敢得罪。」

月枝輕笑。「還是娘娘看得透澈。」

劉皇后的眼神落寞下來。「本宮不看透又能怎麼樣呢？繼哥兒都這樣了，本宮就是想爭，也爭不來什麼。」

月枝擔憂道：「娘娘，難道往後您就任由這幾人漸漸凌駕到昭陽宮之上嗎？」

劉皇后伸出自己的雙手。「急什麼呀？陛下春秋鼎盛，現在最討厭別人爭鬥，誰敢爭，陛下就要打誰。也是本宮糊塗，急著幫繼哥兒立威，這才著了那些賤人的道。繼哥兒的仇本宮早晚要報，本宮既然要做漁翁，總要等到關鍵時刻再出手。那麼多皇子，本宮是嫡母，想養一個，就算陛下不答應，總有人願意送過來的。」

月枝奉承劉皇后。「還是娘娘有計謀。」

那邊廂，張淑妃回宮後就砸了一套茶盞。「這個賤人，何德何能爬到本宮頭上去？」

張淑妃越想越生氣，眼珠子一轉，想到個好主意。

與張淑妃的氣急敗壞不同，寇貴妃高高興興地回了咸福宮。

一進宮門，她就喊人。「來人，給本宮揉揉肩！這伺候人可真累，本宮腰痠背疼。」

要是被張淑妃聽見，肯定又要罵她，妳以前在街巷裡每日做活，不也好好的？

寇貴妃的嬤嬤走了過來。「娘娘今日好不威風。」

寇貴妃的所作所為已經被昭陽宮的人傳遍了後宮。

寇貴妃輕笑。「本宮是苦出身，不大懂大戶人家的規矩，陛下不就是喜歡本宮這樣嗎？不過本宮伺候皇后的心意比誰都誠，但人嘛，總不能樣樣都好，偶有一、兩樣做得不好實屬正常，皇后娘娘大度，不會和本宮計較的。」

嬤嬤給她捶腿。「還是娘娘有成算。」

寇貴妃看了看名單，明日是三皇子和五皇子的生母一起，後天是六皇子和五公主。哼，本宮讓昭陽宮天天熱熱鬧鬧的。

宮裡的熱鬧和顧綿綿沒關係，但聽說幾位娘娘鬥得厲害，她有些擔憂五公主。如今七皇子馬上要成親了，已經搬出了皇宮，五公主一個人在宮裡，真是無依無靠。

顧綿綿把自己的擔憂說給衛景明聽，衛景明勸她。「娘子莫要擔憂，五公主雖是看著軟和，其實性子硬得很。我已經在想辦法和王總管搭上關係，就看吳賢弟那邊能不能做出有用的方子了。王總管身子不好，總是戴著尿袋，要是能幫他緩解一些，等閒小事情他想來也願意搭把手。」

顧綿綿不禁唏噓。「他們也是不容易，整日都得小心翼翼伺候旁人，自個兒身上卻是落下殘疾。」

衛景明忽然委屈地看著顧綿綿，可憐兮兮道：「娘子，我以前雖然不用戴尿袋，但也有諸多不便呢。」

顧綿綿頓時心疼極了，把他攬進懷裡。「別難過，往後我多疼疼你。」

衛景明在她懷裡蹭了蹭。「那今晚娘子就疼我吧。」

日子平靜無波過去，然而，平底忽然響起一個炸雷。

二月十七那一天，寇貴妃的前夫，那個死醉鬼，忽然到京兆衙門告狀，說他要狀告御前太監王總管把他老婆拐騙走了。

他還特意敲了大門外的鼓，然後在大門外喊，來來往往的百姓都聽得清清楚楚。

京兆尹嚇得屁滾尿流，朝堂上誰不知道寇氏如今做了貴妃？你個死醉鬼都有了其他女人，整天有吃有喝的，怎麼忽然又想起人家來了？定然是有人在中間挑撥！

京兆尹立刻把醉鬼拉進京兆衙門，開始審問他。「你是何人？何故到京兆衙門鬧事?!」

醉鬼梗著脖子道：「御前太監王總管，把我原來的老婆拐騙走了，我們夫妻好好的過日子，我又沒休妻，他一個太監把我的女人拐走做啥？」

京兆尹驚堂木一拍。「大膽，休要敗壞王總管名聲，來人，把他押進大牢！」

醉鬼被拖走的時候還在不管不顧地喊：「我婆娘沒了，孩子也沒了，我活著還有什麼意思，我跟你們拚了！」

京兆尹急得團團轉，他做了幾年京兆尹，對京城中這些事一清二楚，生怕平日不小心沾了什麼不該沾的事。這鐵定是宮裡哪位娘娘的手筆，寇貴妃素日跋扈，不知道得罪了多少人，這死醉鬼不敢狀告皇帝，就狀告一個太監。但那可是御前總管，王總管被告，難道陛下不丟臉？

京兆尹心裡發苦，他真是寧可去做個小縣令，也不想做這個京兆尹了，這些豪門貴族之間的官司，動不動就打到了他這裡，他一個四品官，能有多大權力？敢說誰的錯？

這燙手山芋又到了他手裡，他要怎麼辦才好？

京兆尹在屋裡轉了個把時辰，終於想到個好主意，他把醉鬼送到了刑部馮大人那兒，說是王總管品級高，他一個京兆尹沒有權力拿人，請刑部協助。

這下輪到馮大人氣得跳腳。這叫什麼事?!本來他覺得魏景帝樣樣都好，單獨這件事辦得不體面。宮裡面娘娘那麼多，哪個不是千嬌百媚的美人，為啥非要出宮找個有夫有子的小婦人？還留下這禍患！

馮大人當然知道這事不能再鬧下去，他立刻命人去寇家，取來了所謂的「放妻書」證明，又把醉鬼痛打一頓攆出衙門，迅速結束了這場鬧劇。

鬧劇是結束了，但寇貴妃卻氣得心肝疼，她一連砸了幾套茶碗還是不解氣。

等撒過了氣，寇貴妃氣咻咻地坐在了貴妃榻上。

嬤嬤過來勸她。「娘娘息怒，如今娘娘不宜動氣。外頭人胡鬧，也傷了陛下的臉面，娘娘這裡再委屈委屈，陛下只會更疼娘娘的。」

寇貴妃從鼻孔裡哼了一聲。「本宮難道不知道？本宮就是生氣不知哪個賤人弄這樣下作的手段。嬤嬤妳看，本宮沒有兒子，沒有得力的娘家，陛下再寵愛本宮，這些人也敢隨意對本宮下手。」

嬤嬤想了想。「娘娘，如今生兒子不是一天、兩天就能生得出來的，不如想辦法扶一扶寇家。」

寇貴妃嘆口氣。「本宮如何不知道？但本宮的兩個兄弟都不爭氣，大弟做了個七品官都勉強，二弟更是扶不起來。」

嬤嬤神秘一笑。「娘娘，這滿京城的皇親國戚，難道個個都是能幹的不成？照老奴看來，除了那些正經的兩榜進士和自己一手一腳拚來軍功的，其餘不都是靠裙帶關係得來的嗎？娘娘的娘家兄弟能力差了些，只要能配個好娘子，慢慢也就起來了。」

寇貴妃撇撇嘴。「本宮難道不想？可這滿京城的豪門貴族，嘴上雖對著本宮磕頭喊貴妃娘娘，心裡沒有一個看得起本宮的。」

嬤嬤低聲道：「娘娘，那些父母健全的說不成，那就找父母不健全的呀。」

寇貴妃轉了轉眼珠子。「嬤嬤的意思是？宮裡的？」

嬤嬤笑著。「娘娘，實權人家輕易也不敢和娘娘結親，娘娘若要求，說不定人家就推個庶女出來敷衍。既然都是庶女，那自然要挑全天下最高貴的庶女。」

寇貴妃一拍大腿。「還是嬤嬤見多識廣，本宮真是燈下黑，只想從宮外找，卻忽略了宮裡的。二弟也該說親了，要是能說成，我寇家的門楣也能提一提。」

主僕倆高興極了，完全忘了外頭那個死醉鬼今日惹的鬧劇。

魏景帝聽到外頭的事情後十分震怒，深深地看了萬統領一眼，一甩袖子去了咸福宮。

才進咸福宮，魏景帝沒見到寇貴妃出來迎接。他自己往正殿走，剛到門口，就聽到裡面傳來隱隱的哭聲。

魏景帝本來有些生氣，聽到這哭聲後心裡的怒氣頓時消了幾分。他進屋後，先咳嗽了一聲。

寇貴妃轉頭，慌忙起身行禮。

魏景帝拉起她的手。「愛妃何故難過？」

寇貴妃的眼淚像不要錢似的一個個往下掉。「陛下，臣妾、臣妾心裡好難過啊。」

說完，她一頭撲進魏景帝懷裡。「陛下，臣妾好害怕，不能一直陪著陛下。要是沒有陛下，臣妾不知道該怎麼活下去了！」

魏景帝心疼地抱了抱心愛的貴妃。「愛妃莫怕，一切有朕呢。」

寇貴妃哭了一陣子，漸漸轉為啜泣。「陛下，臣妾是不是太貪心？臣妾出身不好，如今卻得了寵愛，臣妾日夜擔心。」

魏景帝輕輕拍拍她的背。「愛妃的心，朕都知道。」

寇貴妃擦了擦眼淚。「讓陛下見笑了，臣妾往後定督促兩位兄弟多上進些，讓人家看看，陛下的眼光是沒錯的。」

魏景帝心裡也覺得寇家門第確實差了些，但事實如此，他也不好硬封。「只要妳兄弟稍微成器些，朕定會加封他們。」

寇貴妃拉了拉魏景帝的袖子。「陛下，臣妾的二弟到現在還沒娶親呢！陛下能不能幫忙指一個好的。說好了，庶女臣妾不要。」

魏景帝不是拎不清的，頓時有些為難。「這事，朕也不好強迫別人。」

寇貴妃嘴一噘，埋怨兩句。「臣妾知道，陛下就是隨口哄人高興，一到重要的事情，就搪塞臣妾！」說完，她把帕子一揮。「罷了，陛下今日也累了，咱們不說那些不愉快的，臣妾給陛下準備了一些好吃好玩的。」

當天晚上，魏景帝在寇貴妃這裡又享受到了真正帝王一般的待遇，寇貴妃捨得下身段，膽子又大，把魏景帝伺候得快活，恨不得為她摘天上星星。

等到了夜裡，寇貴妃開始纏磨魏景帝。「陛下，臣妾看上了一個好人選，不知陛下答應不答應？」

魏景帝通身舒爽，連忙保證。「愛妃只管說，只要是朕能做主的，必定答應愛妃。」

寇貴妃小心翼翼道：「陛下，您看，五公主怎麼樣？」

魏景帝的腦子忽然清醒了幾分，他雖然不怎麼寵愛五公主，甚至連這個女兒幾歲了都不記得，但畢竟是自己的女兒，許給寇家門第也太低了些，寇家二郎文不成、武不就，有個這樣的女婿，魏景帝覺得有些拿不出手。

他還在猶豫，寇貴妃又鬧了起來。「陛下，您不是說，只要您能做主的，必定答應臣妾的，難道說陛下也看不起臣妾的娘家嗎？」

魏景帝趕緊哄她。「愛妃，不是朕不答應。小五和七郎的生母死得早，他們兄妹倆是一條心，朕也不能不顧及他們兄妹的意思。這樣吧，朕問一問小五可行？要是她答應，朕就沒話說。」

第六十二章

魏景帝把麻煩推給了五公主，寇貴妃沒辦法，只能希望五公主能識相些。

寇貴妃在宮裡算計五公主，宮外頭，衛景明再次找到了吳遠。

自從吳家搬出去之後，衛景明已經來過好幾次了，每次都拉著吳遠在他屋裡嘀嘀咕咕說半天，弄得吳太太非常不解。這兩個人居然能說到一起去，我兒真是太大度了！

不過衛景明這次登門不是自己找來的，而是吳遠叫他來的。

衛景明一進門就忍不住問：「賢弟叫我來有何事？」

吳遠請他坐下。「衛大哥，我研究出一些門道了。」

衛景明大喜。「果真？」

吳遠神色並不樂觀。「衛大哥，王總管這病一是年紀大了，二是是淨身的時候切狠了，傷了身子，要說完全止住他漏尿的毛病太難了，我只能幫他調理，讓他少尿一些。」

衛景明點頭。「少尿一些也好，賢弟不知道，王總管在御前伺候，不能總是去出恭，身上更不能傳出異味。冬天還好，到了夏天，雖然戴著尿袋，也難免會有些味道。王總管為了不出醜，每日少吃少喝，人越發精瘦憔悴。吃得少了身體不好，更加留不住尿，他這樣兩頭熬，怕是早晚會熬壞了。」

吳遠臉色凝重。「我看過許多人家的老人家也有這種毛病，我這方子在許多人身上試過，多少有些成效，衛大哥送給王總管，要是能減輕一些麻煩，也能得一分人情。」

說完，他把一個藥方遞給了衛景明。

衛景明把藥方摺好放進懷裡。「多謝賢弟。」

那頭，魏景帝本來不大樂意把女兒許給寇家，但想到自己本就要利用寇貴妃來平衡後宮，也有些意動，要是寇家身分能高一些，宮裡也就更平和了。

於是，魏景帝便直接讓人去叫五公主過來。

五公主自從回宮後，每天安安靜靜地待在自己的屋裡，除了按照寇貴妃排的次序去給劉皇后侍疾，平常她很少出門，只偶爾去四公主那裡坐坐。

五公主給劉皇后侍疾時很是恭敬，事事親力親為，樣樣都做得妥帖，讓劉皇后也減少了對她的成見。原來劉皇后覺得五公主奸猾，跟著方太后到清暉園享福，現在看來，聰明一些也好，至少會審時度勢。

劉皇后想到自己的計劃，對五公主多了一些和藹，還把自己收藏的好料子賜了她兩疋，五公主拿得是心驚肉跳。

這頭還沒弄明白劉皇后的意思，那頭魏景帝讓人來叫她，五公主不敢遲疑，立刻把自己收拾好就往魏景帝那邊去。

等女兒到了跟前給自己行過禮之後，魏景帝這才仔細看了看五公主，如花似玉的臉龐，規規矩矩的舉止。嗯，看起來不錯，雖然沒娘，也沒少了教養。

魏景帝讓五公主坐到旁邊。「五兒，妳母妃去得早，朕每日忙於國事，也很少關心妳，妳莫要記恨朕。」

五公主趕緊起身答話。「父皇言重了，兒臣從出生就錦衣玉食，都是仰賴父皇的庇護，母妃雖然不在了，母后悉心教導兒臣，七哥也疼愛兒臣，兒臣很滿足，並沒有絲毫怨懟。」

魏景帝點點頭。「妳是個懂事的，朕往常沒管過妳，但妳也大了，妳的終身大事朕不能不管。」

五公主的心怦怦跳了起來，假裝害羞道：「父皇，兒臣還小呢。」

魏景帝哈哈笑。「哪裡小了？妳都十四了。」

五公主心裡劃過一絲悲涼，都說父母疼么兒，她是最小的女兒，父皇卻連她的年齡都記不住，她明明已經十五歲了。

見五公主愣怔，魏景帝道：「貴妃家中有一弟，和妳年齡相仿，朕欲召他為駙馬都尉，五兒覺得如何？」

五公主大驚。寇家是什麼人家，不讀書、不習武，全靠一個驕橫跋扈的寇貴妃撐著，豈能是好人家？五公主急中生智。「父皇，這輩分不對呀！要是兒臣去了寇家，兒臣往後見了貴母妃要叫什麼呢？」

魏景帝都能奪有夫之婦了，渾不在意道：「咱們皇家大過一切，這點不是問題。」

五公主急得冒冷汗。「父皇，容兒臣回去想一想可好，兒臣害怕。」說完，她露出一副楚楚可憐的樣子。

魏景帝見了心裡起了一絲憐憫。「妳去吧。」

五公主心事重重地走了。

當天夜裡，衛景明值夜，恰巧碰見王總管，他主動拱手問好。「王總管好。」

王總管笑咪咪的。「衛大人好。」

衛景明招呼王總管。「陛下歇下了，我屋裡才有人送來一些宵夜，王總管可賞臉去坐一坐？」

王總管對這個年輕有為的小夥子很有好感，很多人都看不起他們這些太監，只有衛大人，總是十分體貼他們，還體貼得入心。於是他笑著點頭。「多謝衛大人，咱家正好餓了呢！」

衛景明帶著王總管進了自己值夜的屋子，請王總管坐下，並屏退了所有人。「王總管整日伺候陛下，辛苦了。」

王總管謙虛。「咱家一個閹人，有什麼辛苦的？衛大人才叫辛苦了。」

衛景明親自給王總管倒茶，又把宵夜推到他面前。「王總管謙虛了，陛下日理萬機，身邊得有您這樣的人伺候才好。什麼樣的人還不是一樣一輩子？王總管切莫妄自菲薄。」

王總管慢悠悠地吃喝，衛景明開始和他話家常。「總管大人，您如今雖然是陛下眼前的紅人，但也要考慮考慮以後。」

王總管笑道：「衛大人啊，我們這等人，哪還有什麼以後？過一天算一天吧！」

衛景明跟著吃東西，搖搖頭。「總管大人怎麼也不收個乾兒子什麼的？」

王總管撇撇嘴。「乾兒子有什麼用？你得勢是乾爹，你沒勢力，立刻連孫子都不如，咱家早就看透了。」

衛景明笑道：「總管大人果然通透，但人活著就算不看將來，只看眼前也要過好一些。誰家沒個老人呢？我說句厚臉皮的話，您這年紀也能做我的叔伯了。我見總管大人身上總是不大方便，心裡也跟著著急。我認識一個年輕的太醫，醫術好，敢用藥，我跟他說了您的情況，他和他爹在許多人家的老人家身上都試過，說是有用，多喝水也無妨。」

說完，他把一張紙放在桌子上。

王總管的眼神瞬間犀利起來，他最不願意讓人說起自己的隱痛，衛景明的話雖然含蓄，但他聽懂了。

王總管看了衛景明一陣子，只見衛景明大大方方地回看他。「我也不敢保證一定能根治，但肯定有用。您也上了年紀，有些事情讓年輕的去做也行，千好萬好，都不如自己身子骨兒好啊。」

王總管見過世面，自然不會給衛景明兩句好話忽悠了，但他還是收下了方子。「多謝衛大人了。」

衛景明眯著眼睛笑。「好說，願您老身子骨兒能一直康健。」

王總管繼續和他說閒話，透漏出了寇貴妃想求娶五公主的消息。

不是王總管多嘴想把五公主的事說出去，而是上回那個死醉鬼去京兆衙門狀告王總管，雖然被馮大人用雷霆手段壓了下去，但王總管心裡多少有些不舒服。雖然當初確實是王總管給魏景帝和寇貴妃牽的線，但他一個太監，拐騙人家婆娘做啥？更別說還不是他喜歡的那一款女子。

可王總管不僅不能生氣，還要安撫魏景帝。他憋了這口氣，總得找個地方撒氣。寇家想求娶五公主，王總管覺得寇貴妃是癡人說夢，大字不認識幾個的渾人，也敢肖想公主。再怎麼樣，五公主也是皇帝的女兒，人家生母大小也是個讀書人家的姑娘，雖然死了，也被追封了個蓉妃。

王總管不好自己去和寇家爭論，更不能去和那個死醉鬼計較，但他得借一借別人的刀。不過那個死醉鬼鬧得滿城風雨，萬統領現在還不好公然去弄死他。寇家嘛……哼！多得是人想收拾。不管這方子有沒有用，能結個善緣也好，雖然嘴上說哪有以後，但他一個老太監，總得給自己留一條後路。

衛景明聽到寇貴妃的打算，心裡十分憤怒，他對著王總管拱手。「多謝王總管相告，我得趕緊去告訴七殿下。」

王總管臉上笑咪咪的。「衛大人和七殿下交情倒是不錯。」

衛景明嘆了一聲。「我從小無父無母，在街頭混著長大的，七殿下和五公主也沒了娘。都是沒娘的孩子，互相照顧些也是應當的。五公主與我家娘子交好，於情於理，我也希望她找個好夫婿，不說豪門貴族，總不能大字不識吧？」

王總管收起方子。「衛大人倒是心善，總是體恤我們這些閹人。」

衛景明心裡有些發酸。「王總管，人都是父母養的，若不是當年萬般無奈，誰會走這一步呢？您是御前總管，合該體面些，也是陛下的顏面。」

王總管嘆口氣。「衛大人，您可算說對了，當年若不是活不下去了，誰會走這一步呢？咱家淨身的時候才十一歲，給咱家淨身的是個新手，那血流了兩大碗，咱家差點就死了。好在咱家命好挺過來，後來伺候陛下，現在才能這般體面。」

想到自己入宮的經歷，王總管真是老淚縱橫。

衛景明安慰了他半天，王總管這才止住悲傷，吃罷了宵夜，自己回屋歇著去了。

衛景明挨到天亮別人來換班，他才火速去給七皇子傳話。

自那日獵場一別，二人再沒私底下單獨見過面。衛景明不好大張旗鼓去找七皇子，只能讓莫千戶傳話，莫千戶利用巡視的機會，親自給七皇子傳了個紙條。

七皇子不認識莫千戶，但他打開紙條一看，頓時氣得七竅生煙。他不懷疑紙條的信息，因為上頭蓋著衛景明的印章呢！

七皇子急得在屋裡團團轉，寇家是什麼人家，定然不能讓他們得逞。

七皇子忽然覺得十分絕望，他無權無勢，沒有和任何有權勢的官員交往，平日裡他覺得這樣能保平安，可到了這個時候，自己的親妹妹遇到難事，他卻毫無辦法。

七皇子覺得自己心裡有一把火在燒，燒得他把那些明哲保身的想法通通丟棄。轉了一會兒後，七皇子冷靜下來，衛大人為何給我傳消息？難道他和寇家交惡？上回在獵場他就救我一次，既然這樣，我就再去請他幫忙，成與不成，總得試一試。

七皇子的府邸剛剛建好，他已經從皇子所搬了出來，比宮裡多了一些自由。平日晚上，七皇子吃了飯之後會換上常服，到市井中轉轉。沒人認識他是誰，只以為他是個富家公子。他去過茶樓、戲樓、酒館，甚至和街邊的匠人、攤主聊過天，他認識到了一個新世界，和先生講的不一樣，和史書裡寫的不同，七皇子對這個真實的世界十分感興趣，他喜歡看街邊賣燒餅的攤主計算今天烙了多少個餅，也喜歡看買肉的婦人為了多要一點肥肉和攤主爭吵半天。

今日他仍舊帶著侍衛出門逛，也沒有人懷疑他。七皇子一路慢慢走，不知不覺到了衛府門口。天已經黑了，衛府大門口掛了兩個大紅燈籠，照得門口一片空地亮堂堂的。

正巧，衛景明剛好從外頭回來，他對著七皇子拱手。「七殿下。」

七皇子也拱手。「衛大人這是從哪裡回來？」

衛景明有些不好意思。「內子想吃點心，下官便出門去買了一些。」

七皇子笑道：「衛大人好興致。」

衛景明笑著邀請他。「剛出鍋的點心，殿下可否賞光一起用一些？」

七皇子笑著順從他的邀請。「多謝衛大人盛情，我卻之不恭了。」

二人一起到了外書房，衛景明把點心分成兩份，一份讓人送到內院，另外一份推到七皇子面前。「殿下今日可收到下官的信了？」

七皇子沒想到他這樣直接，便伸手拿起一小塊點心攢在手上。「多謝衛大人相告，我正為此事發愁呢。」

衛景明並不瞞著他。「殿下有什麼打算？可看得上寇家？」

七皇子搖頭。「我也沒想到什麼好法子，想請衛大人和我商量一二，也不知貴妃如何就盯上了五妹妹。」

衛景明看向七皇子。「殿下，寇家想抬門楣，一時想出這麼個餿主意，殿下既然不肯，先去問問五公主的意思，若是公主也不肯，殿下就要替公主出頭了。」

七皇子皺緊眉頭。「我去求父皇，也不知管用不管用。」

衛景明笑道：「殿下去求，貴妃自然就知道了您的意思，一個心不甘、情不願的媳婦，誰家也要掂量掂量。殿下，人家用暗箭，您只能用明槍。」

七皇子吃下那一塊點心。「多謝衛大人相告。」

衛景明也拿起一塊點心。「殿下，現在拒絕了寇貴妃，往後公主殿下怕就不好說婆家了，等閒人家也不想和寇家為敵。」

七皇子心裡的那股悲憤又湧了起來，倘若他母妃還在，也不至於此。「衛大人，我第一次知道，什麼叫樹欲靜而風不止。」

衛景明勸他。「殿下，生在皇家，不是說您安靜，別人就能放過您的，若不然，那蛇怎麼會從殿下的車底下跑出來呢？」

七皇子靜靜地看著衛景明。「衛大人，你告訴我實話，那一日是你嗎？」

衛景明點頭。「不錯，是我，為了救殿下，下官折損了不少功力，用出恭的時間去找了一趟殿下。好在殿下當時離得不遠，不然下官就算是個神仙，也來不及出手。」衛景明不想告訴七皇子玄清門的秘法，今日七皇子雖說為人正派，但來日做了皇帝，誰都不知道他會不會發生變化。

七皇子長出了口氣。「衛大人兩次相助，我感激在心。」

衛景明給他倒了一杯茶。「殿下吃茶，內子與五公主殿下交好，每次從清暉園回來都要誇讚公主殿下。昨兒聽說寇家想求娶公主，內子不忍心公主落入泥淖，立時讓下官給殿下送信。」

七皇子稱讚道：「郡主仁義，難怪得皇祖父誇讚。」

衛景明把功勞繼續往顧綿綿頭上攬。「內子還說，若是殿下去求不管用，再請太后娘娘出面吧。」

七皇子搖頭。「豈能為了我們的事擾了皇祖母清淨？不管怎樣，我定要為五妹妹奮力搏一回。」

衛景明點頭。「殿下仁孝，但這回免不了要得罪人，殿下往後要多注意些。」

七皇子嘆氣。「也是我無用，不能護著五妹妹。」

衛景明勸他。「殿下莫要多想，等殿下成親後，也能領些實差，往後就容易些。」

七皇子坐了一會兒就走了。轉天，他進宮給劉皇后請安，順便去看了看五公主，兄妹倆一合計，都覺得這事堅決不能答應，拚著得罪寇貴妃也不行。

等魏景帝再次叫五公主時，五公主一個人不帶，獨自去了御書房回話，她低頭不說話，只是輕聲地哭。

魏景帝有些煩躁。「妳這是不同意了？」

五公主抬頭看向魏景帝。「父皇，兒臣聽說，寇家父原來是個賭鬼，親女兒被他拿去還賭債抵給酒鬼，兩個兒子，一個兒子在街上幫閑，一個兒子在家中吃閒飯，兄弟兩個大字不識一個，有一個、花一個，沒錢就去偷、去騙，父皇，兒臣不想去這樣的人家。」

魏景帝沈聲道：「那是過去的事情，如今人家已經改了許多。」

五公主繼續低頭哭泣。「父皇，為什麼一定要兒臣去寇家呢？」

魏景帝還沒回答，外頭傳七皇子來了。

魏景帝皺緊眉頭，讓人叫了七皇子進來。

七皇子一進來就跪下。「父皇，求父皇收回成命，五妹妹膽子小，焉能去那樣如狼似虎的粗鄙人家？」

魏景帝有些不高興。「你也讀過書，怎麼總是用舊眼光看人，寇家如何就粗鄙了？你貴母妃如今每天都在讀書習字，寇家兄弟也用心當差。」

七皇子實話實說。「父皇，兒臣寧願妹妹找個無官無爵的人家，只要家風清正便好。」

魏景帝怒道：「放肆，朕還沒死呢！小五的親事什麼時候輪到你做主了？」

七皇子大聲道：「父皇，那寇家子雖然沒成親，卻天天往秦樓楚館跑，父皇，求您疼一疼五妹妹吧。」

說完，他跪下不停地給魏景帝磕頭。

五公主雖然不大懂男女之事，也知道秦樓楚館不是什麼好地方，頓時哭得聲音更大了。她也跪下磕頭。「父皇，兒臣情願去清暉園，跟著皇祖母一起吃素，給皇祖父祈福，求父皇給兒臣一條生路。」

魏景帝見這兄妹倆鐵了心不從命，心裡更加生氣，抄起桌上的硯臺砸在七皇子頭上，七皇子沒躲閃，頭上頓時血流如注。

五公主見親爹這樣，一頭往旁邊的柱子上撞去，剛挨上柱子，一道影子飛快地過來拉住了她，但五公主的頭上還是撞了個大口子，開始往下流血。

來人正是萬統領，他放下五公主，對魏景帝道：「求陛下息怒。」

魏景帝見兩個孩子都受傷了，雖然生氣，這個時候也不好再繼續罵他們。「滾，莫要讓朕再看見你們！」

七皇子從地上爬起來，抱起五公主就離開了。

他抱著妹妹一路往後宮走，兄妹倆都是一頭的血，一路的宮人都側目。眾人以為七皇子會把五公主送回公主所，誰知他抱著妹妹就來了咸福宮，碰一聲直接跪在咸福宮門口，低頭就開始磕頭。「求貴母妃饒命！」

他說一句磕一下頭，磕了三十多個頭之後，忽然暈倒在地上。

寇貴妃在殿內聽說後，氣得抄起一只花瓶就要出來打人，被宮裡人攔住了。

寇貴妃氣得直哭。「嬤嬤，妳看，陛下親自問的，他們不答應就算了，居然這樣折損本宮的臉面！本宮娘家難道是什麼狼窩不成？」

這一場鬧劇，頓時像長了翅膀一樣傳遍了前朝、後宮。

魏景帝沒想到兄妹倆還會到寇貴妃這裡來鬧，氣得要把七皇子捉過去痛打一頓，被身邊人死死攔住。

五公主見兄長暈倒，爬到七皇子身邊，艱難地將他揹在自己背上，剛走了兩步路，她感覺自己頭昏腦脹，一跟頭栽在地上。

忽然，身邊一個溫和的聲音響起。「殿下，讓微臣來吧。」

五公主一抬頭，一個神色溫和的少年郎站在前面，身上揹著一個箱子，一對眸子裡帶著溫和的關切。「微臣是太醫院太醫吳遠，奉皇后娘娘之命，來給兩位殿下看傷。」

五公主一聽，頓時道：「多謝母后，請吳太醫幫我把七哥揹回公主所。」

吳遠揹起七皇子，咸福宮立刻出來一個大宮女和粗使嬤嬤，說要揹五公主回去。

五公主把頭上的血一抹，頓時一張臉血糊糊的，宮女嚇得差點一屁股坐在地上。五公主冷笑一聲。「不必了，多謝貴妃娘娘饒命！」

吳遠揹著七皇子，跟在五公主身後，一路低著頭，穿過無數的宮殿，最後到了公主所一個小小的院子門口。

五公主的宮女和嬤嬤見她一臉血，立刻衝過來抱著她就哭。「殿下、殿下，奴婢說跟著一起去，殿下卻不肯，怎麼就鬧成了這樣呢？」

五公主把手一揮。「弄些熱水來，煩勞太醫先幫七哥看看。」

吳遠把七皇子放在一張榻上，先用熱水幫七皇子擦乾淨額頭，上了些藥，又用白紗布綁上，他摸了摸七皇子的脈，然後對五公主道：「公主殿下不必擔心，七殿下一時急火攻心，又不停地磕頭，撞得狠了，這才暈了過去，等過一會兒就能醒了。」

五公主點點頭。「那就好。」

吳遠轉過身對著五公主。「公主殿下，請讓微臣給您看一看傷。」

為了避嫌，吳遠指導宮女幫五公主擦乾淨傷口，但上藥的事他只能親自動手。吳遠擔心五公主留疤，特意帶了一些特殊的藥膏給她抹上，然後也用白紗布裹上。

裹紗布的時候，吳遠用很輕的聲音道：「殿下，嘉和郡主讓微臣轉告殿下，她在清暉園等殿下。」

五公主詫異地抬頭。「吳大人認識嘉和表姑？」

吳遠輕輕點頭。「微臣與嘉和郡主是同鄉，曾在衛府住過一陣子，今日是衛大人提前告訴了微臣，剛才皇后娘娘去叫太醫，微臣就主動過來了。衛大人說，讓微臣給二位殿下多裹一些紗布，外人若問起，就說傷得嚴重。」

五公主點頭。「多謝吳大人。」

第六十三章

吳遠處理過兄妹二人的傷之後，囑咐宮女許多話，然後揹著藥箱走了。

吳遠才出大門，七皇子就醒了。

五公主立刻趴過來問：「七哥，你怎麼樣了？」

七皇子笑了笑。「我還好，妹妹怎麼樣？」

五公主搖頭。「我沒撞實，萬大人拉住了我，就蹭破一點皮。為了我的事，今日連累七哥了。」

七皇子跟著搖了搖頭。「沒有的事，這都是我該做的，如論如何不能讓妳嫁入寇家。」

五公主忽然哭了出來。「七哥，本來你才得了好親事，成了親就能領差事，這樣一鬧，說不定父皇就要厭棄你，我一個公主無所謂，大不了跟著皇祖母去吃齋唸佛就是。」

七皇子摸了摸妹妹的頭。「胡說，我本來就不得父皇的寵，多厭棄兩分也沒什麼。嘉和郡主說讓妳去清暉園，看來皇祖母要管妳的事了。」

五公主擦了擦眼淚。「為了我的事，連累了一圈的人。」

七皇子搖頭。「不用怕，貴妃無子，就算盛寵又能到幾時？按例，宮裡很快就要選秀了，到時候自有新人冒頭。寇家這回忽然要求妳，看來是上回她那個醉鬼男人鬧的事讓她心有不甘。之前一直好好的，怎麼忽然就去告王總管？這中間水太深，咱們弄不明白，只能用這種莽撞的方式，把事情撕開，至少能少挨一些暗箭。」

五公主止住了哭聲。「五哥，吳太醫說，讓咱們倆裝病。」

七皇子點頭。「剛才他還沒走的時候我就醒了，聽到了他說的話，裝病就裝病吧，這幾日妳莫要出門了。」

兄妹倆嘀嘀咕咕說了許多的話，七皇子才帶著滿頭的傷出了皇宮。

七皇子這樣明晃晃地頂著一頭的紗布，一路引人側目，許多想出名的御史聞風而奏，罵寇貴妃不賢良，欺壓無母的皇子、皇女。

寇貴妃氣急敗壞，跑去和魏景帝哭訴，魏景帝只能給一些賞賜安慰她，事情鬧成這樣，親事只能不了了之。寇貴妃回宮後暗自發誓：妳看不上我娘家，我看妳能得個什麼好夫婿？

寇貴妃想想還是覺得憋屈，恰好，劉皇后病重還未好，魏景帝為了安撫寇貴妃，以劉皇后病重為由，將宮務交到了寇貴妃手中。

寇貴妃掌管了宮務，第一件事就是給七皇子賜了兩個妾室，且她用心險惡，將這兩個妾直接送到了七皇子妃林家，說是讓林姑娘好生調教。

林姑娘本就是個軟和人，那兩個妾妖妖嬈嬈，氣得林姑娘躲在屋子裡哭了一場。

七皇子火速奔向林府，將兩個妾帶走，並將生母蓉妃留下的遺物贈給林姑娘，安撫林家。七皇子把兩個妾帶回皇子府後，也不打罵她們，更不收用她們，一應吃飯穿衣、掃地洗衣的事情全部讓她們自己動手。

七皇子被欺負成這樣，索性拿出自己往日刺頭的硬脾氣，和寇貴妃死磕到底。因寇貴妃是打著劉皇后的名義送的妾，七皇子頭上纏著紗布進宮給劉皇后請安，感謝劉皇后和寇貴妃的關愛，並表示自己排行靠後，不敢逾越，還請劉皇后也給兄長們也賜兩個妾。

劉皇后聽說寇貴妃打著自己的名頭幹這得罪人的事，打發走了七皇子後，立刻一口氣調了十幾個漂亮的宮女，每個皇子都賜了兩、三個，去傳話的人都道寇貴妃慈善，關愛各位皇子，建議皇后娘娘給各位殿下送幾個貼心人。

幾位皇子的生母不幹了，我兒子家裡的事情，關妳屁事！

往日不顯山、不露水的七皇子，憑著自己的刺頭脾氣，把一干人都拉下水。原不過是幾個宮女的事情，在魏景帝眼裡不算個什麼，但在嬪妃們眼裡這就是天大的事情。歷來誰家的孩子誰管，妳雖然是貴妃，但也不能趁著皇后生病就干涉我兒子的家事啊！

衛景明在宮外又燒了一把火，寇貴妃的前夫，那個死醉鬼，前些日子在宮外喝酒時亂嚷嚷，說皇帝睡了他的女人，他也要睡一睡皇帝的女人，這死醉鬼喝多了，掰著手指頭把宮裡幾個高位嬪妃數了個遍，滿嘴污言穢語，衛景明巡視時聽到這瘋話，立刻把這死醉鬼關了起來，但醉鬼說的話還是傳進了後宮。

萬統領不等魏景帝吩咐，親自了結了那個死醉鬼。人雖然死了，可眾位嬪妃想到自己被這樣一個人侮辱，噁心得差點吐出隔夜飯，頓時都恨透了寇貴妃。

嬪妃們忽然團結起來，一起針對寇貴妃。寇貴妃雙拳難敵四手，雖然有魏景帝罩著，不免也吃了幾次虧。她自顧不暇，哪裡還記得五公主兄妹倆？

宮裡一干嬪妃們整日鬥得轟轟烈烈，方太后悄悄命人進宮，與魏景帝打過招呼後，接走了還在養傷的五公主。

五公主到了清暉園後，果然開始吃齋唸佛，收起了自己的漂亮首飾和華麗衣裙，整日穿著樸素，一副要出家的樣子。

吳遠定期去清暉園給方太后和五公主看平安脈，見五公主日漸消瘦，心裡不忍，開藥的時候每次都往方子裡加一些需要以葷食為引的藥物，悄悄幫五公主補身子。

自此，五公主長住清暉園，她不像別人家那些太太、奶奶做做樣子，她實打實的祈福，不光吃素、穿素服，每天還要唸兩個時辰的經文，很是虔誠。

方太后有些不忍心，背地裡常勸她。「妳也不必如此，小小年紀別熬壞了身子。」

五公主每每都是搖頭。「皇祖母，非是孫女做做樣子掩人耳目，孫女是真的想祈福，一來給皇祖父祈福，二來給母妃祈福，三是給七哥祈福，希望七哥以後能順順利利的。」

最終方太后只能嘆氣。「妳應該給自己祈福才對，別學我，我年輕時也是總為娘家著想，到了最後發現，娘家有娘家的生活，自己的日子還得自己過。不過七郎是個重情義的孩子，你們兄妹關係好，妳為他祈福也是應當。正因為他是個疼愛妹妹的，我想他肯定不希望妳這樣自苦。」

說到這裡，方太后心裡不禁哂笑。若是她大哥但凡有七郎一半重兄妹情義，自己怎麼也要給他撈個公爵當當，這都是命，半點不由人。

五公主對方太后道：「多謝皇祖母關心，孫女沒覺得苦，七哥經常跟我說，外頭的百姓每日都是兩餐，好多天都吃不上一頓肉。孫女雖然吃素，但炒菜用的都是葷油，一天有三頓飽飯吃，可比普通老百姓強多了。」

方太后微笑。「這還是京城的百姓呢，我年輕時流落在外，在人販子手裡時，每天只有一頓稀飯吃，人販子還經常打人。我雖然功夫好，沒人敢打我，但也天天挨餓。後來到了青城縣，經常見到鄉下一些老百姓，衣不蔽體，每日兩頓都是稀的，遇到災荒年，更只能賣兒賣女。」

五公主眉頭皺緊。「皇祖母，您受苦了。晌午孫女下廚，給皇祖母做些吃的。」

方太后搖頭。「如妳所說，我不覺得苦。有了那些經歷，這輩子啊，再沒有什麼事情能打倒哀家了。」

見五公主這樣執著，方太后也不再阻攔她，只給她支招。「妳父皇畢竟是妳父親，雖然他在此事上有些過於專橫，但妳現在不能和他對著幹。往後妳每日唸完經後，手抄一頁經書，給妳父皇祈福。每隔十日，我讓人送回宮裡。再有，給妳父皇做些針線活。男人家不缺吃喝的時候，就喜歡聽話孝順的孩子。妳沒了生母，又得罪了寵妃，若是再讓妳父皇徹底厭棄，你們兄妹的日子就真的難過了。」

方太后這樣吩咐，五公主沒再搖頭，聽話地開始討好魏景帝。剛開始經文送進宮，魏景帝直接扔了，等個把月後，他讓人放在一邊，再等個把月，收到五公主做的各種針線，魏景帝也會挑一、兩樣穿戴了。但五公主一直沒回宮，避免和寇貴妃見面。

日子這樣慢慢往前走，盛夏的一天，顧綿綿一早就忙碌開來。一大早雪蘭就通報，說邱氏要生了。

顧綿綿立刻把末郎餵飽，然後交給孫嬤嬤，自己去產房坐鎮，同時派人叫來了邱太太。邱太太這些日子一直懸著心，今日得到消息，衣裳都沒換就跑了過來。

顧綿綿安慰邱太太。「嬸子莫急，產婆說這還早呢。嬸子定是還沒吃早飯，我讓人給大嫂做了些吃的，大嫂忍著吃了一大碗紮實的東西。」

邱太太勉強笑了笑。「多謝郡主，我就是瞎操心，這家裡有郡主在，必定樣樣都妥帖。」

顧綿綿親自幫邱太太端飯。「太太的心我能體會，大嫂定會好好的。大哥，你別傻站著，一起過來吃一些。」

薛華善和邱太太打過招呼後就不知道說什麼了，聽見顧綿綿叫，趕緊過來陪邱太太，但吃飯的時候還是心不在焉，一直朝屋裡張望，隨意扒拉兩口就放下了碗。

邱太太知道女婿擔心，也不責怪，反倒覺得穩妥多了。

吃過早飯後，顧綿綿坐在外間，把家裡丫鬟、婆子調過來幾個，全部支使得團團轉。邱太太在裡面，跟產婆一起協助邱氏，薛華善開始在院子裡轉圈圈。

顧綿綿見到一盆又一盆的血水端出來，心驚肉跳，她立刻又吩咐家裡人。「去吳家看看，吳大夫若是在，請他過來看著些。」

說完，她又看向薛華善。「大哥，你別轉了，快坐下吧。」

薛華善臉色發白，聞言坐到了顧綿綿旁邊，手還是不停地動來動去，一會兒端茶盞，一會兒抓扶手，顧綿綿也不點破。

很快，吳大夫來了。

薛華善連忙主動出門迎接。「煩勞吳大夫了。」

吳大夫笑道：「華善也要做爹了。」見薛華善笑得眼神發虛，明顯心不知到哪兒了，吳大夫不禁哈哈笑。「別擔心，你媳婦胎位正，孩子也不大，好生得很。」

吳大夫和顧綿綿打過招呼後，就安靜地坐在那裡。

所有人都默默地等著，這一等，就等到了黃昏時候，邱氏產下一個五斤七兩重的姑娘。

顧綿綿立刻撫掌大笑。「好好，大嫂辛苦了，所有人用心服侍，這個月多發一個月月錢！」

邱太太自己生的女兒多，倒不在意這個，但生怕旁人在意，責怪自家女兒，聽見顧綿綿說給下人多發一個月月錢後，邱太太放下心來。

薛華善高興地在身上搓搓手。

顧綿綿笑道：「恭喜大哥，賀喜大哥。」

吳大夫摸了摸鬍子。「既然無事，我就先回去了。」

薛華善反應過來，趕緊掏了一個紅包出來塞給吳大夫。「多謝吳大夫今日辛苦了一天，等過幾日，請您和嬸子來吃酒席。」

吳大夫笑咪咪地離開，出了大門就開始嘆氣。一個個都做爹了，他兒子還是個光棍呢！

吳大夫一走，薛華善給顧綿綿鞠躬。「多謝妹妹。」

顧綿綿笑道：「大哥還跟我客氣，快些進去看看大嫂和孩子吧。」

兄妹倆一起進去，顧綿綿去看邱氏，薛華善被產婆塞了個孩子在懷裡。

薛華善抱著孩子晃兩下，便到床前和邱氏說話，顧綿綿見狀後笑著走了。

等忙碌完了之後，顧綿綿又問了邱太太許多邱家養孩子的規矩，準備按照邱太太的辦法給邱氏坐月子。

薛華善得一女，等衛景明回來後，夫妻倆一起寫了封信，立刻往青城縣送，把這個消息告訴顧季昌。

邱氏給孩子取個小名叫歡姐兒，一家子高高興興地慶賀歡姐兒的出生。史太太聽說得了個孫女，洗三當日，做了兩件衣裳送了過來，史姑娘本來也跟了過來，但因衛景明發過話，不許她上門，直接被拒在門外，史姑娘便哭著跑了。

她本以為得了姪女，總該給她兩分臉面，誰知衛景明還是不許她上門。

史太太有些尷尬，仍舊撐著吃了孫女的洗三酒。顧綿綿只按照普通街坊，給了一些回禮，又把酒席上的剩菜給史太太帶回去，但並未讓她看孩子。

衛家熱熱鬧鬧地迎接孩子的出生，外頭，七皇子的婚期也到了。

劉皇后的病一直斷斷續續的不見好，宮務都到了寇貴妃手裡，此前五皇子和六皇子的親事都是寇貴妃和兩位皇子的生母一起操辦。到了七皇子這裡，劉皇后病沒好，魏景帝就讓寇貴妃全權做主，一來幫寇貴妃立威，二來也是想讓雙方和解的意思。

五公主的水磨工夫做得到位，幾個月下來，魏景帝也懶得再計較此前的事情，反正他當時聖旨沒發出來，七皇子和五公主也算不上抗旨，頂多就是不敬長輩。

寇貴妃接下差事，嘴上在魏景帝面前答應，說自己必定會好好操辦，但一轉頭，她就開始公事公辦。五皇子和六皇子娶妻時，雖是皇子娶親，但皇子們的生母為了臉面，多少也會抬一抬兒媳婦，教導兒媳婦是人後的事情，人前還是要給兒媳婦長臉，並不會用各種死規矩壓著兒媳婦，只要不是牽扯到皇家規矩，能通融就通融，讓小夫妻倆往後的日子能更融洽些，早些誕下嫡長子才好。

到了七皇子這裡，寇貴妃就跟個惡婆婆一樣，婚禮之前的準備工作中，該有的規矩一樣不省，往林家派了好幾個教習嬤嬤，婚禮上用的東西，都是中規中矩，沒有一樣出眾的。好在林家姑娘柔順，倒能接受。而七皇子更是時常去林家坐坐，安撫林家人。

婚禮之前，方太后親自帶著五公主從清暉園回宮，並過問了一些婚禮上的細節，還以七皇子無生母補貼為由，賜給七皇子一些金銀和器具，皇帝見方太后這樣說，只能也貼補了一些，總不能讓這個兒子成親後的日子過不下去。

有方太后看著，寇貴妃在婚禮當日總算沒有為難人，七皇子順順利利地娶回了林氏。

林氏一過門，便開始幫丈夫經營好名聲。這也不難，因為七皇子之前和寇貴妃硬槓，倒是得了個不畏強權的美名。林氏做了七皇子妃後，開始和那些讀書人家的官眷來往，每隔幾日去宮裡向劉皇后請安，還時常去清暉園問候方太后，關心親小姑。

林氏從方方面面來看，就是一個完美的皇子妃。五公主長這麼大第一次感受到這麼多的關愛，剛開始還有些拘束，見林氏確實是真心關愛自己，姑嫂倆關係也融洽起來。有了嫂子，五公主覺得自己比往常行事方便多了。沒有生母，未婚的公主在宮裡就是個沒有任何發言權的人，一切任人擺布，如今有了兄嫂，她也有了依仗。

林氏是個能忍的人，不管寇貴妃說多少難聽的話，她都能笑咪咪地接著，在劉皇后那裡也是恭恭敬敬，時間一久，連跋扈的寇貴妃也挑不出她什麼毛病，只能嘴硬說兩句她假仁假義。

皇家婆媳、姑嫂之間的事情，顧綿綿插不上話，她的重心現在在家裡兩個孩子身上。一歲多的末郎已經走得穩穩當當，他經常邁著小短腿，跋山涉水去找妹妹玩。

歡姐兒出了月子後褪了黃，越發白胖起來。

九月末的早晨，天氣已經很涼，穿著小夾襖的末郎扶著門框看著顧綿綿，哦哦兩聲，又指了指門外，表示自己要出門。

顧綿綿笑著問：「末郎要去找爺爺？」

末郎還不會講話，卻聽得懂，聞言搖了搖頭。

顧綿綿又繼續問：「要去買糖人？」他近來喜歡上了街上的吹糖人，雖然不怎麼吃，但他喜歡買。

末郎又搖搖頭，臉都皺了起來。

孫嬤嬤笑道：「太太別逗哥兒了，這架勢就是要去找姐兒玩。」

顧綿綿摸了摸兒子的小臉。「跟你大舅小時候一樣，會疼妹妹。」

末郎拽著顧綿綿的小手指頭，顛簸著小腿去找妹妹玩，因他個子太矮，顧綿綿還得稍微往邊上側一側腰，才能讓末郎拽得穩當些。

母子倆走了好久，終於到了邱氏的院子裡，末郎進門就開始哦哦叫喚。

邱氏從屋裡探出頭。「末郎來了，妹妹剛醒呢。」

末郎像小鴨子一樣，一搖一晃地晃到了搖籃旁邊，想看看妹妹，但是他個子太矮又看不見，想踮腳，一踮腳就有些站不穩。他想了想之後，扶著搖籃踮起腳，卻還是看不太清楚。

邱氏想幫助他，顧綿綿搖了搖頭。只見末郎把旁邊一個小板凳搬了過來，雙手扶著搖籃的邊，爬到了小板凳上，轉過身，用雙手抓著搖籃的邊緣，這下子他看得清清楚楚啦。

邱氏忍不住讚嘆。「才多大點，就這麼聰明了。」

顧綿綿笑道：「哪是聰明，人一急了，可不就會想辦法？他爹在家時，他就往他爹身上爬，站得更高。」

末郎完全不管舅媽和娘在說什麼，他就一眼不眨地看著妹妹，彷彿在看一個特別稀奇的東西。平日裡他從來不會老實這麼長時間，只有看妹妹的時候，他才能安靜好久。

顧綿綿摸了摸兒子的頭，末郎仍舊沒反應。看了一會兒後，他忽然轉頭對顧綿綿哦哦兩聲。

顧綿綿溫柔地問他。「末郎想不想摸摸妹妹？」

末郎點點頭，顧綿綿拉著他的小手，輕輕摸了摸妹妹的小手，誰知歡姐兒一把抓住了哥哥的大拇指。末郎像受到了驚嚇，想把大拇指收回來，想到這是妹妹，又咧嘴笑了起來。

歡姐兒忽然打了個哈欠，邱氏開始搖搖籃，末郎也跟著搖起來。

邱氏忍不住道：「等明年這個時候，末郎就可以帶著妹妹跑了。」

顧綿綿問邱氏。「史太太最近可有來找妳？」

邱氏搖頭笑了。「妹妹不用擔心我，我雖然不如妹妹能幹，大事還是能分得清。那邊的銀錢我一文不少，偶爾有好吃的也給史太太送一些，這樣妳大哥也不用掛心。」

顧綿綿嘆氣。「大哥和薛伯父一樣，從小到大都心善。就算是個陌生同鄉，他也會救濟，更別說是他生母了。但養她歸養她，萬不能讓她來攪擾你們的生活。」

邱氏點頭。「妹妹放心吧。」

這邊姑嫂倆說著家常話，清暉園裡，七皇子妃也正在和五公主說話。

七皇子妃勸五公主。「如今父皇已經消氣，貴妃娘娘和我們也能有個面上情，妹妹何必整日還吃素？殿下讓我來勸勸妹妹，務必要保重身子。」

五公主搖頭。「七嫂，我穿道服吃素，京中那些豪門貴族家的當家太太誰也不會想來求這樣一個媳婦回家，我反倒能安生。若是我這會兒還俗了，天知道父皇又想給我招個什麼樣的駙馬？我才忤逆了父皇一次，總不能立刻再忤逆第二次。」

七皇子妃小聲道：「妹妹快別說什麼還俗的話，妳又沒真的出家。雖然給皇祖父和母妃祈福要緊，但也不能整日吃素，身子要熬壞了。」

五公主眨了眨眼睛。「七嫂放心，我有個好大夫，給我開的藥方子可好了，妳看，我最近又胖了。」

七皇子妃多少也知道五公主吃的素和平常的素食有些區別，但她始終認為是嘉和郡主和方太后在用這種特殊的方子照顧小姑子，不禁感慨。「皇祖母和表姑有心了。」

五公主不好說這是吳遠的自作主張，方太后並不反對她吃素，反正每日有豆腐、有葷油炒菜，顧綿綿小時候經常因為爹不在家而吃不飽，以為五公主是為了讓外人覺得自己心誠，故而也沒有干涉她吃素。

只有吳遠是真心不希望五公主傷了身體，他雖然不像以前給顧綿綿帶素餡餅那樣照顧五公主，卻用太醫的權威堵住了別人的嘴。

第六十四章

吳遠雖然年輕，卻已經在太醫院裡開始嶄露頭角。富貴人家的太太、奶奶們最喜歡找他看病，一來是他脾氣好，有些太醫發現病人貪嘴什麼的，就會責怪幾句，讓那些太太、奶奶們覺得很丟臉。吳遠則是輕聲細語地勸，並不會讓人家下不來臺。

且他看病時最會體貼女人，會從女人的立場想問題。有些太醫看婦人病，總是遮遮掩掩，明明是男人造成的問題，卻怪女人。

比如有些武官不愛洗澡，就這樣親熱，自會讓家裡太太身上發癢甚至長疙瘩，年紀大的太醫總會說是太太們不愛乾淨，只有吳遠敢當著眾人的面讓武官們多洗澡。有些浪蕩子弟出去拈花惹草，不小心傳給了家裡妻妾，吳遠還敢直接拉著浪蕩子弟看花柳病。

太醫們看病的對象絕大部分都是婦人和孩童，吳遠的細心、溫和和體貼，給他贏得了美名。不光如此，他敢用藥，見效快，比那些老大夫的太平方子不知道強了多少倍。醫德好，醫術又好，這讓吳遠在京城貴妃圈變得越來越受歡迎。他給五公主開藥，說要和母雞一起燉，還要把母雞一起吃了才能見效，誰也沒有懷疑。

打聽到吳遠還未娶親，許多人家甚至想給他說親，但吳遠一一有禮貌地拒絕，只說自己要專心鑽研醫術，暫時無心娶親。

吳太太為此心裡十分落寞，她饞媳婦、饞孫子、孫女饞得快要哭了，可兒子還是紋絲不動。但自從顧家拒了親事之後，吳太太再也不敢隨便在兒子的親事上多一句嘴。她害怕啊，兒子所有的熱情似乎都在顧家親事上耗費盡了，要是自己多嘴讓他厭煩，以後乾脆一個人過一輩子，她怎麼對得起兒子？

吳大夫常常勸吳太太，緣分之事自有天定，當初青城縣的第一美人，誰也沒想到她能發達成這樣啊？

事實上吳太太不認命也沒辦法，她還記得當初和顧家訂親之前，兒子經常半夜起來偷偷洗褲子，那時候吳太太心裡是有些不高興的。媳婦都還沒進門呢，就惹得兒子整日丟了魂一樣，進門了豈不把兒子的身體都掏空了？但現在看到兒子就跟個和尚一樣，連髒衣裳都沒有了，吳太太又心疼得直掉淚。

吳遠每日忙忙碌碌，並無心去察覺母親的心思，他也不想去探聽這些他早就封存起來的記憶，他只想用自己的醫術，救更多的人。

可他自認為自己是醫者父母心，別人卻難免有想法。

又一日，吳遠去清暉園請平安脈。恰好，顧綿綿也帶著末郎來了。

方太后知道吳遠和女兒是同鄉，吩咐顧綿綿道：「正好，聽說這吳太醫醫術不錯，妳也留下來，讓他給末郎看看。」

顧綿綿點頭。「吳太醫原來在我們青城縣時，醫術就是一等一的好，他爹吳大夫行醫幾十年，都趕不上他。之前在我家住時，家裡人有個頭疼腦熱都不用花錢。」

吳遠被人帶了進來，進門後就跪地給方太后和五公主請安，順帶也問了句郡主安好。

方太后抬手。「免禮。」

吳遠按照慣例，先給方太后診脈，方太后身體很好，一點毛病都沒有，他連藥都不用開。吳遠摸了一下就收回手。「太后娘娘很康健。」

方太后點頭。「你給小五看看。」

吳遠走到五公主面前，五公主主動露出一小截皓腕，吳遠坐了下來，他的眼睛看著別的地方，兩根手指按上那一截皓腕，旋即拿開。「微臣給殿下開一些補藥。」

他低頭寫方子，五公主伸頭一看，果然，上頭都是些普通的補藥，然後煎藥的方式還是那麼奇特。

五公主有些不好意思。「吳太醫，非得用這些東西搭配嗎？」

吳遠嗯了一聲。「殿下年少，是藥三分毒，用補品帶下去，不傷身。」

五公主點頭。「多謝吳太醫。」

坐在旁邊的顧綿綿忽然嗅到了一絲不一般的氣息，她看了看吳遠，他還是那副不動如山的樣子，但再看五公主，眼神似乎有些異樣。

顧綿綿忽然了然於心。這個呆子！

吳遠的方子還沒寫完，末郎就認出了他，立刻從顧綿綿懷裡下來，晃到吳遠身邊，扯了扯他的袍子，然後哦哦兩聲。

吳遠進門就發現了末郎，但礙於規矩，一直沒和他互動，這會兒見他主動過來，立刻放下筆，摸了摸末郎的頭。「末郎乖，舅舅寫完方子就陪你玩。」

末郎不懂他的話，但聽懂了一個玩字，便立刻不走了，膩在吳遠身旁，靠在他的腿上，一會兒摸摸他的玉珮，一會兒把頭鑽進他的袍子裡和顧綿綿躲貓貓。吳遠拿起筆繼續寫方子，任由末郎在他身邊蹭來蹭去。

五公主覺得末郎十分可愛，也跟他躲起貓貓來，末郎每次從吳遠的袍子裡悄悄伸出頭來被五公主發現後，都會驚得格格大笑。

等吳遠寫完方子，他將方子遞給五公主的嬤嬤，然後開始給末郎診脈。末郎從出生開始，他每個月都要給他看一、兩次，熟悉得很。

摸了片刻，吳遠放開手，把他抱進懷裡。「末郎很好，郡主安心。」

顧綿綿點頭。「多謝吳太醫。」

吳遠看向顧綿綿。「我給郡主看看脈。」

顧綿綿大大方方地讓他看，吳遠左手抱著末郎，右手給顧綿綿診脈，他這次診的時間有點長。只見一會兒他皺緊眉頭，一會兒手指往旁邊挪一挪，中途還要求換一隻手看一看。

這樣看了許久，方太后有些坐不住了。「可是有什麼不妥？」

吳遠收回手。「回太后娘娘，微臣醫術不精，剛才似乎摸到喜脈，又有些不大肯定。」

方太后眼神一亮。「果真？可是時間太短？」

吳遠看向顧綿綿身後的翠蘭。「郡主的月事多久沒來了？」

顧綿綿頓時雙臉紅透了，吳遠看了她一眼，挪開眼神繼續看翠蘭。

翠蘭也有些扭捏，想了想之後回答道：「這個月遲了兩天。」

吳遠嗯了一聲。「時候還短，暫時看不出來。郡主這些日子小心些，再過十天，我去府上看看。若有自然是好，若沒有，權當我醫術不精。」

顧綿綿微微點頭。「多謝吳太醫。」

吳遠低頭寫方子。「郡主身體好，不用吃藥，我給妳開些藥膳的方子，每日吃一次就行，這幾日多歇歇，若是有孩子，前期太勞累了不好。」

顧綿綿繼續點頭。

吳遠一本正經地看病，看完後收拾藥箱要走，誰知被末郎拉住了，不讓他走。

方太后見末郎這麼喜歡他，問道：「今日可有其他要事？」

吳遠搖頭。「回太后娘娘的話，並沒有。」

方太后道：「既然這樣，你陪末郎玩一會兒，吃了午飯再走吧。」

太后有命，吳遠不敢不從，放下藥箱後，抱著末郎出了門。

一出了門，剛才還一本正經的吳遠，立刻在末郎臉上親了一口。「末郎想不想舅舅？」

末郎不懂什麼想不想的，立刻豎起一根手指頭指向旁邊的花園，吳遠笑著按照他指的方向走，一大一小親親密密地到旁邊的園子裡玩去了。

等吳遠走後，方太后看向顧綿綿。「這幾日小心些，若無急事，也不用再過來。」

顧綿綿見五公主一個大姑娘在此，只能含糊道：「我知道了。」

五公主偷笑。「恭喜表姑。」

顧綿綿紅著臉埋怨。「公主怎麼也促狹起來？今日的經可唸了？」

五公主立刻起身。「我去唸經，等唸完經，我去廚房讓人給表姑做些好吃的。」

等五公主出了門，顧綿綿問方太后。「娘，五公主往後就一直這樣嗎？」

方太后起身拿了個枕頭，放在女兒身後。「這樣也沒有什麼不好，她還小呢，這會兒也說不上什麼好人家，索性等一等。妳靠著些，別累著。」

顧綿綿有些欲言又止。「娘，您難道沒看出來嗎？」

方太后笑道：「看出來又怎麼樣？小五自小沒娘，在宮裡除了七郎沒人管她，平日裡見的外男少，忽然遇到個這麼貼心的少年郎，難免會有好感，妳就當沒看見吧。」

顧綿綿如坐針氈，在椅子上扭來扭去，又喊了一聲。「娘！」

方太后奇怪。「可是哪裡不舒服？」

顧綿綿顧不得別的，一咬牙，把當日吳家提親和自己拒親的事原原本本說了出來。

方太后瞪大了眼睛。「那就更不能讓小五對他有心思了，不然妳以後怎麼見小五？」

顧綿綿有些心虛。「娘，五公主雖然年少，但她和我關係好，又是公主，我不能為了我自己的舊事，去讓她遠離自己喜歡的人，那樣我太自私了。」

方太后放緩語氣。「妳也莫要想太多，妳連孩子都要有兩個了，這吳太醫不管怎麼想的，肯定不會再提舊事，就算將來這事翻了出來，有壽安在呢，妳不用擔心。」

顧綿綿想起上輩子吳遠的遭遇，嘆口氣。「娘，吳太醫是個好人，我希望他一輩子平平安安的，不管到什麼時候，他要是遇到困難了，我和官人都會拚盡全力救他。」

方太后笑道：「這世上的好人多了，妳爹也是個好人，我不還是離開了他。」

顧綿綿忙道：「娘那是逼不得已。」

方太后擺擺手。「不要緊，有壽安和我在呢，只要妳和吳太醫清清白白的，他娶誰都不關妳的事。妳要是不說，我還真看不出來，妳這麼一說，倒是有些不像正常太醫看脈。我兒真是有本事，喜歡妳的少年郎一個比一個好。說來壽安也是個大度的，竟然能和他稱兄道弟。」

聽見方太后的打趣，顧綿綿有些不好意思。「娘！」

方太后微笑。「無事，妳告訴我也好，我心裡有個準備。且看看吧，別說他看起來沒那個心思，就算他喜歡小五，他一個小太醫，想尚公主，怕是有些困難。」

顧綿綿有些不服氣。「太醫怎麼啦？吳太醫在鄉間，救了多少人的性命。到了京城，經常給人家免費看診，人家都叫他活菩薩，寇家那什麼大字不識、吃喝嫖賭的人都敢尚公主，吳太醫和他比，雲泥之別。」

方太后繼續笑。「妳這倒好，不肯嫁給人家，又整天護著人家。」

顧綿綿小聲道：「我把他當兄弟的，您看末郎都叫他舅舅。」

方太后現在看這些小兒女之間的事，就跟看熱鬧似的，覺得十分有趣。「好了好了，他們的事，妳就別瞎操心了，妳先照顧好自己的身體吧。」

這邊母女倆在屋裡說悄悄話，那邊，五公主從廚房回來的時候，遇到了在園子裡玩耍的吳遠和末郎。

末郎還不會說話，他拉著吳遠在園子裡這裡晃晃、那裡晃晃，摸摸樹枝、扯扯樹葉，或是撿塊小石頭玩，或是在地上的落葉堆裡撿兩片完整的樹葉，塞到吳遠手裡。

吳遠蹲下來不知道和末郎說了什麼，末郎頓時咧嘴一笑，然後抱住吳遠的脖子，在他臉上親了一口。

吳遠笑得瞇起了眼睛，也親了末郎一口。一大一小兩個人又一起蹲在地上，在樹葉堆裡找來找去，撿了好多樹葉。

等撿了一堆樹葉後，吳遠讓人找來一根細繩子，一片一片串起來，然後掛在末郎的脖子上。

兩個人玩得可高興了。遠處，五公主靜靜地站在那裡往這邊看。

過了好久，吳遠忽然轉頭，看到遠處的五公主。五公主下意識想躲起來，她強行忍住，大大方方地走了過去。

吳遠抱著末郎給她行禮，五公主擺手。「吳太醫辛苦了，末郎，姊姊帶你去玩好不好？」

末郎很不給面子地一轉頭，死死抱住吳遠的脖子。

吳遠微笑道：「他重得很，公主怕是抱不動。」

五公主也不勉強，笑著摸了摸末郎脖子上的樹葉項鍊。「那姊姊回去啦，你和你舅舅好好玩。」

說完，她看向旁邊服侍的人。「去給吳太醫和末郎取一些茶點來，再搬兩張椅子，椅子上記得鋪上墊子。」

吳遠道謝，五公主隨即笑道：「吳太醫辛苦，我先回去了。」

等五公主走遠了，吳遠收回了目光，微微皺眉。他在心裡問自己，我不過是想幫助這個可憐的姑娘，並沒有其他心思，難道是我做得太多了？

吳遠在清暉園單獨一個人吃了頓午飯，吃飯的過程中，五公主給他端來兩道菜，他默默吃完菜，然後揹著藥箱回了太醫院。

顧綿綿回去後並沒有聲揚吳遠的話，該幹麼幹麼，中途還去看了一趟邱氏和歡姐兒。

等到了晚上，衛景明回來後，她才拉著衛景明說悄悄話。「官人，我跟你說件事。」

衛景明見屋裡沒人，一把將她摟進懷裡。「什麼事讓娘子這般認真？」

顧綿綿低聲說了自己今日的發現，衛景明聞言嗯了一聲。「要是能成，那不挺好的？省得吳太太每次看到我，那眼神就跟我欠她幾萬銀子似的。」

顧綿綿掐了他一把。「別胡說！吳太太是著急。」

衛景明抓住她的手。「娘子這麼關心別人的事，卻這般狠心掐自己郎君。」

顧綿綿笑著又掐了一下。「都說衛大人皮厚，我試一試。」

衛景明哈哈笑。「瞎說，衛大人皮厚不厚不好說，衛大人皮相好看是真的。」

顧綿綿也忍不住大笑。「好歹也是個從三品，整日沒個正經，難道你在萬統領面前回話時也是這樣的？」

衛景明的雙手在她身上不老實地摸來摸去。「我做官又不是為了讓自己變成個老學究，在外頭整日板著臉就算了，回家了怎麼還要我一本正經？娘子放心吧，我見到萬統領時，比馮老大人還正經，萬統領還經常勸我，莫要強行裝老成，少年人就該活潑些。」

顧綿綿拍開他的手。「快別鬧，咱們吃飯去。」

說完，她順勢脫掉了他的官服。「看到你這一身衣裳，我吃飯都不香，你們錦衣衛不管長得多好看，在老百姓眼裡都跟活閻王似的。」

衛景明撇嘴。「難道是我們想幹壞事？沒有上頭的指示，我們什麼也不敢幹。我們這活閻王的名頭哪裡來的？還不是那些讀書人送的！自從有了錦衣衛，百官都過得膽戰心驚，可不就憎恨我們了？以前他們搶個民女、占幾畝良田，天知地知、你知我知，反正陛下不知，現在他們幹啥陛下都能知道，他們不敢恨陛下，可不就把屎盆子往我們頭上扣？天地良心，我從來沒冤枉過一個壞人。」

顧綿綿幫他穿上另外一件常服。「那能怎麼辦呢？你們錦衣衛不就是專門揹黑鍋的？再說了，你不害人，卻不能保證你們錦衣衛所有人都清清白白的。」

衛景明點頭。「那是，渾水摸魚的兔崽子太多了，前兩天我還攆走兩個，到處吃拿揩油，敗壞錦衣衛的名聲。不過不用急，等到北鎮撫司一出來，我們南鎮撫司就變成大好人了。」

顧綿綿笑話他。「不過，到時候衛大人手裡的權力就小很多了。」

衛景明對她擠擠眼。「北鎮撫司指揮使都是閹人，娘子難道想讓我去北鎮撫司？」

顧綿綿抬腿踢了他一下。「你快些去，誰不去誰是小烏龜！」

衛景明哈哈笑，抱著她在她耳邊汪汪叫兩聲。「說起來，上次應該讓吳遠把小烏龜帶回來給末郎玩才對。」

兩口子一邊說笑、一邊到了正廳裡坐下，丫鬟們一樣一樣把飯菜都端了上來。衛家的生活簡單，一家三口晚上只有五菜一湯，且都是簡單的家常菜，比起那些豪門貴族，真是寒酸得不得了。

末郎聽見屋裡叫吃飯，蹬蹬蹬跑了過來，一進門就往他爹腿上爬。

衛景明一把撈起兒子放在自己腿上坐好，在末郎臉上吧唧親一口。「乖兒子，你想吃什麼？爹給你挾菜。」

末郎指了指那一盤蒸魚，衛景明開始給他挑魚刺。他手快，三下五除二就挑了許多魚肉，分給顧綿綿一些，其餘的往末郎嘴裡餵。

顧綿綿把旁邊的一盤炒雞絲挾了一些放在衛景明碗裡。「今日我去清暉園，吃了一道燒鵝掌，那一盤鵝掌，真不知道費了多少鵝呢。」

衛景明見末郎吃了許多魚肉，又給他餵了一口白粥。「鵝掌不算個啥，吃熊掌才奢侈呢。鵝肉也丟不了，不是太監吃了就是宮女吃了，再不濟還能被廚房裡的人拿到外面去送人情。吃熊掌可是會死人的，有人想抓熊，結果成了熊的一頓飯。熊掌我沒吃過，不過這鵝掌有什麼好吃的？我寧可吃鵝腿。」

顧綿綿道：「衛大人白做了個三品官，出去說這話人家鐵定要笑話你。你把末郎給我，你自己吃吧，累了一天，多吃些。」

衛景明讓末郎坐在二人之間，夫妻倆一起照顧他，且各自都能吃飯，還能說說話。小末郎坐在父母中間，一會兒吃一口爹餵的菜，一會兒喝一口娘餵的清湯。好在家裡的菜都比較清淡，很多東西他都能跟著嚐一嚐。

等到夜深了，夫妻倆都漱洗完畢，顧綿綿斜靠在床上，手裡拿著這個月的帳本在看，邊看邊嘆氣。「咱們家這麼節儉，這個月都花了幾百銀子。」

衛景明伸過頭來看。「都是走禮費錢，娘子別急，等到了冬月，我今年的大筆銀子就來了，保證夠娘子過個好年。」

顧綿綿在帳本上用指甲劃了兩下。「得虧師父和我娘給了那麼多補貼，不然就指望咱們兩個，可要窮死了。」

衛景明搶過帳本放到一邊。「娘子，夜深了，咱們歇了吧，帳本明日再看。」

顧綿綿很平靜地點點頭。「好，歇著吧。」

說完，她慢騰騰地躺在了外面。衛景明見娘子今日這般柔順，頓時大喜，手一抬把燈熄滅，然後鑽進了自家娘子的被窩。

躺下後，顧綿綿開始聊家常。「前兒我給你做的靴子可合腳？」

衛景明在黑夜中點頭。「十分合腳，娘子一貫手巧。」

顧綿綿把他的胳膊拉過來，然後枕了上去。「雖然差事忙碌，每日晌午也莫要隨便吃兩口，可不能仗著年輕，不對自己的五臟廟好一些。」

衛景明在被窩裡將娘子的腰肢攬了過來，緊緊貼在自己身上。「娘子，這些話回頭再說。」

說完，他翻身撲了上去，渾身像個小火爐一樣準備攻城拔寨。

誰知顧綿綿忽然噗哧笑了一聲。「衛大人，今日吳太醫給我看脈，說我可能有身子了，但還不大確定，要等幾天他再來看看。」

衛景明剛才騰升起來的火彷彿被澆了一瓢冷水，旋即，他若無其事地爬下來躺在旁邊，又高興地在被窩裡輕輕摸了摸顧綿綿的肚子。「真的？那個呆子沒騙人吧？」

顧綿綿嗔怪他。「胡說，人家說了，雖不大肯定，但多少有個影兒，你可不能莽撞。」

衛景明歡喜地在顧綿綿頭上、臉上胡亂親了十幾口。「好娘子，怎麼這麼快就有了？妳還在給末郎餵奶呢，不是都說餵奶的婦人懷不上嗎？」

顧綿綿往他懷裡拱了拱。「也不一定，我見過剛出了月子就懷上的。」

衛景明忽然想起一件事情，立刻又擔心起來。「末郎還不到兩歲，娘子生得這麼勤，會不會傷身子？」

顧綿綿點頭。「多少會有一些，但照顧好一些，也不會有太大影響。」

衛景明又摸摸她的肚子。「這個小冤家，也不提前打個招呼。」

顧綿綿笑道：「要是真有了，往後衛大人要受苦了。」

衛景明趕緊道：「不是我懷、不是我生，我有什麼苦？郡主才受苦了。」

當天晚上，衛景明自己唸了三遍清心咒，這才壓住自己的火。

轉天，他跑去找吳遠，大剌剌地問：「你看的脈準不準呀？」

吳遠笑著回他。「衛大哥過幾日就知道了。」

衛景明磨磨蹭蹭不肯走。「賢弟啊，你看，雖然我特別喜歡孩子，但這生孩子太受罪了，有沒有什麼藥可以不生孩子啊？」

吳遠聽了頓時大怒，指著他的鼻子罵道：「避子藥沒有，毒藥有一副，我隨時給你準備著呢！」

衛景明知道他誤會了，立刻把他的手指按下解釋。「賢弟莫要生氣，怪我沒說清楚，我的意思是，要是有，給我吃一吃，等這個孩子生下來，往後就不要了。」

吳遠冷靜下來。「好好的，吃那個做啥？傷身子。」

衛景明拍拍自己的胸脯。「我身體好，不怕，有什麼藥只管給我吃。」

吳遠內心忽然釋然。「剛才是我錯怪衛大哥了。」

衛景明咧嘴笑。「無妨，只要有藥就行。」

吳遠點頭。「容我琢磨琢磨再說，不能隨便給你吃。」

說了幾句話之後，衛景明抬腿就走了。到了大門外，想到吳遠那句「我隨時給你準備著呢」，衛景明就感覺後脖頸發涼。

這個死呆子，看來一直盯著我呢！

那頭，吳遠開始琢磨避子藥的事。難為他一個沒成親的大小夥子，卻要研究這個。等到了該去清暉園請平安脈的那一天，他忽然生病告假，太醫院院判只能派另外一位老太醫過去。

五公主看到進門的老太醫，眼神瞬間暗了下來。

第六十五章

顧綿綿安靜地在家裡待了十幾日，等日子一到，不等吳遠自己過來，衛景明便親自去請他來幫忙看脈。

恰好，吳太太也想來找顧綿綿說說話，母子兩個就一起過來了。

吳遠當著衛景明的面給顧綿綿看脈，手指剛點上去片刻，吳遠立刻笑著對衛景明拱手。「恭喜衛兄，賀喜衛兄。」

衛景明笑了起來。「辛苦賢弟。」

吳遠笑著對衛景明道：「也不用補什麼，該怎麼過日子就怎麼過日子，要是吃不下飯，把之前的藥膳方子拿出來，胃口不好的時候吃一些。」

衛景明笑著把吳遠帶去了前院，吳太太和邱氏留在屋裡陪顧綿綿說話。

吳太太臉上帶著笑。「恭喜郡主，賀喜郡主，要是這一胎能再得男，郡主往後就不用操心了。」

顧綿綿禮節性地回答吳太太。「多謝吳太太關心，家裡日子怎麼樣，到京城這麼久，該習慣了吧？可有遇到什麼難處？若是有，咱們都是同鄉，互相幫襯些是應該的。」

吳太太笑著搖頭。「多謝郡主，家裡日子都好得很，要是顧老爺看到郡主現在的日子，不知道有多高興呢。」

在吳太太眼裡，顧綿綿真的是飛上枝頭變鳳凰了。

邱氏詫異地看了吳太太一眼，心裡有些奇怪吳太太剛才說的什麼再得男的話，總覺得陰陽怪氣的，但她一向不善於與人爭吵，故而只是笑一笑，然後溫聲安慰顧綿綿。「妹妹，妳感覺怎麼樣？有什麼想吃的就告訴我。」

顧綿綿輕輕搖頭。「並沒有什麼特別的，我和往常一樣。」

邱氏想了想。「往後妹妹要安胎，家裡一些小事情都交給我吧。我雖然不如妹妹能幹，跑跑腿還是沒問題的。」

顧綿綿卻道：「大嫂，往後我身子越來越沈，家裡的事情都交給大嫂管吧。我每個月月初給妳撥銀子，大嫂記個帳，月底報給我聽。往後大哥總是會升官的，先在我這裡歷練歷練，等你們單獨過日子時，大嫂也能獨當一面。」

邱氏有些靦覥地笑道：「承妹妹的吉言，不過我們還是想一直和妹妹一起住下去，家裡人多也熱鬧些。妳大哥無其他兄弟姊妹，只剩下妹妹一個人，咱們可不就要聚在一起？」

顧綿綿也喜歡熱熱鬧鬧的，自然不反對。「那就有勞大嫂多照顧我了。」

邱氏笑著點頭。「歡姐兒也大了，有丫鬟、婆子看著，還有末郎帶她玩，她現在也不是一天到晚纏著我，我也不忙。」

姑嫂倆說著家常話，吳太太在一邊越聽越心酸。別人家裡孩子成群，她家裡每天冷冷清清的。兒子去太醫院，吳老爺在前院坐診，後院就她和一個雇來的婆子，她連個說話的人都沒有。

吳太太現在就喜歡串門子，誰家孩子多她去誰家，小娃兒多可人疼啊！她饞得口水直流，但回去後她又不敢和兒子說什麼，只能自己忍著，日積月累，吳太太感覺自己都要積下病了。

顧綿綿不忘照顧吳太太的情緒。「我準備給我爹寫封信，太太有什麼話和東西要帶回去給老家的人嗎？」

吳太太笑得很勉強。「請顧老爺和顧太太照顧好身子，別的並沒有什麼，多謝郡主。」

吳太太本來是想請顧綿綿幫她說個合適的兒媳婦，但想到兒子的性子，話到嘴邊又噎了回去，略微坐了坐就自己回去了。

等吳太太一走，邱氏安慰顧綿綿。「妹妹不要多想，是男是女都不打緊，我不也生的女兒？妳大哥可喜歡、可疼了。」

顧綿綿忍不住大笑。「大嫂放心吧，我不會放在心上的。」

邱氏見顧綿綿神色不似做假，這才撇開這個話題。

確認顧綿綿懷胎，方太后又高興、又擔心，高興的是她很快又要有一個孫輩，擔心的是末郎還不到兩歲，怕女兒身體受不住。

於是方太后又開始翻箱倒櫃，把清暉園裡自己收藏的好東西全部翻出來，一車一車地往衛府送。

顧綿綿開始了慢悠悠的養胎生涯，她身體好，這一胎除了偶爾有點胃口不佳，別的倒沒什麼，沒吐過一口，晚上睡覺也很香甜。

衛家的日子，一直熱熱鬧鬧、歡歡喜喜地往前過。

日月窗間過馬，轉瞬三年時間過去，顧綿綿的女兒嘉言已經兩歲多了，而末郎，也已經開始上學。

冬日的早上，嘉言起得比較遲，顧綿綿吃過了早飯，她還在呼呼大睡。

顧綿綿坐在床沿，在女兒臉上親一口。「嘉言，起床啦。」

小丫頭臉蛋紅撲撲的，聞言在被窩裡拱了拱，不肯起來。

顧綿綿把手伸進被窩，撓了撓她的小腳丫，嘉言立刻哈哈笑了起來。小丫頭最怕癢了。

顧綿綿立刻把被子掀開，拿起旁邊的衣服就開始幫女兒穿戴。「冬天雖然冷，也不能總是這樣懶。哥哥都上學去了，姊姊剛才也來找過妳，睡到太陽曬屁股還不肯起來，羞羞。」

嘉言雖然年齡小，但和她哥哥完全是兩個性子，末郎一直到快三歲才開口說話，平日裡也是惜字如金，人都說他像外祖父。嘉言不一樣，一歲出頭小嘴就開始說個不停，別看她哥比她大了兩歲多，吵架時卻完全吵不贏她。

嘉言說話還帶著奶音。「娘，爹呢？」

顧綿綿笑道：「早走了，走之前還告訴我，要是妳睡懶覺，就讓我打妳屁股。」

嘉言聞言抬起小下巴。「騙人！爹才不會打我屁股！」

等穿好了衣裳，顧綿綿讓人給女兒端了早飯來，看著她吃完一碗蝦仁粥，又讓她吃了一個小包子，這才放她出去。

嘉言邁開小腿，蹬蹬蹬地跑去找姊姊。

歡姐兒已經等她多時了。「小懶蟲，睡懶覺。」

邱氏笑道：「妹妹還小呢，多睡一些無妨。」

歡姐兒拉著妹妹的手，兩個小姑娘一起去了歡姐兒的廂房。別看歡姐兒還不到四歲，卻已經有了單獨的屋子，她晚上還跟爹娘睡，白天卻要在自己的屋子裡玩。廂房裡擺滿了各種玩具，姊妹倆經常一玩就是大半天，喊都喊不走。

孩子都大了，顧綿綿自己的時間變多，她開始重拾修練的功課。雖然早就不靠著當裁縫過日子，她的針法卻從來沒落下，隨著日復一日的打坐練氣，顧綿綿的內力越來越深厚，大冬天下雪時，她穿一件單衣都不覺得冷。她所缺的，就是實戰經驗。

於是，衛景明有空就拉著她在院子裡練習針法。她使針，他使鞭子，顧綿綿的飛針現在帶了內力，又快又準，但衛景明的鞭子更快，總是能把她射出去的針全部撈回來。

除了武學，顧綿綿又繼續開始跟鬼手李學一些雜七雜八的東西，偶爾會給京中一些貴婦看看手相或是挑個日子，因她看得次數少，又看得準，倒是只給人留下了好印象，由於高門大戶這等瑣事，多由婦人決定，一時間竟比鬼手李更受歡迎。

顧綿綿的學習沒有太多目標，她樣樣有興趣，學多少、算多少，這樣的隨心所欲看似無章法，反倒是慢慢把每一樣都打磨精細，這倒是讓人意想不到，連鬼手李師兄弟都說，她學的東西，非常紮實。

顧綿綿很喜歡現在的日子，有家、有孩子、有錢花、有事情做，雖然外頭對她的閒言碎語沒斷過，比如善妒不給丈夫納妾，比如性格太耿直經常得罪人。顧綿綿懶得去理別人的話，她平日要麼在家裡，要麼帶著孩子去找方太后和五公主，或是去找萬太太、金太太和莫太太，家裡有邱氏和幾個孩子，她一點不在意別人怎麼看她。

況且，官人身為錦衣衛，本也不受歡迎，他們夫妻倆這樣正好。

平靜的日子溫馨又寧靜，顧綿綿快樂地沈浸其中，直到萬統領病重的消息傳來，顧綿綿的腦子才又緊繃了起來。

自年初開始，萬統領就開始生病。最開始，大家都以為只是偶感風寒，畢竟萬統領才四十多歲，站在朝堂上都算年輕的。

剛開始衛景明也沒當回事，萬統領上輩子活得可久了。等萬統領總是打噴嚏、咳嗽，太醫院的太醫輪流給萬統領看病，總是不見好，衛景明便開始重視起來。自從他重生而來做了指揮同知，整個錦衣衛的官職任命很多都打亂了秩序，衛景明也料不準事情到底會怎麼走。

偏偏萬統領身子不佳，還要強撐著去處理公事。最後是魏景帝實在看不下去了，強行命令他回家歇著。

為了讓萬統領安心，衛景明和另外一位指揮同知付大人並不擅專，有什麼事情都會主動報給萬統領，請他裁奪。萬統領人雖然不在錦衣衛，權力卻並沒變小，仍舊是魏景帝的心腹。只要魏景帝一個眼神，他撐著病體也會爬起來，提著刀就去殺人抄家。

衛景明承認，在忠心這方面，自己全然不配和袁統領以及萬統領相比，在袁統領和萬統領心中，皇帝才是最大的，但在衛景明心裡，皇帝算個屁，誰做皇帝不是做？只要別禍害百姓就可以。

為了給百姓挑個好皇帝，衛景明違背良心任由二皇子和三皇子廢了平王的手指，現在又要開始給七皇子鋪路，他時常覺得自己真是太不容易，跟隻老母雞一樣處處操心，暗自決定等把七皇子送上位，自己一定要回青城縣跟著老岳父養老去。

但離七皇子上位還有不短的路呢。這二、三年間，諸位皇子漸漸羽翼豐滿了起來。二皇子和三皇子重新回來當差，一個封了齊王，一個封了晉王，兩人旗鼓相當，身邊圍過來越來越多的簇擁，鬥得越發厲害。五、六兩位皇子不大出色，只封了郡王，成親後領了實差，但辦得一塌糊塗，魏景帝只能給他們各自安排個閒差。

而七皇子得封梁郡王，得了戶部的實差之後，漸漸得到個耿直的名聲，雖然不討魏景帝喜歡，但許多大臣倒是挺喜歡他的。魏景帝也不得不承認，這個兒子雖然耿直，但辦差事真的很用心，戶部有他盯著，誰也別想中飽私囊。

最重要的是，七皇子和衛景明的關係漸漸轉到明面上。因著眾人眼光都在齊王和晉王身上，七皇子交好一個指揮同知也不是太惹眼。在世人眼裡，七皇子開竅了，知道通過妹妹去交好方太后和嘉和郡主，進而和錦衣衛指揮同知搭上關係。雖然上面有萬統領在，但衛景明在京城的權力也不容小覷。頂層的人都知道，他是方太后的親女婿，不光裙帶關係夠硬，人家的本事也是一等一的好，什麼案子到了他這裡，必定能查個水落石出，每年錦衣衛大輪考的時候，他都是第一考官，連萬大人都不和他爭。爭啥呢？武功不如人家，破案不如人家，還是老實去皇帝跟前獻殷勤吧。

七皇子這邊交好了衛景明，那邊通過岳父也交到了一些文人，他終於有了自己的實力，隨著嫡長子的出生，七皇子漸漸有了個正常皇子的樣子，不再是個徒有其名的皇子，到了此時，誰也不會輕易再說把五公主許給一個大字不識的浪蕩子的話。

說起五公主，自從那年吳遠稱病不再去清暉園，她漸漸沈默下來，彷彿又成了以前那個五公主，每日話不多，只知道唸經。以前她的道袍還會講究樣式和質地，後來她穿得更隨意了，吃食上頭也很簡單，老太醫說她沒病，不用吃藥，五公主就更加嚴謹地吃素。吃一陣子後，身體變差了，方太后只能把吳遠叫過來給她看病，吳遠給她補身子，給什麼她吃什麼，補好了之後吳遠又跑了。

五公主什麼話都不說，只繼續吃素，然後吳遠又要過來給她補身體。這樣周而復始，吳遠覺得自己都快要成了罪人，心裡越發不忍，哪怕自己不去清暉園，也要暗地裡打聽五公主吃了什麼。

方太后彷彿看熱鬧一樣，一個字不點破，五公主唸的經書越來越多，誰跟她提招駙馬的事，她都是一口回絕。

話轉回來，萬統領的病之前一直不見好，入了冬之後，忽然更嚴重起來。夜裡給魏景帝值夜時，他吐了幾口血。萬統領要強，不許人告訴魏景帝，也沒叫太醫，撐了幾日後，吐血不停。

魏景帝看著瘦得不成樣子的萬統領，再次強行命令他回去歇息。

萬統領徹底倒下了，就算兩位指揮同知去向他匯報差事，他每次都是聽不了幾句就揮揮手，讓兩位同知自己做主。

二位指揮同知很有默契地將錦衣衛一分為二，各自管轄一部分，衛景明管外，付大人則負責管皇城的守衛。

魏景帝也擔憂起來，錦衣衛是皇帝的一隻手，有了錦衣衛，皇帝可以監察百官，一些重要的案子可以繞過三司直接捉拿犯人，很大程度上削弱了百官的權力，故而百官對錦衣衛都恨之入骨。

但歷任皇帝都喜歡呀！錦衣衛多好，沒錢了讓錦衣衛抄家，看誰不順眼了讓錦衣衛砍死，自己犯錯了不想承認，就讓錦衣衛揹鍋，在皇帝們眼裡，這才叫真正的心腹和臣子。

萬統領病倒，錦衣衛現在還能維持穩定的局面，但明顯整體凝聚力不如以前。底下所有人都在站隊，決定是選衛大人還是付大人，錦衣衛們都開始動腦筋，衛大人本事過硬，但太年輕，不一定就能做統領，可付大人雖是老成一些，本事又差了一點。魏景帝不想看到一個四分五裂的錦衣衛，就得快些下決定，不過萬統領只是重病，一時半刻又死不了，總不能把他掐死吧？

魏景帝憂心忡忡，在萬統領回家後的第三天，他微服私訪去了萬家。

萬統領忠心耿耿，見皇帝親自來看望自己，激動得熱淚盈眶。「陛下，臣何德何能，勞動陛下親自來看。」

魏景帝拍拍他的手。「愛卿怎麼樣了？」

萬統領擦擦眼淚。「陛下放心，臣只要還有一口氣在，就會替陛下辦好差事。」

魏景帝扶他起身，輕聲道：「胡說，你是朕的左膀右臂，忠心耿耿，朕怎麼能讓你帶病當差？你別怕，先把差事放下，錦衣衛有兩個同知也夠用，等你病徹底好了，再去也不遲，你放心，朕把你的位置留著。」

萬統領搖搖頭，神色黯然。「臣多謝陛下，但臣知道，臣怕是好不了了。」

魏景帝板起臉。「胡說！你比朕還小幾歲呢，朕都沒死，你急什麼？」

萬統領躬身道：「陛下，臣感謝陛下對臣的厚愛，但陛下替臣著想，臣豈能以一己之私不顧大局？錦衣衛不可一日無統帥。」

魏景帝嘆了口氣。「萬愛卿莫要多慮了，衛愛卿和付愛卿都是靠得住的。」

萬統領沈默了片刻後道：「陛下，臣將死，想和陛下說幾句掏心窩子的話。錦衣衛的權力太大了，若不加以約束，將來後患無窮。臣不妨告訴陛下，百官恨錦衣衛，但到了黨爭的關鍵時刻，又喜歡爭取錦衣衛站隊，皇子們就更不用說了，諸位皇子往臣這裡送錢、送宅子、送女人，那都是陛下的兒子，臣又不能把東西丟出去，實在左右為難。」

魏景帝有些生氣。「這些孽子。」

萬統領猛烈咳嗽了兩聲。「陛下，臣不是要跟陛下告狀，臣想告訴陛下，錦衣衛，該整頓整頓了。」

魏景帝有些為難。「愛卿，錦衣衛是太祖留下的，朕不好裁了這個衙門。」

萬統領搖頭。「陛下，臣不是這個意思。錦衣衛現在要裁，是難上加難，況且陛下仍用得到錦衣衛，不過陛下可將錦衣衛分而化之。」

魏景帝深深地看了一眼萬統領。「愛卿有話直說。」

萬統領咳嗽了一陣子，喝了一口溫水，繼續道：「陛下，朝廷各個衙門，相互獨立，又相互有制約。只有錦衣衛一個衙門，毫無掣肘，若是帝王年富力強也就罷了，但萬一什麼時候出來個年幼的帝王，很容易被架空。陛下，臣建議把錦衣衛一分為二。」

魏景帝的眼神深邃了起來。「愛卿有什麼好建議？」

萬統領道：「從錦衣衛中抽調一部分精銳，成立另外一個衙門。原錦衣衛衙門和官位不動，兩個衙門都歸陛下統管，這個不聽話了，陛下就用另一個，能保陛下永遠無虞。」

魏景帝心裡受到了很大的震撼及感動，一個帝王，能讓臣子說出這種話，夫復何求？這幾年間，萬統領幫魏景帝處理不聽話的臣子，抄家奪爵斬貪官，甚至悄悄給他找一些貌美的小寡婦，他像一頭老黃牛一樣默默地站在魏景帝身後，隨叫隨到，直到他再也站不起身來。

魏景帝的聲音不禁有些哽咽，他拉著萬統領的手道：「愛卿，朕何德何能？」

萬統領笑了笑。「陛下，趁著臣還有一口氣，臣給陛下擬一份名單，都是錦衣衛裡的精銳，其餘的，就請陛下做主吧。」

說完，萬統領讓人取了紙筆過來，他把錦衣衛裡的精銳全部挑了出來，還在一邊備注了錦衣衛內部關係，誰是誰的心腹，誰和誰不合，都一目了然。

魏景帝收起名單。「愛卿辛苦了，好生歇著，朕過幾日再來看你。」

萬統領似乎像鬆了一口氣一樣。「多謝陛下厚愛，臣願陛下江山永固。」

說完這句話，萬統領好像十分疲憊一樣，眼睛都要睜不開了。魏景帝走後，萬統領很快又陷入了昏迷。

此時，顧綿綿也正和衛景明在臥房裡談論錦衣衛的事情。

兩口子相擁而眠，顧綿綿問衛景明。「萬統領要是死了，錦衣衛會不會分裂？」

衛景明低聲道：「不管怎麼分裂，陛下的用意都是讓錦衣衛聽話，能辦事。」

顧綿綿嘆口氣。「這次你不在宮裡，也不知道誰能出任北鎮撫司指揮使。」

衛景明笑道：「娘子別愁，宮裡太監一大堆，總有合適的。」

顧綿綿在黑暗中撇撇嘴。「這些做皇帝的慣愛過河拆橋，做統領有幾個能善終的？萬統領還算好的，等他死了，陛下念在他的忠心，肯定會照看他的家人。不像袁統領家裡現在恓恓惶惶的，前日我碰到了袁太太，頭上光溜溜的連一件首飾都沒有，我也不好直接給她送錢，就命人給她送了些吃的過去。」

衛景明摸了摸顧綿綿的頭髮。「娘子別擔心，船到橋頭自然直。」

兩口子也沒說出個結果來，過了幾日，萬統領的死訊倒是先傳了過來。

魏景帝痛失臂膀，悲痛了兩天，追封萬統領為晉陽公，以國公禮下葬。顧綿綿穿著一身素淨，帶著金太太和莫太太一干人去萬家參加葬禮。

隨著萬統領的去世，錦衣衛內部變得緊張起來。沒想法的人也就罷了，該怎麼當差還是怎麼當差，有想法的人現在都抓緊最後的站隊時刻，但魏景帝的一個決定打亂了所有人的計劃。

萬統領剛剛下葬，魏景帝就與眾位重臣商議，將錦衣衛一分為二，設置兩個統領。

對此，重臣們當然高興，舉雙手贊成。這樣一來可以削弱錦衣衛的力量，二來可以讓兩個衙門相互制約，避免一家獨大。但隨即魏景帝又提出，讓內侍擔任新衙門的指揮使。

這個提議簡直就像捅了馬蜂窩，群臣們一擁而上，苦口婆心地跟魏景帝講宦官弄權的危害，似乎魏景帝如果用宦官，明天就要亡國滅種了。魏景帝不愛聽，直言道：「既然你們都不同意，那錦衣衛就還按照原來的樣子吧！」

君臣這樣相互拉鋸，衛景明巋然不動，付同知卻有些急了，原來他想的是錦衣衛一分為二，他和衛景明一人一半，多好？可魏景帝卻要用宦官，付大人心裡一來擔憂宦官弄權，二來也不想和宦官共事。

其實錦衣衛目前這個狀態，就跟一分為二沒什麼兩樣了，小事兩個同知做主，遇到大事找魏景帝裁奪，但這不是魏景帝想要的結果。

第六十六章

魏景帝見臣子們不答應，開始出大招，他要擴大錦衣衛的編制。

這下可把百官們惹急了，大家再次輪番上陣，文官說宦官當權禍害無窮，武官說錦衣衛人太多平白浪費軍餉。於是魏景帝直接開始耍皇帝流氓，說不擴大也行，要分開，讓內侍管一部分，權當作是他的侍衛。

魏景帝自繼位後，除了私生活上面比較混亂，朝政上面一直還算不錯，扯到最後，錦衣衛還是按照魏景帝最先提的方法一分為二。

魏景帝掏出當初萬統領寫的名單，只見上面第一個赫然就是衛景明的名字。魏景帝想了想，把衛景明劃掉，然後又陸續劃掉一些人，還不時往上添一些人。

大魏朝赫赫有名的北鎮撫司就在魏景帝的幾筆劃分下成立了，萬統領給的名單裡有一百多人，都是錦衣衛的精銳，魏景帝劃走一半，又從普通錦衣衛裡挑了幾百人，成立了最開始的北鎮撫司，由御前太監王總管統領。而原來的錦衣衛，更名為南鎮撫司，由衛景明擔任指揮使，付大人做同知，且不再增添新的同知。

衛景明升任指揮使之後，第一件事就是把剩下的錦衣衛名單掏出來看，稍稍鬆了口氣。還好，皇帝給他留了一部分能用的人。

北鎮撫司成立後沒多久，南鎮撫司的人就發現，魏景帝貼身的差事輪不到南鎮撫司了，南鎮撫司接手的都是一些不好辦的差事或是閒差。大夥兒不免私底下抱怨衛景明沒用，比不上王總管。

王總管自從做了北鎮撫司指揮使，權力大漲，以前他只能在宮裡耍威風，現在百官看到了他，哪個不恭敬地叫一聲王大人？如今誰被他多看兩眼，晚上都要吃不下飯。

顧綿綿偶爾笑話衛景明。「官人可羨慕王總管？」

衛景明笑答。「十個王總管我也不羨慕，我就想和娘子好好過日子。」

衛景明在等時機，要不了多久，北邊胡人南下，王總管就會攛掇魏景帝御駕親征。在此之前，衛景明迎來了他人生中另外一個重要夥伴，在青城縣連任兩屆縣太爺的楊石頭回來了，且一回來，就做了吏部五品郎中！

楊石頭原本是因著瑞石之事去青城縣，後來三年期滿，恰逢先帝剛剛過世，魏景帝為了穩定，許多底層縣令都被留任，於是楊石頭只能在青城縣再幹三年。

在青城縣幾年期間，楊石頭不像老色鬼張大人那樣一心只想升官發財，作為一縣父母官，他身邊連個知冷知熱的女人都沒有，於是乎，楊石頭就把所有的精力都投入到青城縣中，發展農牧，興修水利，創辦官學，五、六年下來，青城縣的人口漲了三成，稅收也漲了兩成，還出了好幾個舉人，當然，楊石頭的政績也年年都是優。

而立之年的楊石頭剛剛結束任期，就被一封調令調回了京城。

魏景帝也聽說過這個當年去「救火」的年輕御史，一看政績這麼好，名聲也好，性格耿直，那就去吏部填了那個郎中的缺吧。

楊石頭離開青城縣的時候，顧季昌帶著許多百姓送出了十幾里路遠，因著他官聲好，百姓們都是自發來送行，還給了楊石頭許多自家做的吃食。楊石頭接受了百姓的吃食，那什麼萬民傘他卻不肯要。辭別青城縣一干人後，他一路快馬加鞭趕往京城赴任。

剛到京城大門口，楊石頭忽然看見一匹駿馬往自己跟前飛馳而來，到了他面前，馬上人勒住了韁繩，馬兒嘶鳴一聲然後立定，馬上的人神采飛揚，嘴角帶笑主動拱手。「楊大人別來無恙！」

楊石頭定睛一看，心道：當初那個馬屁精小衙役，現在可真是神氣得不得了！

楊石頭也拱了拱手。「衛大人風采更勝往昔。」

衛景明哈哈笑。「楊大人還是老樣子，聽說楊大人要回京，我提前命人打探楊大人的消息，估算著今日會到，我在這裡都等了幾個時辰了。」

我一個芝麻小官，何勞你大駕？楊石頭心裡嘀咕，但仍舊客氣道：「多謝衛大人。」

衛景明笑道：「好說，楊大人是我與夫人的大媒人，如今我夫婦和睦、家庭美滿，全賴楊大人當日替我做主。楊大人家裡人不在京城，連個宅子都沒有，且先到我家裡去住一陣子吧。」

這話說得巧，楊石頭摸了摸鬍鬚點頭。「那就多謝衛大人了。」

衛景明帶著楊石頭往城內去，一路暢通無阻，楊石頭心裡忍不住感嘆，錦衣衛果然名不虛傳，雖然分出去一個北鎮撫司，也沒人敢小覷。

等到了衛家，衛景明把楊石頭帶到前院安頓下，顧綿綿聽說楊石頭來了，讓人給楊石頭燒水沐浴，又做了一桌好酒席，晚上薛華善回來後，三人在前院一起喝了個痛快。

楊石頭喝到微醺之時，忍不住道：「衛大人好本事，這才幾年，從一個衙役升到了正三品，還是這等職位。說起來還是顧大人眼光好，挑了個這麼好的女婿。」

衛景明笑道：「富貴於楊大人來說不都是過眼雲煙，如今北鎮撫司才叫風光，雖然都是陛下心腹，我這邊只是打雜而已。」

楊石頭揮揮袖子。「雖是過眼雲煙，品級高一些行事才能更方便。衛大人若不是做了指揮使，如何能為民伸冤？我可是都聽說了，自從南、北鎮撫司分家，北鎮撫司專門抄家殺人，南鎮撫司專門為民伸冤。」

衛景明哈哈笑。「楊大人，您不如說王總管幫陛下處理大事，我就是管一管雞毛蒜皮的小事。」

楊石頭瞥了他一眼。「衛大人此言差矣，為百姓做事，再小都不小。下官在青城縣五、六年，管得都是百姓的瑣事，難道都是微不足道的？」

衛景明咧嘴，趕緊道歉。「是我口誤，楊大人為國為民，是大魏朝的棟梁。」

楊石頭這才滿意。「衛大人，切莫要小瞧了自己的差事。往常錦衣衛名聲不好，如今南北分離，北鎮撫司飛揚跋扈，這是衛大人的機會，正好可以替南鎮撫司洗刷掉壞名聲，難道總做活閻王是什麼好聽的事不成？」

衛景明心裡忍不住感嘆，楊石頭就是楊石頭，不管到什麼時候都是個臭石頭，本官不過是謙虛兩句，他就來教導我。但楊石頭的話沒錯，話裡話外也是為他好，衛景明只能再次道謝。

為了不讓楊石頭繼續教導自己，衛景明只能岔開話題。「不知我家岳父、岳母和妻弟如何了？」

楊石頭點點頭。「顧大人很好，還託我轉告衛大人和郡主，家中一切都好，莫要惦記，過好自己的日子。」

衛景明摸了摸酒壺。「這一走就是五、六年，也不知何年何月能再見。」

楊石頭沈默，他的妻小父母都在老家，快十年沒見面了。

衛景明知道他雖然是塊臭石頭，卻是個大孝子。「楊大人，往後有何打算？可想過把嫂夫人和老父母接過來？」

楊石頭想了想。「我俸祿微薄，京城開銷大，養不活一家子。」

衛景明給他倒酒。「楊大人，五品俸祿也不低了，儉省些也能過日子。我有一套小宅子一直空著，要是楊大人不嫌棄，我願意借給楊大人居住。」

楊石頭立刻搖頭。「不可不可。」

衛景明開始給他扣大帽子。「都說楊大人是個大孝子，您父母已經年邁，您再等下去，還要等到何時才能盡孝？您不答應借宅子，無非是不想欠我的人情。我且問您，難道為了自己不欠人情，您就不顧老父母和妻兒了嗎？您每日做官做得風光，父母妻兒卻在老家受苦，您如何忍心？欠我的人情就讓您不做孝子？那您就是個假孝子了！」

這話說得楊石頭一口酒噎在嗓子裡，半天下不去。

旁邊薛華善解圍道：「楊大人，人生在世，誰也做不到真正瀟灑。就說衛大哥，您別看他住著大宅子，騎著高頭大馬，這都是他師叔和我妹妹的，他的俸祿可支撐不了這種好日子。」

衛景明看了薛華善一眼，哼一聲道：「慣會拆我的臺！」然後又對楊石頭道：「楊大人，您看，我吃老婆飯不也怪好的，也沒少一塊肉。既然是兄弟，我自然不能看著你骨肉分離。休要囉嗦，明日我讓人把宅子收拾一番，雖然有些小，住一家子也不成問題。」

楊石頭只能拱手道：「如此，多謝衛大人。」說完，他突然急急起身往外走。「顧少爺讓我給郡主帶了禮物，差點忘了，別要悶死了！」

衛景明心裡奇怪，什麼禮物還能悶死了，一時好奇，也跟著出去看。

只見楊石頭在自己的破舊騾車裡掏了半天，然後掏出一隻小狗。那小狗肉乎乎的，可能剛睡醒，忽然被人拎出來，頓時嗷嗷叫了起來。

衛景明和薛華善瞪大了眼睛。「這是岩嶺讓你帶的？」

楊石頭點頭。「這小東西難伺候得很，一路上顛簸，我怕牠死了，費了不少心思。顧少爺說，這是你們養的大狗下的崽兒。」

說完，楊石頭把狗崽子扔到衛景明懷裡，小狗忽然進了個陌生懷抱，有些害怕，嗚嗚叫得好不可憐。

衛景明摸了摸小狗的頭，安撫了牠兩下，然後鬼使神差般問了楊石頭一句。「牠可有名字了？」

楊石頭摸了摸鬍子，然後瞥了衛景明一眼，神色奇怪。「有，烏龜崽兒。」

旁邊的薛華善忍不住先笑了起來，衛景明聽見這名字，也忍不住笑。「岩嶺長大了還這般淘氣。」

說完，他把烏龜崽兒遞給旁邊的玉童。「抱去給姑娘們玩。」

正在後院裡跟姊姊玩耍的嘉言聽說二舅舅讓人給自己帶了禮物，立刻拉著歡姐兒的手蹬蹬跑到正院，只見她娘正抱著一隻小狗笑個不停。

嘉言歡快地跑了過去。「娘，二舅舅給我的禮物在哪裡？」

顧綿綿把烏龜崽兒給女兒看。「在這裡呢，牠叫烏龜崽兒。」

嘉言聞言哈哈笑了起來。「娘，狗崽子為甚叫烏龜崽兒？」

顧綿綿不好提這名字的來歷，只能往弟弟頭上扣。「妳二舅取的，想來是有什麼典故。」

嘉言接過小狗，摸了摸牠肉肉的腦袋。「娘，這小狗能給我養嗎？」

顧綿綿笑道：「當然可以，就是給妳玩的。不過牠千里迢迢進京，這會兒又累又餓，妳去找些吃的給牠，然後給牠做個窩，讓牠好好歇息歇息。」

嘉言立刻高興地抱著烏龜崽兒走了，餵食、做窩，忙得不亦樂乎。

晚上末郎回來，聽說妹妹的狗叫烏龜崽兒，很有風度地握拳在嘴邊咳嗽了兩聲，才正經八百道：「二舅取的名字，別有趣味。」

烏龜崽兒在衛家安了家，楊石頭在衛家住了兩個晚上，很快就搬去了如意巷。

楊石頭走馬上任，不到十天就得罪了人。

年底了，吏部這邊比較忙碌，他作為郎中，很多具體小事情都要經他的手，幾天的工夫，他一連駁回了幾道底層官員任命書和考評書。在他眼裡，有些人根本就不配做官，沒有功名也就罷了，一無功勞、二無名聲，全靠著裙帶關係上位，斷然不行。有些官員在地方任職，並無突出政績，也被打了優，他覺得不合適。

他這樣做，首先讓自己的頂頭上司吏部右侍郎霍大人很不高興。

你一個新來的，好好幹活就是，怎麼那麼多事？

霍大人把他拉過去，說得很委婉。「楊大人新來乍到，可以先看看往年的文書是怎麼做的，依葫蘆畫瓢也行。」

楊石頭搖頭。「大人，下官不能遵從。地方官關係到一地百姓生死，豈能兒戲？下官做了六年縣令，深知父母官的重要性，這才較真起來。往年的文書下官也看過，下官不想說同僚們做得不對，但下官既然頂了這個缺位，就要替陛下、替朝廷著想才是！」

霍大人被他一席話頂到南牆上，知道此人脾氣臭，只能繼續勸。「楊大人，大家都在認真為陛下、為朝廷辦差，但想出政績也不是那麼容易的，總得天時地利人和才好。只要不是盤剝百姓，也不算太差，若是個個都寫中下，陛下的臉往哪裡放呢？」

楊石頭沈默，又道：「考評的事下官可以通融，但任命的事，下官不能苟同。」

霍大人有些生氣。「那你自己看著辦吧！」

說完，霍大人把楊石頭趕了出去。

楊石頭沒辦法，霍大人畢竟是上司，官員任命牽扯到許多人際關係，自己要是來硬的，怕是明天就要被人打悶棍。楊石頭雖然耿直，但並不傻，他知道自己無權無勢，上官不支持，他想做事情怕是不容易。

楊石頭從第二天開始，一家一家開始走訪那些底層官員，和人家談論如何做官，話裡話外的意思就是勸退人家，莫要去坑害百姓。

他這樣私自行動，可把霍大人氣壞了，當場和尚書大人告狀，要把楊石頭調走。

尚書大人摸了摸鬍鬚，看向霍大人。「陛下親命的郎中，才來了幾天就被排擠走，咱們吏部成什麼地方了？」

霍大人道：「也不是下官想攆他走，他這樣做，平白得罪了多少人？」

老尚書摸了摸鬍子。「這有什麼不好，陛下把他放在這裡，就是有這個意思。你我不願意去得罪人，總得有人出頭。這一、二年間，走關係的越來越多，長此以往，我們吏部的名聲就要壞了。」

霍大人沈默不語，半晌後拱手道：「多謝大人指點。」

為了支持楊石頭，老尚書也駁回了一些任命書。那些被推掉的關係戶，大多都是豪門子弟或是皇親國戚，吏部尚書權力大，他們不敢輕易得罪，於是，所有的怒火都集中到了楊石頭身上。

楊石頭可不怕，捋起袖子親自上陣，拿起自己當年當御史的功夫，在朝堂上和人吵翻了天。吵了幾天，楊石頭在京中出了名，臭石頭的外號也人盡皆知了。

衛景明日常替楊石頭擔心，回家和顧綿綿嘀咕。「這塊臭石頭真是名不虛傳，昨兒竟然把寇二郎升官的任命書駁回，嘖嘖，寇貴妃怕是要大發雌威了。」

顧綿綿哼一聲。「駁得好，總該有人來治一治這家人。這幾年寇家都狂成什麼樣了？連寇大郎那樣的人也做到了四品，寇二郎還能娶國公家的庶女為妻？我看咱們這位陛下，早晚要栽在一個色字頭上。」

衛景明勸顧綿綿。「歷朝歷代，哪個皇帝沒個寵妃呢？大夥兒都睜隻眼、閉隻眼，寵愛一個無子的貴妃，總比禍害百姓要強。說起來也是天意，這寇貴妃就是生不出孩子來，我都懷疑咱們這位陛下給她下藥了。」

顧綿綿瞥了他一眼。「那可不好說，皇后娘娘這幾年越發老實，聽說寇貴妃日常連請安都不去了，就等著皇后娘娘死了，她自己好上位呢。」

衛景明忍不住哼哼兩聲。「那她可想早了，我聽說皇后娘娘的病早好了，只是在蟄伏罷了。再不濟，那也還是原配正妻，當年皇城正門娶進來的太子妃，她一個宮外來的婦人也想做皇后，還不如早些洗洗睡了作個好夢吧。」

顧綿綿嗯了一聲。「那也挺好，我可不想給這樣的人磕頭。」

衛景明笑道：「娘子不用擔心，妳不用給她磕頭。楊石頭這樣鬧，我且得幫他看住家裡人。楊家人正在路上，若是被人報復，那楊石頭可太慘了。」

衛景明這回下了血本，先派了一行人去，半途又讓親信金崇安親自去接應。

果然不出衛景明所料，楊家人有錦衣衛保護，平安到京，但楊石頭卻被人暗算了。人家不打他，也不和他吵嘴了，變著法子往他家裡送了錢。楊石頭家裡只有一個僕人，不小心著了道，收下了那一千兩銀子。

收下銀子的第二天，楊石頭就被人告了，說他收受賄賂，替人買官，而這個案子，恰好到了衛景明手上。

要說楊石頭買官，衛景明是第一個不信的。這告狀之人大概是受了什麼人指使，剛開始跑到京兆衙門去告，京兆尹可不傻，立刻把案子踢給刑部，還是衛景明主動去找馮大人把案子摟了過來。

按理說一千兩銀子也不算多，對豪門貴族來說可能納個小妾就得花這麼多錢。但大夥兒都清楚，楊石頭窮啊，就他那沒見過世面的樣子，一千兩買個官還真不難。

告狀的還是個皇家宗親，但已經和皇帝八竿子打不著關係，需要翻族譜翻個把時辰才能連得上的那種。這人說楊石頭許諾給他謀個七品官，收了銀子卻不辦事。

衛景明二話不說，先把這個告狀的也關了起來，然後把那一千兩銀子和家裡僕人以及楊石頭都叫過來問話。

僕人嚇呆了，老爺有多看重名聲他比誰都清楚。

衛景明親自問他。「這一千兩銀子哪裡來的，你從實招來。」

僕人哆哆嗦嗦。「回大人的話，小人、小人也不知道啊。」

衛景明哼一聲。「家裡多了銀子你都不知道？可見是個糊塗蛋，既然腦袋不清醒，先給他醒醒神。」

旁邊立刻有人噼哩啪啦抽了僕人十幾個巴掌，楊石頭看得不禁有些心疼，那可是跟了他十幾年的人。

他抬頭看衛景明，只見他一臉大公無私的表情，楊石頭只得把求情的話收了回來，挺起腰心道：我沒收錢，不怕你們！

僕人疼得嗷嗷直叫。「大人、大人！小人真的不清楚，那日小人去買菜，回來的時候籃子裡明明沒有銀子啊，怎麼後來就有銀子了，小人真的不清楚啊。而且一千兩銀子那麼重，真放到籃子裡，小人肯定能感覺得出來啊。」

衛景明一個眼神過去，僕人見到他淩厲的眼神，嚇得當場尿褲子，這沒出息的模樣讓楊石頭乾脆閉上了眼睛。

衛景明見這僕人確實榨不出什麼有用的消息，立刻放棄了他，命人把僕人這些日子所有的行蹤都抄寫清楚。

接下來，衛景明開始審問楊石頭。「說吧，你這些日子都得罪了哪些人？」

楊石頭把脖子一梗。「我得罪的人多了去了，哪裡能數得清楚？」

衛景明自顧自倒茶喝一口，才開口勸。「好生想想，有哪些不能得罪的人，這會兒不是裝清高的時候，你爹娘才入京城，難道你想在大牢裡跟他們團聚？要不是我把你撈過來，你在刑部衙門裡可沒有好果子吃。」

楊石頭抿了抿嘴唇，開始老老實實把自己這些日子駁斥過的所有官員任命一一列舉出來。

衛景明伸頭看了看，以他對京城官員關係的認知，這裡面倒不至於有人會用這等殺敵一千、自損八百的法子來坑害楊石頭。

衛景明把那張紙拿起來，忍不住嘖嘖兩聲。「你可真是頭鐵啊，以後別叫你楊石頭了，叫你楊鐵頭吧。」
楊石頭仍舊八風吹不動。「我哪裡比得過衛大人？敢把昭陽宮的宮女頭髮剃光。」
衛景明呵一聲。「你知不知道，你現在的命捏在我手裡？」
楊石頭嗯一聲。「知道，還請衛大人救我。」
衛景明見他一副賴上自己的樣子，鼻孔裡哼一聲，好笑道：「本官第一次遇到你這種求人的姿態。」
楊石頭閉上眼睛。「有什麼話，衛大人只管問吧，下官知無不言。」
衛景明卻止住了話題，吩咐旁邊的金崇安。「把他關起來，一天只給一頓飯吃。」
楊石頭瞪大了眼睛。「衛景明，本官還有許多差事沒辦呢！」
衛景明斜睨他一眼。「你還辦個屁差事？這事弄不好，你不僅要丟官，名聲也要丟，連命都不一定能保住。你得罪的人太多，萬一上頭覺得你麻煩，乾脆直接讓你去死算了。想當好人，也要一步步來，你這回步子跨得太大了。那些小官雖然小，但架不住人家人多。你不知道這些人給誰送過禮，你駁回一個也就罷了，三個、五個人家也能忍著？你這一大串的名字，你想幹麼？你還不是尚書呢！」
楊石頭咬了咬牙。「難道任由他們賣官鬻爵嗎？」

第六十七章

衛景明本來準備走的，聽見他這樣說，又坐了下來，語重心長地教育他。

「我知道你是個好官，我不是想讓你跟他們同流合污，而是希望你能緩著來。做事不能蠻幹，鈍刀子割肉懂不懂？不要這樣來硬的，你會吃虧的。你不保全好自己，怎麼為百姓做事？再說了，你怎麼知道人家賣官鬻爵呢？你看到了？你抓住了？像你這樣有能力、有抱負的官員能有幾個？可能整個大魏，一雙手也數不到，大多數人都是普通人，你們吏部的任務不是把這些普通人變得跟你一樣能幹，而是看著他們不要犯大錯，不要去坑害百姓。」

衛景明感覺自己說得有些太多。「你先在這牢裡坐幾天吧，好好反省反省。若你真是冤枉的，坐了幾天牢房，往後出去也能訴委屈。一天給你吃一頓，是想讓你餓瘦一些，不然豈不是要砸了我們錦衣衛的招牌？我們可是活閻王！」

楊石頭倒不怕受苦，他想了想，對衛景明拱手道：「還請衛大人替下官照顧家中父母妻兒。」

衛景明點頭。「放心吧，你家附近我早就派人看著了。」

說完，衛景明起身就走了，金崇安示意旁邊人把楊石頭帶下去。

衛景明並沒有繼續查案，而是直接回了家。

顧綿綿正帶著孩子們在家裡玩呢，見衛景明回來了，等他換過衣裳後，拉著他開始在院子裡練功夫。衛景明教授了她不少拳腳招式，顧綿綿雖然力量比他小一些，但招式的用法卻十分熟練。

兩口子從廊下打到院子裡，又到了院牆上，一道紅影、一道青影，交織在一起，打得熱火朝天。

過了半個時辰，顧綿綿先停了下來。「不打了，你能不能使點勁？」

衛景明不正經地笑著。「娘子，我哪裡捨得使勁。」

顧綿綿呸一口。「軟腳貓。」

衛景明聽見她這樣說，上前將她攬進懷裡。「娘子可不能這樣說我。」說完，他眼神發亮地看著顧綿綿。「我一點不腳軟，倒是娘子很是嬌軟。」

顧綿綿知道他沒想好事，橫了他一眼，岔開話題問道：「今日怎麼回來得這麼早？」

衛景明嘆氣。「楊石頭肯定是動了人家的飯碗，不然人家不會這樣弄他。」

顧綿綿拉著他進屋。「昨兒我讓人悄悄去看了看楊太太，送去了一些東西，楊太太還好，能穩得住，就是家裡老人有些受不住。」

衛景明眉頭皺了起來。「娘子幫我放出去一個消息，就說楊石頭準備辭官。」

顧綿綿奇怪地問：「為啥是我去放消息？」

衛景明的眉頭舒展開來。「要是我去說，人家肯定以為我為了查案故意這樣說。但娘子去說，人家就會說我說枕邊話，可信度更高。」

顧綿綿又橫了他一眼。「衛大人慣會挖坑讓我跳。」

衛景明把顧綿綿拉到自己懷裡抱住。「我跟娘子一起跳進去。」

兩人正說著話，門外忽然伸進來一個小腦袋。「爹、娘，你們在做啥？」

顧綿綿看到女兒，尷尬地笑了笑，從衛景明腿上站起來。「嘉言來了，怎麼沒去找姊姊玩。」

嘉言立刻蹬蹬蹬地跑進來，爬到她爹左腿上坐好，指著右腿對顧綿綿道：「娘，您坐那邊。」

衛景明哈哈笑。「娘子快來。」

顧綿綿真沒拒絕，笑著坐了下來，跟女兒玩手拍手、翻花繩，衛景明在中間監督，防止女兒耍賴。

轉天，楊石頭要辭官的消息果真傳遍了京城。頓時，那些被楊石頭勸退的人都蠢蠢欲動起來，開始四處活動。人一多就亂，衛景明最擅長從混亂中查找蛛絲馬跡。

同時，一份楊石頭的家產清單被列了出來，上面將楊石頭日常起居的所有器具都寫得清清楚楚，連兩個裁縫鋪的票據都貼在了上面。楊石頭的官服破了，總是縫縫補補，很少去做新的。

衛景明將清單送到了魏景帝的案頭，魏景帝看著那份寒酸的清單，心裡有些感慨，若這單子是真的，我大魏朝何愁將來？但魏景帝畢竟不是小孩子，查案子要看證據。

衛景明將楊家僕人放回去，並揚言僕人已經交代了送銀子之人。僕人出去沒多久，果然被人盯上了。沒過幾天，衛景明就查到了楊石頭的頂頭上司霍大人身上。

自楊石頭上任以來，打亂了霍大人的許多步子，他不止一次在人前批評過楊石頭，還在人後說過楊石頭不識大體，這話能找到許多證人。

不僅如此，霍大人還曾兩次找到尚書大人，要弄走楊石頭。

第三，那個告狀的人不知為何忽然招了，說是霍大人讓他送的錢，許諾他等楊石頭倒臺之後，就給他弄個六品官當，還說楊石頭壞了許多人的財運，那一千兩銀子是霍大人讓那些被楊石頭駁斥的人湊出來的。

衛景明找了這裡面湊銀子的人來問，果然，霍大人曾提起過給楊石頭送禮的事。

一切證據看起來都指向霍大人，但衛景明心裡清楚，這案子查起來太容易了，此事絕對不會如此簡單。

金崇安把結案文書送了過來。「大人，請您過目。」

衛景明略微看了兩眼問道：「崇安，你相信嗎？」

金崇安也搖頭。「大人，這事半真半假，霍大人確實憎恨楊大人，曾想把他弄走，但銀子的事不好說。」

二人心知肚明，霍大人是三皇子的表舅，這中間的水有些深，楊石頭可能就是個幌子，真正的目標是霍大人。吏部尚書老了，等過幾年老尚書告老，要是霍大人上去，怕是有很多人不放心了。

衛景明忽然笑了起來。「崇安，咱們就把這個送上去吧，陛下若是不信，就讓北鎮撫司去查，相信王總管比咱們能耐。」

金崇安也忍不住輕笑。「大人，王總管可聰明了，他從來不碰這些事情，他的靠山是陛下。」

衛景明忍不住罵了起來。「就是要把這個燙手山芋扔給陛下，看看陛下怎麼辦。這些人也是心黑，黨爭歸黨爭，怎麼能陷害楊鐵頭這樣的人？不管誰做了太子，難道不需要楊鐵頭這樣的人？糊塗！愚蠢！」

金崇安小聲道：「大人，咱們的目的不就是替楊大人洗清冤屈嗎？如今目的已經達到了。」

衛景明道：「你說得對，讓人去找幾個酒樓，把楊鐵頭生平的事跡傳播傳播，大魏朝好不容易出現個剛正不阿的大清官，還被人這樣玷污，簡直豈有此理。」

金崇安笑著點頭而去。

等結案奏摺送給魏景帝，魏景帝看了一眼就放下。「衛愛卿，此案查完了？」

衛景明點頭。「回陛下，所有事情證據確鑿。」

魏景帝抿緊了嘴不說話。「你去吧。」

等衛景明一走，魏景帝問王總管。「你也這麼認為嗎？」

王總管有些為難，衛景明在明處查，他在暗處查，他查到的東西更多，但只敢跟魏景帝說一部分，他原指望衛景明把這中間的利害關係捅出來，誰知衛景明奸猾，就做個表面功夫，直接把霍大人拎出來擋槍，難怪魏景帝不高興了。

魏景帝把奏摺一扔。「你們每日裡滿口忠君愛國，一牽扯到利益之事，就開始三緘其口，還不如一個楊石頭！」

王總管嚇得跪了下來。「陛下息怒，殿下們還年少。」

魏景帝哼一聲。「朕不出手，都以為朕是個傻子，好糊弄。」

魏景帝一怒，真把霍大人下了獄，證據確鑿，霍大人想抵賴也不行。霍大人在獄中喊冤，他雖然想弄楊石頭，但銀子真不是他送的。三皇子想保霍大人，可還沒等他想出辦法，魏景帝便以霍大人品行不正為由，奪去侍郎之位，念在受賄金額較低，罰沒一半家產，發還老家，侍郎之位由吏部郎中楊石頭頂上。

這一任命頓時讓朝堂炸開了鍋，要知道霍大人在吏部幹了十幾年，眼見著就要升尚書了，雖然和三皇子連著一點親，但私底下從來不和三皇子來往，如今忽然被撤下來，讓百官們的心一緊。

霍大人被撤了也就罷了，那楊石頭是什麼人？幾個月之前他還是一個小縣令，都敢捅馬蜂窩，現在搖身一變成了侍郎還得了？陛下這是看中了此人的一身硬骨頭？

不管眾人怎麼想，這個節骨眼上，幾個尚書們都閉嘴，其餘人也只能在心裡嘀咕。

楊石頭出獄那一天，晴空萬里，衛景明命金崇安親自駕車送他回家。

走的時候是刑犯，回來卻是侍郎，楊家老父母抱著兒子老淚縱橫，楊石頭也有些動容。

楊侍郎走馬上任，朝堂上頓時風聲鶴唳起來。別看此人年輕，卻入了陛下的眼，那些想走關係的人，都歇了心思，有想拉攏楊石頭的，也在心裡掂量起來，萬一人沒拉攏來，被他削了老臉，那可就難看了。

楊石頭出獄後，衛景明並沒有和他有過多來往，二人各自忙碌。聽聞楊石頭是借別人家的小院子居住，魏景帝心裡有些慚愧，便給楊家賜了一棟單路四進的宅子，楊石頭搬家後，命楊夫人往衛家送了一份謝禮。謝禮十分簡單，就是楊夫人做的針線，還有街上買的一些點心。

魏景帝罷免了霍大人，三皇子晉王一派沈默了許多，就在二皇子齊王歡欣鼓舞的時候，魏景帝忽然臨幸年老色衰的鄭賢妃好幾次，三皇子一派立刻恢復了士氣，似乎找到了希望一般。

衛景明懶得去管這二王之爭，還爭個屁，等到了明年春，大禍就要臨頭了。

轉眼就到了第二年春天，大魏朝風調雨順，國泰民安，今春的麥子又是一場大豐收，魏景帝龍顏大悅。

自魏景帝繼位以來，老天似乎都站在他這一邊，各處沒有出現大面積的洪澇災害，更沒有人舉旗造反，連年莊稼豐收，人口快速成長，百官們拍馬屁時總是說魏景帝是天命之子，身攜祥瑞，福澤天下蒼生。

一時間，整個京城裡歌舞昇平，太平盛世，莫過於此。百姓兜裡有錢，家裡有糧，自然開始學會了享受。京城店鋪林立，每日萬頭攢動，顧綿綿的幾個鋪面全部都租了出去，一年收的租子都夠一家子的基本吃穿。

為了慶祝天下太平，四月初，魏景帝在今春春闈結束後，特意讓欽天監挑了個好日子，他要帶著新科進士們一起去祭祀皇陵，然後宴請百官，京城解除宵禁三日。

消息一出，整個京城的百姓都跟著歡樂起來。平日裡晚上無事幹，想出門蹓躂吧，前半夜還行，到了後半夜就不許走動了，要是能取消宵禁，到哪裡玩個通宵都沒問題。

祭祀皇陵是大事，禮部尚書承恩侯忙得腳不沾地。此次祭祀，帝后同行，百官跟隨，承恩侯府這幾年非常低調，劉皇后在宮裡的存在感也越來越弱，若不是到了重大節慶，她也不讓妃嬪們去她那裡請安，眾人眼裡漸漸只認識得寵的貴妃和齊王、晉王之母，皇后只是個占著位置的擺設，就如同當年的方貴妃一般。

此次祭祀，承恩侯有意讓女兒劉皇后在人前露臉，凡是帝后共同完成的禮節，承恩侯一個不落的都給安排得妥妥帖帖。

顧綿綿作為先帝親封的郡主，三品誥命夫人，祭祀她不用跟著，但仍要參加劉皇后主辦的宮宴。衛景明更是要全程負責祭祀的防衛事宜，提前幾天就離開了家。

到了祭祀那日，晴空萬里，魏景帝和劉皇后這一對早就離心離德的夫妻勉強坐在一輛車上。路上，二人保持著禮節性的微笑，面上維持著相敬如賓。

魏景帝主動問劉皇后。「皇后近來身子怎麼樣了？」

被迫病了好幾年的劉皇后用微帶一些虛弱的聲音道：「多謝陛下關心，臣妾尚好，宮裡一應用度，貴妃一向都挑好的送來。」

魏景帝嗯了一聲。「妳是正宮皇后，不用謙讓妃嬪，朕看近來她們給妳請安有些懈怠，朕回去了懲罰她們。」

劉皇后眼裡的笑十分溫和。「陛下，臣妾年紀大了，總想安靜，妃嬪們十天半個月來一趟就行，若是日日過來，反倒吵得臣妾頭疼。況且平日裡繼哥兒和他娘總是過來看望臣妾，臣妾的娘家人也偶爾過來，臣妾不用操心宮務，只管享福，這都是陛下的恩澤。」

魏景帝很高興劉皇后變得溫柔和順。「皇后放心，朕小時候就得父皇教導，嫡長為尊，妳是朕的原配皇后，永遠都是。」

劉皇后笑著點頭。「多謝陛下，臣妾還記得剛剛嫁給陛下時，陛下還是個少年郎，那時候陛下經常送給臣妾一些可心的小玩意兒，臣妾都收著呢。一晃眼三十年過去了，陛下風采更勝往昔。」

魏景帝忍不住哈哈笑。「能得皇后為妻，是朕的福氣。」

劉皇后柔聲道：「能和陛下風雨同舟幾十載，是臣妾的福氣。」

帝后兩個相互恭維了一番，似乎消除了一些平日的冷漠和敵視。魏景帝想到曾經在東宮時夫妻倆並肩作戰的日子，心裡也有些可憐劉皇后起來。至於劉皇后是怎麼想的誰也不知道，反正她的笑容深入眼底，魏景帝能看到的，只有溫和與寬容。

隨後，帝后二人一起祭皇陵，魏景帝向列祖列宗匯報自己繼位後的所作所為與這幾年天下情況，告慰列祖列宗在天英靈。

繁瑣的禮節完成後，帝后又一起返回宮內舉辦宴會。

很少露面的劉皇后再次出現在眾人眼前，呈現出與以前完全不同的面孔，連對兒媳婦雲氏，她始終都是和顏悅色，還關心雲氏的姪女過得怎麼樣，計劃等明年就讓平王完婚，告慰皇長子英靈。

顧綿綿在人堆裡也比較顯眼，三品誥命難得有這麼年輕的，又有這等好顏色。顧綿綿往那裡一坐，花枝招展的宮妃們都失了爭奇鬥豔之心。

顧綿綿看著笑容和煦的劉皇后，總覺得心裡有些發毛。這輩子許多事情都偏離了軌道，那麼這位皇后娘娘，還會繼續變得瘋狂嗎？依她上輩子所聞，劉皇后後來可是越發嚴厲，在儲位爭奪中步步為營，害得魏景帝差點斷子絕孫。

顧綿綿正在走神，劉皇后卻忽然和她說話。「嘉和郡主如今日子越發順心了，家裡孩子可好？」

顧綿綿趕緊回神，揚起笑客氣道：「多謝娘娘關心，臣婦家裡孩子雖然不大聰明，身子骨兒都好得很。」

劉皇后笑道：「身子骨兒好才叫真好，聰明不聰明的，小娃兒能看出來什麼？等長大了都好了。」

說了兩句之後，劉皇后又去和別人搭話，顧綿綿繼續和身邊的金太太等人說話。

今日方太后並未出席宮宴，五公主獨自一人回來，混在公主堆裡有些顯眼，她這個年齡仍舊未招駙馬，看起來有些特立獨行，好在大家都已經不在意，反正她不爭不搶，皇家也不差她一碗飯吃。

等開宴後，顧綿綿和幾位武將家的誥命坐在一起，眾人吃吃喝喝、說說笑笑，氛圍十分輕鬆。

京城在慶祝風調雨順，而北邊胡人卻正在遭遇幾十年不遇的大旱。牧草枯死，風沙漫天，牛羊牲畜越來越少，連人都快沒水喝了。

胡人似乎養成了一種慣性思維，只要沒吃沒喝，就南下去搶劫。

就在魏景帝的慶賀宴剛舉辦完沒多久，一封八百里加急信忽然快馬加鞭到了京城。

當日，魏景帝正在和眾位大臣們商議事情，聽到加急信，魏景帝心裡還嘀咕：難道是守邊疆的老定國侯死了？謝家世代鎮守邊關，想換人肯定不行。

等書信被呈上來，魏景帝看過之後立刻拉下了臉。

胡人竟然敢南下搶劫！

這幾年的好日子，讓魏景帝心裡也漸漸相信自己是天命之子，那什麼胡人，他自然是不放在眼裡的。

魏景帝把加急信給諸位大臣們看過，大臣們都跟打了雞血一樣興奮起來。

武將們更是立刻熱血沸騰，捋起袖子開始自薦。「陛下，胡人膽敢來搶劫，臣請前去協助定國侯，將胡人殺個片甲不留。」

文臣們也不甘示弱。「陛下，如今國庫豐盈，將士們士氣高昂，可一戰，揚我大魏國威。」

半個早朝的工夫，滿朝文武達成一致意見——打！

決定之後，各個衙門開始行動起來，兵部準備兵器，調派軍隊，戶部開始準備糧草。衛景明這邊也行動起來，他要負責派一部分人去監軍。

統帥的名額已經確定，命西北定國侯為帥，統領三十萬軍馬，殲滅全部胡人於國門之外。

有人原說把定國侯換下，但魏景帝有自己的打算，先讓定國侯將功贖罪，自己乘機多安插一些人手去西北。

這樣準備了幾天，大軍開拔前夜，魏景帝在御書房和王總管感嘆。「朕雖為天子，有時候卻羨慕滿朝文武，文官經歷過十年寒窗，參加科舉，武官可以征戰沙場，青史留名。」

王總管勸他。「陛下，您是天子，這些人都是您的臣子，您何須羨慕他們？」

魏景帝喝了一口酒。「朕這個天子，一輩子也只能困在這四四方方的皇城裡面。」

王總管轉了轉眼珠子。「陛下，您要是想出去，眼前不就有機會？」

魏景帝看了他一眼。「剛剛祭祀過皇陵，眼看要打仗了，雖然國庫有錢，朕也不能亂花錢，朕要做個明君懂不懂？」

王總管陪笑道：「奴才可懂什麼呢？還不是全賴陛下教導！不過，依奴才看來，陛下文成武就，比滿朝文武也不差什麼。要說參加科舉三元及第，陛下雖然有這個才華，也不好和寒門子弟相爭，但是陛下可以帶著千軍萬馬，打一場青史留名的勝仗呀。」

魏景帝瞥了他一眼。「你以為打仗那麼容易的？朕一離開，京城就要空了。」

王總管低聲道：「陛下，此戰必勝，陛下何苦將功勞送給別人。」

魏景帝沈聲道：「放肆！朕豈是那等好大喜功之人?!」

王總管輕輕打了自己一個巴掌。「奴才愚鈍，說錯了話。此次征戰胡人，聲勢浩大，依奴才看來，非陛下不能做統帥呀！」

魏景帝不說話，繼續倒酒。

王總管見自己的話似乎搔到了魏景帝的癢癢肉，繼續道：「陛下，您想，此次我大魏攜正義之兵，胡人理虧，又受了災害，兵馬疲憊，陛下天神下凡，收拾胡人豈不如探囊取物？」

魏景帝搖頭。「若是這麼容易，定國侯也不會被偷襲成功，胡人可不是好惹的。」

王總管輕蔑地笑了一聲。「陛下，定國侯老邁，不過是仗著祖上恩德，駐守邊關。若不是當年邊城明珠之威，謝家也不能蓋過陸家，榮光近兩百年，從前朝傳到我朝。奴才雖然沒讀過書，也知道大家大族傳承久了，總會有幾個不爭氣的子弟拖累。現任定國侯聽說能力不足，難以管轄部下兵將，只有陛下，才有資格統帥天下兵馬。」

魏景帝默默地飲盡杯中酒。「朕乏了，你去吧。」

第六十八章

王總管的話點燃了魏景帝心裡嚮往殺敵的火苗。整個夜晚，他輾轉反側。縱觀歷史，有幾個帝王能親自披掛上陣？自繼位以來，他不說是個明君，至少各方面都沒有違背祖訓，連上天都覺得他幹得好，讓大魏朝國富民強。眼前的好機會，讓魏景帝變成一個小孩，北征彷彿一顆糖，他知道不能隨便吃，但還是忍不住想吃進肚子裡。

魏景帝在心中盤算，自己已經五十歲了，這輩子可能再也遇不到外族入侵。只要打贏了這一仗，這輩子就沒有什麼遺憾了。

慾望的匣子一旦打開，再也無法關閉，魏景帝想了兩天後決定，他要親征。

百官們堅決反對，馮大人的唾沫星子都要噴到魏景帝臉上去了。「陛下，君子不立危牆之下，國不可一日無君，陛下不在京城，天下百姓如失父母……」

魏景帝反問一句。「愛卿，朕只是親征，又不是親自上戰場殺敵。再說了，此戰必勝，愛卿擔心什麼。」

馮大人歇下陣，承恩侯繼續上。「陛下一走，京中如何處置？太子未立，何人統領百官？」

魏景帝沈默不語，旁邊的王總管道：「劉大人，陛下神威所至，此戰必勝。京中有諸皇子和諸位大人，日常該怎麼做，照著規矩來就是。陛下去打了勝仗就回來，難道百官連這幾個月都挨不住？又不是奶娃娃，事事要陛下手把手教。」

馮大人這時看清楚了，陛下要親征，怕就是這個閹人出的好主意，立刻把炮火對準王總管。但王總管現在是北鎮撫司指揮使，也不怕馮大人，二人你來我往吵得沸反盈天。

王總管想讓世人知道，他這個閹人雖然沒有金榜題名，如今也能和朝臣們並立在一起，他甚至超過朝臣，能左右陛下的決定。

衛景明站在人群裡不說話，他看著跳腳的馮大人和志在必得的王總管，再看默不作聲的魏景帝，心裡冷笑。想要功勞，直說就是，何必任由群臣吵架？

這樣吵了一個上午，百官們還是無法動搖魏景帝的決心。

大夥兒算是明白了，事情雖然是王總管攛掇的，但魏景帝自己也確實想去。罷了、罷了，天要下雨、娘要嫁人，誰也攔不住。

就這樣，魏景帝親征的事情定了下來，原定計劃照舊執行，唯一的變化是多了個皇帝。皇帝是天下之主，要離開京城可不容易。首先，出行的守衛第一重要。魏景帝把北鎮撫司的精銳幾乎全部帶走了，還有兩萬御林軍護衛，南鎮撫司留下配合五城兵馬司看守京城。此外，魏景帝還把五皇子帶走了。這個兒子最蠢，魏景帝想讓他學機靈些。

第二，皇帝不在，京城總得有個主事的吧？看著躍躍欲試的齊王和滿臉期盼的晉王，魏景帝哪個都不選，轉頭使了個損招，讓大孫子平王監國，命齊王和晉王輔佐。

這道旨意一出，平王立刻推辭，說自己年少，無才無德，不能勝任這麼重要的擔子。齊王和晉王本來爭得烏眼雞一樣，動員了所有的力量想把這個差事搶過來。畢竟監國，那是太子才有的權力。

誰也沒想到魏景帝這麼賊，居然把平王推了上去。眾人都傻眼了，平王身有殘疾，繼位是不可能的，讓他監國，無非是為了制衡兩個皇子。

平王雖然推辭，但幾位重臣卻覺得這個主意很不錯。反正平王不能繼位，他不會造反，若是齊王或者晉王監國，還不知道要出多大的亂子。平王好歹是帝王長孫，嫡皇長子的嫡長子，身分貴重，能壓得住。再者，平王這幾年一直跟在魏景帝身邊聽政，也學了不少本事。

眼見爭奪無望，齊王和晉王竟然一致開始支持平王。

消息傳到昭陽宮，劉皇后只略微笑了一下，立刻命人叫來了大孫子。

平王來了之後還有些惶恐。「皇祖母，孫兒不能擔此重任。」

劉皇后摸了摸孫子的頭。「你過生日早，仔細算起來，已經虛歲十三歲了，也該幫你皇祖父擔一些責任，不然豈不是辜負了他這麼多年對你的疼愛？你因著有傷，天生無緣帝位，你監國，眾人都放心。你別怕，你兩個叔叔這會兒都巴不得你監國呢，他們不會給你搗亂的。要是誰搗亂，你就和另外一個好，保證他們都聽你的。」

平王小聲道：「皇祖母，萬一兩個叔叔都拉攏孫兒，孫兒要怎麼辦呢？」

劉皇后微笑著看向孫子。「要是他們拉攏你，你就說，另外一個叔叔也拉攏你，為了公平起見，你誰也不投靠，只安安心心把事情做好，安心等你皇祖父歸來。別怕，萬事還有皇祖母呢。」

平王被迫接下了差事，帶著幾個叔叔到城門口給大部隊送行。

在城外，魏景帝拍了拍孫子的肩膀。「你父王是朕最喜歡的兒子，他不在了，你應該繼承他的遺志，為朝廷、為百姓出力。」

平王送上一碗酒。「孫兒祝皇祖父旗開得勝，孫兒在京城等皇祖父凱旋歸來！」

魏景帝哈哈大笑，飲盡碗中酒。「繼哥兒，好好辦差事，等朕回來，給你一塊最好的封地。」

在兒孫們的恭送下，魏景帝意氣風發地帶著大部隊浩浩蕩蕩往西北而去。

魏景帝一走，整個京城變得沈默下來，少了許多明面上的爭鬥。每天上朝時，年少的平王在龍椅旁邊設了一張椅子，聽百官奏事。小事情他直接做主，大事就和馮大人等人商議，或是問兩個叔叔的意見。平王採用劉皇后的建議，兩個叔叔誰想和他別苗頭，他就和另外一個好。

這一來二去，齊王和晉王都在背地裡罵：小崽子一肚子心眼！

但二王沒辦法，平王有監國權力，六部官員們也聽他的話，二王只能忍氣吞聲，一邊防止對方坐大，一邊還要應付平王。

而後宮卻是不同，彷彿變了個天。往日劉皇后那裡門可羅雀，現在變得門庭若市。反之，寇貴妃被留在皇宮後，雖然還掌著宮權，嬪妃們的馬屁一股腦兒都對著劉皇后拍去了。劉皇后見慣了風浪，該怎麼樣就怎麼樣，只偶爾把孫子叫過去關心幾句他的身體，也不干涉朝政，儼然一副寬和賢后的模樣。寇貴妃暗自咬牙，一群小人，等陛下回來，本宮要妳們好看！

宮外，衛府裡忽然變得緊張起來。

自魏景帝走後，衛景明立刻把府裡所有下人召集起來訓話。「陛下親征，往後我要多在外行走，你們都把心提起來，聽太太的話，老實當差，不許到外面閒逛，不許多嘴多舌，家裡的事情誰敢漏出去一個字，別怪我無情無義。」

說完，他輕輕一抬手，把一只茶盞捏成齏粉。

家裡下人頓時心都一緊，連聲道是。

顧綿綿也開始行動起來，她讓人收拾了幾間屋子，裡面烘乾，撒上防潮的東西，然後命家裡人採購了大量的糧食放在裡面。

大軍浩浩蕩蕩，一路出居庸關、經宣府，直逼西北邊境。聽說魏景帝親征，整個西北軍歡呼雀躍，士氣大大提升。

然而，魏景帝還沒到大同呢，胡人忽然全部撤走。正磨刀霍霍的魏景帝彷彿被澆了一盆涼水。

敵人跑了，那朕來幹麼？

可他已經走了一大半，這個時候要是折回京城，他就要成為笑柄。但繼續向前，去西北做啥？遊玩？魏景帝開始踟躕不前，軍隊的士氣也因此有些低落。

王總管勸魏景帝。「陛下，此行只可向前、不可後退，若後退，將來史書要如何評判陛下？向前抄了胡人的老家，陛下才能青史留名。」

不光王總管這樣說，那些同行而來的將領們也有些不甘心，多少年沒有戰爭了，誰不想乘機撈點功勞呢？若是這個時候折回去，這輩子還不知道什麼時候能立上戰功，於是皆異口同聲勸著魏景帝。

魏景帝在路上安營紮寨一天，輾轉反側一夜後還是決定繼續往前。與此同時，一道聖旨快馬加鞭飛向西北，命定國侯率部追襲敵軍，大軍隨後就到。

定國侯接到聖旨後，調撥幾萬騎兵，深入胡人腹地追趕。定國侯走了兩、三天，魏景帝就到了西北邊城。

魏景帝居住在邊城最好的宅子裡，屁股還沒坐熱，立刻命人和前線的定國侯聯繫，然而去聯繫的人卻一去不復返。

魏景帝有些焦慮，他一邊命人整頓軍隊，一邊繼續和前線聯繫。過了幾日，前線卻傳來噩耗。說定國侯死於戰場，隨行而去的八萬騎兵精銳只逃回來三萬多人，其餘人都把命丟在了胡人境地。

出師不利，魏景帝差點當場吐出一口血。

魏景帝大怒，要誅滅定國侯九族。邊城將士們集體跪下求情。

「定國侯已年過六旬，原本身體就不好，前一陣子總是生病。胡人忽然派出二十萬軍隊偷襲，定國侯撐著病體親自上陣，若不是有他阻攔，饑餓的胡人來勢洶洶，我朝損失會更嚴重。胡人撤退，陛下命侯爺追擊，侯爺二話不說，披掛上陣。然胡人幾十萬騎兵已經布好了陣，侯爺北上，直入敵軍包圍，據回來的將士們講，侯爺為了將士們突圍，用自己做誘餌吸引開大部分胡人兵馬，這才為西北騎兵保留了一些種子，侯爺自己被捉後自盡而亡，胡人將他大卸八塊餵了狼，只留下一顆頭顱去領賞。」

盛怒的魏景帝恢復了理智，北上的命令是他下的，而且命令下得不容置喙，定國侯才不得不北上追擊胡人。真要較真起來，說定國侯是為魏景帝而死也不為過。

魏景帝為了立不世之功而親征，到了半路胡人跑了，他為了顏面讓定國侯追擊，最後遭遇敵軍埋伏，年邁的定國侯連個全屍都沒留下。

眾將士們不是傻子，定國侯已經盡全力，連性命都搭了進去，要是還誅滅他九族，他們這些人以後誰還敢上戰場？要是上了戰場肯定也不想賣力。

但魏景帝不願承認錯誤，只能又發一道聖旨，定國侯守城不力，讓胡人入關搶劫，然北上突圍中為救將士而亡，功過相抵，命定國侯府為定國侯做衣冠塚，定國侯世子謝將軍承襲爵位。

魏景帝不服氣，大魏朝兵強馬壯、國庫豐盈，胡人剛剛遭了災難，士兵餓得歪倒，若是這一仗打不贏，大魏朝的臉面往哪裡放？

魏景帝決定繼續北上，帶走四十萬軍隊。

千里之外的京城，眾人聽說魏景帝繼續北上，都為他捏了一把汗。

衛景明夜裡和顧綿綿商議。「妳要不要帶著孩子回去看一看爹和二娘？」

顧綿綿知道魏景帝作死去了，搖搖頭。「不如讓大哥、大嫂帶著孩子們回青城縣吧。」

衛景明摸了摸她的頭髮。「那也好，妳留下來還能給我幫忙。娘子如今的實力，去了錦衣衛至少也能幹個千戶。」

顧綿綿開玩笑。「那敢問衛大人什麼時候招我入錦衣衛？」

衛景明在黑暗中道：「要是這個昏君能死在北邊就好了，好好的非要親征，整日聽人拍馬屁，還真以為自己是神仙了。」

顧綿綿道：「他死了倒罷了，連累那麼多將士。」

衛景明有些內疚。「可惜我什麼也沒做。」

顧綿綿忙道：「這種事情，你也不好做什麼，該來的事情咱們阻擋不住。別急，等到了後面，你肯定還要出大力氣的。」

夫妻倆不再說話，相擁著一起睡去。

第二天，衛景明把準備出門的薛華善叫了過來。

薛華善問道：「衛大哥，可是有什麼事情？」

衛景明讓他坐下。「自從你成親，又有了歡姐兒，還從來沒回去祭奠過薛家伯父呢。這陣子陛下不在京城，京城守衛的任務也沒有那麼重，你要不要回去一趟？我實在是走不開，不然也想跟你一起回去。」

薛華善心裡也有些內疚。「我好幾年沒去給我爹上墳了，義父把我養大，我也沒有好生在義父跟前盡過孝。」

衛景明點頭。「那你今日去跟上峰請假，帶著大嫂和三個孩子一起回青城縣。」

薛華善驚愕。「末郎和嘉言也要回去嗎？」

衛景明再次點頭。「乘機讓他們回去看一看外公、外婆和二舅，整日待在富貴繁華之地，不知民間疾苦，早晚要成膏粱子弟。綿綿不忍心我一個人留在京城，還請大哥代為照看他們。」

薛華善聞言點了點頭。「好，我會好生照顧幾個孩子的。」

事情定下來後，顧綿綿立刻開始幫薛華善夫妻二人收拾東西。末郎和嘉言得知自己要回老家，又興奮、又不捨。興奮的是可以出遠門，但又捨不得父母。兩個孩子還這麼小，從來沒有離開過父母。

準備了五天，初夏的某個早上，衛景明和顧綿綿一人一馬，護送薛家夫婦和三個孩子到了京郊。

顧綿綿把兩個孩子摟進懷裡左右各親一口，臉上帶著笑道：「回去後好生孝順外公、外婆，莫要淘氣。末郎，去了鄉下也莫要忘了讀書寫字，嘉言要聽舅媽和姊姊的話。娘在京城處理一些事情，等這邊處理完了，娘就去接你們。」

兩個孩子依偎在爹娘懷裡說了好多暖人心的話，等衛景明一催再催，他們才上車。

顧綿綿心平氣和地送走了兩個孩子，車隊走遠後，她才強忍著把眼淚憋回了眼裡。「官人，咱們回去吧！」

衛景明當著下人的面把顧綿綿攬進懷裡。「別擔心，大哥會好生照顧孩子們的。」

把孩子們一送走，衛景明一改之前沈寂的狀態，多方行動起來。他先主動找五城兵馬司統帥，又和剩下的御林軍接頭，一起把京城捋了兩遍，將犄角旮旯裡都清理乾淨，同時加強京城守衛，對外來人員嚴加盤查，防止有奸細混入京城。

另一邊，他趁著王總管不在，開始蠶食北鎮撫司的地盤，北鎮撫司有人幹了不法之事，衛景明親自去了結了幾個。有人不服氣，說他多管閒事，衛景明立刻上奏平王，請求將北鎮撫司剩餘人員暫時歸南鎮撫司統管，避免出亂子。

平王輕易批准了。只要不出亂子，他才不管錦衣衛誰當家呢。

南、北鎮撫司又臨時合二為一，彷彿變成了過去的錦衣衛，沒有了北鎮撫司掣肘，衛景明行事更加方便，他開始悄悄派出人手暗地裡監視諸位皇子和百官。

京城的局面始終穩定，然而，這種穩定持續沒多久，北邊再次傳來噩耗，說魏景帝和五皇子被胡人活捉，帶去的軍隊已是折損近一半！

頓時，朝堂上如同炸開了鍋，君王被人捉去，整個國家都跟著丟臉。不僅如此，胡人還派人來傳話，要求用魏景帝和五皇子換五十萬擔糧草和五十萬兩白銀。

次日早朝，整個朝堂安靜得落針可聞。年幼的平王一時慌了神，他原以為不過是臨時充個樣子，現在皇祖父被抓，他彷彿沒有了主心骨兒一般惶恐。

馮大人第一個問話。「殿下，咱們該如何去營救陛下？」

平王慌不迭道：「諸位大人有何良策？」

馮大人毫不猶豫道：「殿下，須派人立即北上，代表朝廷去與胡人談判，營救陛下。」

平王問道：「馮大人，可有合適的談判人選？」

馮大人本來想說鴻臚寺卿，可一想到鴻臚寺卿平日裡膽小怕事的窩囊樣子，又閉上了嘴，真要讓此人去，陛下怕是死得更快。

平王問百官。「可有哪位大人願意去北上和談？」

馮大人第一個報名。「臣願意去！」

平王搖頭。「皇祖父說過，外事不決問馮大人，馮大人不可離開京城。還有哪位大人願意去？」

大夥兒都默不吭聲，和談可不是小事，歷來去胡人境地的使臣，十去九不還，這可不是鬧著玩的，只要是人，誰不怕死呢？

平王的眼神暗了下來，他點名問了兩個，這兩個臣子都顧左右而言他，不說自己去，也不說自己不去。

平王哼了一聲。「平日裡說忠君愛國的是你們，現在需要你們忠君愛國，卻都退縮了。罷了，你們不願意去，本王自己去把皇祖父換回來。」

他這當然是氣話，他想換，胡人還不幹呢。

忽然，楊石頭出列道：「殿下，臣請去和胡人談判，要求對方釋放陛下和五殿下。」

平王眼睛發亮。「難怪皇祖父看重楊大人，危難時刻，楊大人挺身而出，不愧是國之棟梁！」

楊石頭苦笑。「殿下，臣願意去，但是臣空手而去，怕是胡人不肯答應臣。」

旁邊馮大人立刻道：「殿下，臣願意捐出一半家產，救陛下還朝。」

剛才被點名的那幾個，紛紛解囊，命比錢重要啊。百官們心裡雖然覺得肉疼，也不得不做出樣子，各個都捐了一些，平王又讓戶部撥出一些，勉強湊齊了三成。

平王繼續發愁，馮大人道：「殿下，有這些東西，我們就能和胡人談判。所謂漫天要價、坐地還錢，胡人先搶劫我們，本來就是他們理虧，總不能他們要什麼、我們給什麼。」

平王擔憂道：「光有一個楊大人，肯定不夠，楊大人文弱，如何抵得過凶殘的胡人？」

衛景明忽然出列。「殿下，臣願意與楊大人同行，去迎接陛下還朝。」

平王大喜，立刻又把衛景明誇讚一番。「有衛大人同行，本王就不用擔心楊大人的安危了。」

營救的事情很快就議定，就在楊石頭和衛景明準備出發之時，卻忽然被人攔住，這事還要從昨日說起。

平王下朝後去找劉皇后，說了自己的營救政策，而劉皇后的雙眼卻深不見底，平王一眼望去，感覺有些害怕。「皇祖母，孫兒做得對不對？」

劉皇后忽然笑道：「繼哥兒，你有孝心很好，但皇祖母問你，若是你們把東西送了過去，胡人不肯放人怎麼辦？」

平王愣住了。「皇祖母，總得去救皇祖父啊。」

劉皇后忽然轉開了臉。「你皇祖父不聽勸阻，非要北上，造成今日被動局面，他是大魏朝的罪人。」

平王驚呆了。「皇祖母?!」

劉皇后哼一聲。「接他回來幹麼，繼續禍國殃民嗎？」

說完，她看向平王。「繼哥兒，你皇祖父不回來，你就可以永遠監國，你懂嗎？」

平王彷彿被雷劈中了一般，半晌後訥訥道：「皇祖母，孫兒有殘疾，不能繼位。」

劉皇后暴怒道：「不過是少了一根手指頭，又不影響你寫字，怎麼就不能繼位了？你是正經的嫡皇長孫，監國的親王，陛下不在了，你自然該登基，然後才能去營救你皇祖父！」

平王傻了，他早就放棄了登基的想法，現在他一時有些不知該怎麼辦。

劉皇后雙手按在孫子肩膀上。「繼哥兒，你聽皇祖母的，先攔下和談的人。明日讓人上奏，國不可一日無君，請你在危難時刻先登基，然後才讓那兩個人空手去和談。」

平王結結巴巴道：「空、空手？皇祖母？」

劉皇后的眼神十分堅定。「對，空手，他自己造成這樣的局面，怎麼能花那麼多錢和糧食去救他？若是和談失敗，就打！我們打贏了，胡人自然會釋放他。」

魏景帝的生死在劉皇后嘴裡變得這般輕飄飄，平王一屁股坐在椅子上。「皇祖母，孫兒、孫兒不敢，孫兒會被天下人唾罵的！」

劉皇后喝斥他。「你怕什麼？萬事有我呢！你只管等著登基做皇帝就好，別的事情你不用操心。」

教訓完了孫子，劉皇后一邊讓承恩侯攔住了楊石頭和衛景明，一邊迅速聯繫各處帶兵的統領。

來衛府的人是承恩侯家的大管家劉管家，身後還跟著一隊軍隊。「傳平王殿下的話，請衛大人過幾日再出京。」

衛景明見來人冷笑一聲。「平王殿下要給本官下達命令，什麼時候輪到劉家人在中間傳話了？」

劉管家仍舊很客氣。「請衛大人回府，等待平王殿下的話。」

衛景明看了看劉管家。「喲，你這是要我禁足？且讓我看看你是何方神聖，連陛下都沒這樣對待過本官。」

說完，衛景明一隻手輕飄飄舉起劉管家，然後摔倒了地上。「什麼東西？滾！」

劉管家摔得頭昏眼花。「衛大人，你竟敢不尊平王殿下的話？」

衛景明用帕子擦擦手。「本官這就去見平王殿下，你趕緊滾，不然本官待會兒改變了主意，把你捏成碎片。」

衛大人神威，京中無人不曉，劉管家嚇得趕緊滾了。

第六十九章

衛景明火速去找平王，結果得到消息，平王今日入後宮，到現在還沒出來。

衛景明又去找楊石頭，不出所料，楊家也被人圍住了。衛景明認識打頭的人，那是五城兵馬司的一個六品官。

那人對衛景明道：「衛大人，下官得到上峰命令，保護楊大人，還請衛大人移步。」

衛景明懶得和他多說，輕輕一晃，直接繞過這群人。

守門的人都愣住了。人呢？再一看，衛景明已經大搖大擺進了楊家大門。

那人立刻嚇出一身冷汗，都說衛大人輕功天下第一，原以為是吹牛，年紀輕輕能有多大本事，看來所言非虛啊！幸虧沒惹他生氣，不然自己就要倒楣了。

衛景明進去就看到愁眉苦臉的楊石頭。

楊石頭一看到衛景明立刻道：「衛大人，何人攔著我們？」

衛景明笑道：「我說楊大人，你難道看不出來，有人不想我們去救陛下啊。」

楊石頭皺緊了眉頭。「難道這些人要造反不成？」

衛景明自己找張椅子坐下。「真要我說，陛下這回辦的事這麼糊塗，不救也罷，但若是平王上位，定然會變成劉家的傀儡，晉王和齊王也不會答應，到時候打成一鍋粥，更是不好收拾。」

楊石頭忍不住罵道：「這群賊子！」

衛景明把楊家轉了一圈，回來對楊石頭道：「你這幾日莫要出門，我給你家布個陣，外人想進來也不容易。」

楊石頭驚愕。「衛大人還會這個？」

衛景明把袖子捲起來。「我師從玄清門，難道是專門用來吹牛的？」

楊石頭拱手。「煩勞衛大人。」

衛景明以楊家正房為中心，將楊家院子布了三層陣法，最中間的正院被保護在中間，外人輕易進不去。

做完這些，衛景明擦了擦額頭的汗，對楊石頭道：「我走了，你莫要出門，如果外頭有人喊你，你莫要答應。就算有人走到你家二門口，你也別怕，外人看到的和實景有差別，他們絕對找不到你。」

楊石頭再次拱手。「多謝衛大人。」

衛景明點頭。「我去了，若是真有人破了陣，我能感應到，會來救你。」

還沒等楊石頭回話，衛景明直接騰空而起幾丈高，如一道煙霧一般飛走，外頭守衛的人絲毫未察覺到。

離開楊家後，衛景明先回了家，顧綿綿聽說後皺緊了眉頭。「皇后果然賊心不死。」

衛景明道：「不妨事，娘子，妳速去清暉園把娘悄悄接過來，劉皇后若是以身分壓人，娘也能制止她一時。」

顧綿綿回房換了身衣裳，悄悄去了清暉園。

方太后聽說魏景帝被捉後，立刻覺得不妙，已經直接把五公主送回了七皇子府，自己一個人在清暉園等消息。

顧綿綿來了後，母女倆相互交換了消息，方太后化身成一位管家娘子，跟著顧綿綿回到衛家。

幾人剛到家中，平王跟前的人來傳話。「衛大人即將離京，錦衣衛的差事就暫時交給別人吧。」具體交給誰，此人也沒說，且還收走了衛景明指揮使的印章。

等人一走，衛景明冷笑。「這麼快就急著動手了。」

方太后沈聲道：「壽安，我們要管這閒事嗎？」

衛景明點頭。「自然要管。娘，陛下在，您還是風光的太后，陛下要是死了，劉家可不會認您。」

方太后蹙眉道：「你們不用為了我去爭什麼，我不在乎。」

顧綿綿勸方太后。「娘，如今不管誰上位，官人的指揮使肯定就沒了。歷來錦衣衛指揮使就沒個好下場，王總管這回攛掇陛下辦了錯事，立了新君後，到時候清算起來，肯定會連累官人。」

方太后嘆息一聲道：「你們有什麼打算？」
衛景明看了看天色。「等天黑之後再說吧。」
轉天早朝，忽然有人上奏，請平王登基，主持大局。
齊王立刻反對。「繼哥兒，你皇祖父生死不知，你怎可在這個時候還惦記皇位？」
晉王也隨即附和。「繼哥兒，你身有殘疾，如何能登臨九五，豈不讓天下人恥笑我皇家無人？」
沒等平王說話，齊王忽然伸手把平王拉下椅子。「你這個不忠不孝的東西，你皇祖父把京城交給你，你不說報效君恩，卻狼子野心想斷了你皇祖父的活路，你爹死了，我替你爹好生教訓你！」
就在這時，旁邊忽然傳來劉皇后的怒斥聲。「住手！」
劉皇后穿著全身的皇后朝服，一步步走到龍椅旁邊，先劈手給了齊王一個巴掌。「他是嫡皇長孫，繼位天經地義，怎麼，你不服氣？那下次投胎時把眼睛擦亮一些，別投到小老婆肚子裡去了！」
齊王怒不可遏，想要反駁，旁邊馮大人忽然道：「娘娘，這是前朝，請娘娘回後宮。」
承恩侯接話。「馮大人，陛下不在，娘娘是國母，如何不能做主了？如今陛下在胡人手裡，國不可一日無君，不早些立下新君，如何營救陛下？」

馮大人大怒。「立下新君，陛下回來要如何自處？」

承恩侯道：「自然可尊為太上祖皇。」

眾人是第一次聽到這個新鮮稱呼，但意思大家都明白，那些由魏景帝提拔上來的臣子自然反對。

劉皇后看向百官。「國不可一日無君，難道你們要看著大魏朝四分五裂？難道你們要把奏章遞給胡人不成？」

立刻有人反駁。「就算立新君，也不該是平王殿下，歷來父傳子家天下，齊王殿下為長，請齊王殿下登基。」

晉王那邊不幹了。「父皇仍然在世，豈可肆意妄為?!」

整個朝堂分為三派，保守派和晉王一派要接魏景帝回來，承恩侯一派要支持平王，齊王一派支持齊王。

整個朝堂吵了起來，劉皇后突然大喝一聲。「何人敢放肆！」

她的話音一落，殿外忽然出現成群結隊的士兵，手裡還拿著刀劍。

齊王和晉王心中大叫不好。承恩侯這老賊這麼多年看似安靜，沒想到卻積攢了這麼多人脈，居然一夜之間拿下了五城兵馬司和皇宮守衛。二王此時心裡暗自悔恨，平日裡不該為了避嫌不敢去沾惹軍權。

劉皇后把平王從平日坐的椅子上拉起來，一把按在龍椅上，承恩侯立刻帶著一群人簇擁著跪下三呼萬歲。

劉皇后代平王道：「新君已立，不服詔令者，殺無赦！」

旁邊的齊王勃然大怒，趁著外面的甲士還沒衝進來，大步走到龍椅邊，赤手空拳打倒兩個侍衛，他正想伸手去拉平王，旁邊便有人抄起東西一下子把他砸暈。

劉皇后輕蔑地看著躺在地上的齊王。「來人，這個孽子要誅殺嫡母，把他拉下去關起來！」

旁邊的七皇子在齊王暈倒時想去救他，卻被他岳父一把拉住，對著他搖了搖頭。

眼見著劉皇后父女倆穩住了局面，有些官員立刻倒戈，紛紛下跪開始稱呼陛下。只有馮大人幾個老臣站在那裡，別說下跪了，連腰都沒彎一下。

劉皇后站在龍椅旁邊，與平王一起接受百官朝拜，她感覺這是自己嫁入皇宮以來最暢快的一天，她畢生的夢想就是自己的兒子能做太子、做皇帝，現在兒子死了，孫子頂上也不錯。

劉皇后正想對天長嘯三聲，外頭忽然傳來短兵相接之聲。

承恩侯大喊：「何人在作亂？」

外頭立刻有人來報。「回娘娘，前錦衣衛指揮使衛景明帶著一幫人殺進來了。」

劉皇后皺眉。「他已經不是指揮使，如何還能作亂？新任指揮使哪裡去了！」

旁邊馮大人道：「娘娘，錦衣衛指揮使，從來不是拿著一個印信就能做的。娘娘，及時收手吧。劉家叛亂，劫持皇后與平王，陛下不會怪罪娘娘的。」

承恩侯聽懂了馮大人的意思，立刻高聲對劉皇后道：「娘娘，要是錯失今日，往後再無機會！」

劉皇后毫不猶豫地與父親站在一起。「來人，全力拿下反賊！」

外頭廝殺聲正響，衛景明打頭，一根鞭子神鬼難敵。這些人都是無辜之人，衛景明不想殺人，手下只使出了小半的功力。他身側是金崇安和莫大人，三人帶著一群錦衣衛的心腹，與五城兵馬司的人糾纏在一起。

錦衣衛在最中間，顧綿綿和方太后一左一右並肩而立。

衛景明不想殺人，但那些五城兵馬司的首領們卻不肯讓開，眼見著時間耗去，衛景明對顧綿綿大喊：「娘子，護好太后娘娘。」

話音剛落，他手上的鞭子忽然像活過來一般變成銀白色，上面隱隱有一道霧氣，鞭子一揮，霧氣如流水一般飛洩而下，霧氣所及之處，無人能擋。

他在前面開路，金崇安和莫大人在左右護法，十幾招後，衛景明把殿前之人殺了大半。

顧綿綿拉著方太后的手。「娘娘，走！」

方太后立刻抓緊女兒的手，母女倆騰空而起，越過雙方糾纏的士兵，直飛入殿。

到了殿門口，方太后怒罵劉皇后。「劉氏，妳想造反不成！」

劉皇后哪裡還肯認這個後婆婆，辭色俱厲。「方氏，帶著妳的私生女趕緊給本宮滾！」

方太后大怒，如一道鬼魅飄到劉皇后跟前，左右開弓噼哩啪啦抽了她十幾個巴掌。「哀家還沒死呢，什麼時候輪到妳做主了?!」

承恩侯大驚，立刻招來一批士兵去捉方太后，但士兵剛入殿，卻被顧綿綿幾百根灌入內力的飛針放倒一半。

承恩侯怒喝。「來人，抓住這個妖女！」

顧綿綿立刻和士兵們纏鬥起來，而方太后直接伸手掐住劉皇后的脖子。「劉老賊，你女兒的命你要不要了？你再敢往前一步，哀家掐斷她的脖子！」

承恩侯審時度勢，決定放棄女兒。「來人，保護陛下！方氏攛錦衣衛造反，殺無赦！」

馮大人罵他。「劉老賊，你還真把自己當太上皇了？」

承恩侯不管那麼多，開弓沒有回頭箭。

方太后哈哈大笑。「皇后，妳看看，這就是妳爹，在他眼裡，妳連個屁都不是！」

劉皇后驚愕，神色恍惚，似乎有些不敢相信。

方太后又放了一把火。「皇后，妳死了，妳孫子就要落入妳爹手裡了，妳爹一旦掌了權，這天下可能就要姓劉了，繼哥兒怕是連全屍都留不下，如此一來妳對得起死去的大郎嗎？」

劉皇后聞言立時說不出話來，雙目含淚。

承恩侯連忙大喊：「娘娘，莫要上當，保殿下登基才是最重要的。」

外頭的衛景明憑一己之力把通向大殿的道路掃清，他拎著鞭子快步往前走，那些士兵想上前，又覺得他太可怕，你推我擠，不肯上前。

有個將領殺了兩個後退的怒斥。「上啊，你們這些蠢材！」

話音剛落，他的腦袋就搬了家，這下子更不敢有人往前了。

衛景明火速到了殿內，與顧綿綿合力解決剩下的士兵。

馮大人見叛軍被鎮壓，立刻對衛景明道：「衛大人，拿下劉老賊，解救平王和皇后。」

衛景明卻沒動，而是看向方太后。

方太后放開劉皇后，對衛景明點點頭，接著吩咐道：「讓人捉拿今日造反的將領，將劉家人下獄，請太醫為齊王救治，將平王帶回平王府，嚴加看管。剛才跪下磕頭叫皇帝的，通通罷官。具體怎麼懲罰，等皇帝回來做主。」

劉家倉促的造反，瞬間被方太后一行人鎮壓。

馮大人見方太后仍舊尊魏景帝為皇帝，立刻跪下。「太后娘娘英明！」

馮大人當殿對方太后下跪，那些剛才沒有對平王下跪稱呼陛下的人都反應過來，立刻一起跪下，七皇子和晉王心裡大喜，有皇祖母當家，一切都還有救。

旁邊劉皇后想說什麼，方太后手起掌落，一掌打在她後脖頸，劉皇后立刻昏了過去。

方太后也沒扶她，只冷冷地說了兩個字。「帶走。」

一場倉促的造反，被方太后帶著女兒、女婿和錦衣衛一干心腹，用暴力和血腥手段強勢鎮壓。

到了這個時候，百官們心裡都有些膽寒起來，誰也沒想到以前靠著美色得寵十幾年的方太后，居然是個深藏不露的高手，看來方家的家底並沒有隨著兩代侯爺逝世而全部丟失。

馮大人勸方太后。「娘娘，剛才劉家脅迫，百官們無奈，方才佯裝屈服。請娘娘追責今日造反之人，赦免這些被迫之人。」

方太后彷彿不懂朝政，看向女婿。

衛景明也拱手道：「娘娘，馮大人所言有理，如今陛下未還朝，朝廷理應以穩為主，諸位大人應是被迫，請娘娘赦免他們吧。」

方太后點頭。「既然你們都這樣說，哀家便赦免他們無罪。不過，死罪可免，活罪難逃，每人罰俸一年，還得寫請罪摺子。」

那些官員們立刻跪地三呼娘娘千歲，有人悄悄偷看衛景明，昨日此人被卸了職務，今日立刻又打了一場翻身仗。瞧兩口子剛才殺人的模樣，讓人看著就膽戰心驚。

方太后說完這話後就不說話了，馮大人想了片刻道：「如今陛下未歸，請娘娘主持朝政。」

方太后搖頭。「我一個老婆子，管那麼多做什麼？聽說劉家要造反，哀家才從清暉園趕回來，如今劉家已經拿下，剩下的你們自己想辦法吧，哀家要回清暉園去了。」

馮大人急了，跪地道：「娘娘，陛下不在京城，平王謀反，朝中無主事之人，還請娘娘做主。」

旁邊七皇子立刻跪下。「請皇祖母做主。」

晉王也磨磨蹭蹭地跪下，說了同樣的話。

百官們跪地一起請求，方太后這才勉強道：「既然這樣，哀家就多管閒事一陣子。衛大人，你速去把今日造反的餘孽清理乾淨，加強京城守衛。馮大人，清點國庫，咱們要立刻派人北上與胡人和談。」

馮大人見方太后頭腦清楚，終於放下心來。方家勢弱，衛大人雖是她親女婿，卻拿不到檯面上來，這才是最適合監國的人！

衛景明立刻離去，走的時候帶走了一直站在角落的顧綿綿，而金崇安和莫大人已經被他派去整頓皇宮守衛。

路上，衛景明問顧綿綿。「娘子今日可有受傷？」

顧綿綿笑著搖頭。「沒有，我也沒出多大力，倒是官人今日大顯神威。」

衛景明看著鞋子上的血跡，顯得並不開懷。「不這樣，那些人不知道害怕，平白耽誤時間。娘子先回家，我晚些回去。」

顧綿綿不說透，只是拉著他的手安撫道：「也別一個人太累，事情幹不完就交給金大人和莫大人。」

衛景明點頭。「娘子放心。」

夫妻倆在宮門口告別，有人牽來一匹馬和一輛馬車，趕車的是一位普通錦衣衛，衛景明把顧綿綿扶上車，看著車子走遠後，自己翻身上馬，往錦衣衛衙門疾馳而去。

五城兵馬司首領和幾個重要武官全部被押進錦衣衛詔獄，衛景明將空出來的職位上報給方太后，組織人員清理皇宮裡的屍體和血跡，迅速恢復各城門、宮門的守衛。

昨日動靜太大，那麼多士兵在大街上走來走去，還有人渾水摸魚胡亂殺人，京城的百姓都嚇壞了。衛景明派人去各條街道安撫民眾，若是有人乘機砸搶，立刻抓起來。同時，方太后命人寫了安撫詔書，在各條主要街道上張貼。

做好這些事後，方太后於第二天早朝開始和百官商議如何營救魏景帝。

馮大人道：「娘娘，這幾日臣與戶部幾位大人籌集了不少東西，請娘娘任命楊大人為我朝大使，北上與胡人和談。」

方太后問道：「馮大人，東西都湊齊了嗎？」

馮大人摸了摸鬍子。「娘娘，因著打仗，原本豐盈的國庫現在也吃緊起來，想要一下子調撥那麼多銀子和糧草，有些難度，只湊齊了一小半。」

方太后皺起眉頭。「沒有東西，胡人如何肯放人？」

旁邊戶部尚書道：「娘娘，陛下危機，須有人立刻去和談。糧草和銀兩沈重，就算運到西北，也要費一些時日，陛下等不得呀！」

兵部尚書道：「娘娘，陛下雖然被俘，但我朝仍有二十多萬軍隊在西北。臣聽聞，新任定國侯謝將軍極善作戰，先前因著孝期，他在家裡沒出來，如今臨危受命，已經將剩餘軍隊整合，屯兵邊關，謝家鎮守北邊一百多年，謝家人重新掌軍，胡人也不敢肆意妄為。娘娘可派人先去和談，糧草和銀兩後續就到。」

吏部尚書看了一眼楊石頭，有些可憐這個年輕人，剛做了侍郎沒幾天，原本以為他往後要一飛沖天，現在就要面對這麼難的事，隨時都可能送了性命。

方太后道：「空手去，難道讓楊大人去送死不成？」

楊石頭立刻跪了下來。「娘娘，臣願意前往！」

方太后嘆了口氣。「你是個忠臣，等陛下回來，哀家會告訴他你的義舉。」

眾人心裡都為楊石頭捏了一把汗，旁邊衛景明忽然道：「娘娘，臣有一建議。」

方太后點頭。「衛大人請講。」

衛景明看了一眼七皇子，然後道：「娘娘，臣隨楊大人去西北和談，雖然能保證楊大人的安全，但無法保證能同時把陛下救回來。況且，那邊還有五殿下也在敵營中。臣與楊大人先行北上，和談用的物資請諸位大人盡快送來。但我們東西不夠，空口白牙胡人肯定不願意放人。臣建議，請另外一位殿下隨臣一起北上，用兩位殿下和一小半的物資押在那裡，把陛下換回來。」

話音一落，整個朝堂上落針可聞。眾人都被這個建議驚呆了。

換、換人？

可誰也不敢說他說的不對，用兒子換老子，怎麼說也不為過，可是，誰願意去呢？去了敵營，很可能性命不保，再也回不來。

如今京城有二、三、六、七這四位皇子，二皇子齊王剛剛和劉家人爭得太難看，就差自己一屁股坐到龍椅上去，且被侍衛打傷，不一定能去；三皇子晉王這回眼看著平王和齊王爭，自己在一邊看熱鬧，也不知可願意去冒險；六皇子……只比五皇子好一些，去了也只是拖累；至於七皇子，一個不受寵的皇子，怕是胡人不肯換……

連方太后也被這個建議驚住了，她沈默了片刻後，迅速明白了女婿的意思，隔著簾子問大家。「諸位大人覺得此計如何？」

沒有人敢說話，只有楊石頭接了一句。「娘娘，臣覺得甚好。陛下救回來後，殿下們就算在敵營，胡人也不敢亂來。陛下一日不歸，朝廷一日不穩，百官心思浮動，皇子們你爭我奪。」

楊石頭直接把眾人醜陋的心思都撕開來曬太陽，眾人更不敢說話了。

又是一陣沈默，七皇子忽然出列。「皇祖母，孫兒願去敵營，換回父皇。」

晉王還在發愣，見七皇子爭先，立刻也上前道：「皇祖母，孫兒願意去。」

方太后點頭。「二郎一向莽撞，不中用，七郎平日不顯，胡人不知。那就三郎去吧，你父皇一向寵愛你，且你又機靈，定然能救回你父皇。」

方太后一開口就給二皇子扣個愚蠢的大帽子，又把三皇子捧了起來。

三皇子愣住了，他沒想到方太后一個哆嗦不打就直接定下了自己，且說得頭頭是道，彷彿他不去就沒人能去了一般。

衛景明差點笑出聲來，對待三皇子這種一肚子心眼的人，就要用這種看似愚笨的法子，將他捧高，讓他有心眼也使不出來。

楊石頭立刻道：「晉王殿下忠孝兩全，臣佩服，請娘娘定下時日，臣與殿下即刻出發。」

方太后點頭。「不用等了，明日就出發。」

晉王急了。他不能去啊！他一走，京城這邊就成了老二的天下了。最重要的是，這不是去立功，這是去送死啊！

晉王眼裡淬了毒一樣地看著衛景明，此人用這種法子害我，必定是為了給老七鋪路。老二這回丟了大臉，我若是和老五去了胡人那裡，老六不中用，京城就剩下老七了！

衛景明不去管晉王的眼神，他也對方太后道：「臣隨時聽娘娘吩咐。」

七皇子想到剛才衛景明那個眼神，他又對方太后道：「皇祖母，還是讓孫兒去吧。父皇不在，二哥受了傷不能理事，皇祖母身邊還需要三哥孝順。」

方太后擺擺手。「無妨，有諸位大人呢，你莫要阻攔你三哥盡孝。」

方太后幾乎是明晃晃地把三皇子架在火上面烤，三皇子不去都不行。

第七十章

下了早朝後，三皇子要去敵營換回魏景帝的消息瞬間傳遍了後宮。

被關起來的劉皇后幸災樂禍地哈哈大笑。「鄭氏妳個賤人！讓妳跟本宮爭？妳兒子去了敵營就等死吧！」

已經被剝奪了宮權的寇貴妃正躲在咸福宮的一間小屋子裡，魏景帝不在，她彷彿喪家之犬。劉皇后原本想等孫子繼位後賜死寇貴妃，卻沒想到奪權失敗，寇貴妃僥倖留下一命。聽說三皇子要去換皇帝，寇貴妃心裡也是高興極了，皇帝一向疼她，只要能把皇帝換回來，她管誰去死呢？

鄭賢妃聽說兒子要去西北，頓時急了起來，兒子這一去生死不明，她豈能放心。

當天晚上，鄭賢妃就病了，病得十分厲害，吐出了一碗又一碗的血。半夜時分，鄭賢妃就不行了，三皇子火速入宮，在鄭賢妃床前伺候了一夜，天亮的時候，鄭賢妃已經不省人事，三皇子當場哭暈了過去。

第二天早上，衛景明和楊石頭都準備好了，二人在皇宮門口集合，旁邊還跟了一些侍衛和幾個低等官員，人都到齊了，就差三皇子。

楊石頭帶了一個大包袱，衛景明什麼都沒帶。

楊石頭奇怪。「衛大人，如何一點行李也不帶？」

衛景明嗤笑道：「楊大人莫急，咱們今日是走不掉了。」

楊石頭沈默，他也大致猜出了一些，以晉王的為人，必定不肯去西北。別說他不肯去，就算他想去，賢妃和他身邊的一群人肯定也不能答應。

昨夜的事情衛景明早就已經知道，但這等小把戲能騙得過誰呢？去找三皇子的人很快無功而返，衛景明只能讓人去通知方太后。

方太后這幾日就住在宮裡，聽說鄭賢妃病得要死了，於是下朝後她親自去探望鄭賢妃。到了鄭賢妃宮裡，方太后伸頭一看，點點頭，看樣子果真是要死了。

方太后看向旁邊憔悴的三皇子。「三郎，外頭楊大人和衛大人等著你呢，你放心吧！你母妃這裡哀家幫你看著。」

三皇子虛弱地站起身，對著方太后拱手。「多謝皇祖母。」

他木然地往外走，剛走到正殿門口，三皇子忽然也一口血吐了出來，暈倒在地上。都吐血了，自然不能再去了。

方太后心裡冷笑，嘴上仍舊著急道：「去請吳太醫過來！」

吳遠很快揹著藥箱趕了過來，扒開三皇子的眼皮看一眼，大吃一驚。「回太后娘娘的話，晉王殿下中毒了！」

方太后皺眉問道：「你莫要胡說，三郎昨夜進宮時好好的，伺候了他娘一夜，最多是累的，怎麼可能中毒呢？」

吳遠信誓旦旦。「娘娘，臣沒有撒謊，殿下可能是誤吸入什麼毒氣。」

說完，吳遠又去看鄭賢妃。「賢妃娘娘也是同樣的癥狀，只是殿下年輕，能扛得住。」

吳遠把鄭賢妃的宮裡轉了個遍，最後查到賢妃床前一只香爐上面，裡面的香有毒！

鄭賢妃的宮女立刻道：「這是之前貴妃娘娘分下來的香，娘娘一直捨不得用，最近動盪不安，這才拿出來用。夜裡，娘娘一直都把香爐擺在床頭，說睡得安穩。」

方太后都忍不住要給鄭賢妃鼓掌，這等低劣的手段都能用，既然有毒，為何只有你們母子中毒，宮女卻無事？這個時候，有什麼屎盆子只管往寇貴妃頭上扣，反正又無人替她做主，只要能救下兒子，坑害一個情敵算什麼？

三皇子幽幽道：「皇祖母，孫兒可以的。」

方太后居高臨下地看著三皇子，嘆息道：「三郎，天不予你盡孝的機會，看來你和你父皇無緣，你好生孝順你母妃吧！你父皇，自有天定之人去營救。」

鄭賢妃母子想用這等小人之法保全三皇子，推別人去送死，方太后自然也要讓他們付出代價。這話一出，很快就傳遍了京城，三皇子是個與魏景帝無緣的人，他不配去營救君父。

三皇子一派差點嘔出一口血。去救吧，可能客死異鄉，不去吧，又要被扣上不孝的帽子。但不論這些人怎麼想，方太后已經立刻換了人選，派七皇子去。

方太后給七皇子一天的準備時間，明日會同二位使臣一起北上去營救魏景帝。

七皇子臨危受命，方太后召集重臣商議，封七皇子為梁王。重臣們無一反對，親王身分貴重，能增加談判的籌碼，也能暖一暖七皇子的心。

而衛景明和楊石頭打道回府，再等七皇子一天。

一進門，迎接衛景明的就是顧綿綿的笑臉。「衛大人得逞了！」

衛景明哈哈笑。「什麼事都瞞不過郡主的眼！」

顧綿綿嘆息。「你這樣費心費力，也不知能不能幫到梁王殿下。」

衛景明拉著顧綿綿的手往屋裡去。「二皇子、三皇子名聲受損，梁王殿下現在去，才能贏得天下人的心。幹活不能白幹，總得有些好處。多虧了娘，我也沒跟她通氣，她竟然能配合得這麼好。」

顧綿綿橫他一眼。「我娘好好的在清暉園養老，被我們拉出來擋槍。現在她一個人在宮裡，也不知道怎麼樣了。」

衛景明道：「等我走了，娘子要不要進宮去陪娘住一陣子？」

顧綿綿看著衛景明叮囑著。「我娘那裡暫時不用擔心，你此去胡人境地，千萬要注意自己的安危。你再厲害，一個人也難敵胡人幾十萬人馬，到了關鍵時刻，務必要保證自己的安全。唉……我說跟你一起去，你又不同意。」

衛景明把顧綿綿攬進懷裡。「北上凶險，我不放心。妳留在京城可以給娘幫手。妳們母女在京城立得穩穩的，我和孩子們在外才能安全。」

說起孩子，顧綿綿心裡又有些難過。「等此事了了，咱們一家子以後永遠不分開。」

衛景明在她額頭上親一口。「好。」

當天晚上，顧綿綿再次準備了一桌酒席，兩口子在正房一起吃飯，偏院兩個老頭子昨晚已經給衛景明送過行，今日就沒過來，讓他們小倆口單獨相處。

顧綿綿給衛景明倒酒。「官人，祝你此去一切順利。」

衛景明仰頭喝完酒。「娘子放心，我定會平平安安回來的。」

夫妻倆你敬我一杯酒，我餵你吃一口菜，等酒到微醺之時，衛景明放下酒盅，清亮的眼睛看著顧綿綿。「娘子，夜深了，咱們歇下吧。」

顧綿綿挪開眼神。「好，官人明日要早起，不能耽擱。」

夫妻倆漱洗過後一起進了屋，顧綿綿今夜穿了一件月白色的睡袍，袍子用的真絲，隱約能看見裡面的大紅色衣裳。頭髮剛剛洗過，鬆鬆地攏在腦後，一頭烏髮直接擺到了小腿上。她洗去了臉上的脂粉，整個臉蛋又白又嫩，雙眼裡似乎帶著一些柔情。

那眼神對衛景明看過來時，衛景明感覺自己腿都要發軟了。

衛景明在燈光下看得喉頭發緊，直接一把將她撈進懷裡。入手是柔軟的腰肢，顧綿綿分明是生過兩個孩子的人，因著整日修練內氣，反倒越來越好看，身形也越發曼妙。

衛景明胡亂誇了一句。「娘子，這衣裳真好看。」

顧綿綿輕輕撫摸了兩下自己的頭髮。「就是一件普通衣裳。」

衛景明在她髮間嗅了一下。「娘子，我真捨不得離開。」

顧綿綿橫了他一眼。「你去就是，我又不會跑了。」

她這一眼，彷彿傳達著不一般的意義，衛景明哪裡還忍得住？隨即一把將她抱起來，走向那張千工拔步床。「娘子，讓我看看妳的裡衣繡了什麼花樣。」

顧綿綿紅著臉，輕聲嗔怪他。「看什麼？昨兒晚上不是看過了。」

衛景明把顧綿綿放在床上，伸手放下簾子。「我知道，娘子今兒必定換了花樣，快些讓我看看。」

說完，他對著自己嚮往的那片禁地伸出了靈巧的雙手。

就在衛家夫婦情濃之時，梁王府裡的氣氛卻有些低沈。

七皇子今日得封梁王，梁王府裡卻一點歡慶之意都沒有。

梁王妃林氏臉上有些傷感，她看著梁王道：「王爺，請務必要保重自己。胡人野蠻，不懂禮儀，若是言語不敬，請王爺為了大哥兒，千萬莫要和他們爭論。留著青山在，不怕沒柴燒，妾身和大哥兒在家裡等王爺歸來。」

梁王反倒很坦然。「王妃莫要憂心，我此去營救父皇，是危機，也是良機，倘若能換成功，父皇不會不管我的。」

然而梁王妃自小飽讀詩書，她縱觀歷史，從未看見哪個皇帝會為了一個不受寵愛的兒子而付出多大代價。

想到這裡，梁王妃的心直接往下沈，平王母子尚且有劉皇后照看，若是梁王一去不復返，他們母子將何去何從呢？

但丈夫明日就要出遠門，梁王妃不想讓他掛心，臉上端起了微笑。「還是王爺懂得多，妾身去幫王爺收拾行李。」

梁王點頭，等梁王妃走後，他命人把兒子抱了過來。

梁王府大哥兒將將兩歲，已經會喊父王了，他還不知道父王即將遠行，高興地拉著他的衣襬，想讓父王陪他玩。

父子倆在正院玩了一陣子，等晚上吃飯的時候，梁王囑咐梁王妃。「我走後妳看好家門，無重要的事情莫要出去。有空就去給皇祖母請安，遇到不能決定的事情，就去找皇祖母，若是不能見到皇祖母，妳就去找嘉和郡主。」

梁王妃給梁王挾菜。「妾身知道了，王爺路上定要注意身子。」

等吃過了飯，五公主來了，她一身道袍，眼中含淚。「七哥。」

梁王對五公主招招手，讓五公主坐在自己身邊。梁王本來想摸摸五公主的頭，想到她都這麼大了，又收回了手。「妳也自由自在過了幾年，往後我不在京城，妳嫂子性子綿軟，看在大哥兒的面上，若是遇到難事，還請妳多在皇祖母面前轉圜一二。」

五公主忍不住哭了出來。「都是我沒用，從來沒有幫上七哥的忙。」

梁王笑道：「沒有的事，有皇祖母疼愛妳，我才能與衛大人交好，這幾年我也借了妳的光。咱們兄妹一路長大不容易，往後只能靠妳自己了。」

五公主擦了擦眼淚。「七哥放心，我會照顧好七嫂和大哥兒的。」

梁王看著妹妹。「妳總是不肯招駙馬，我也知道一些妳的心思，命裡無時莫強求，莫要太執拗，旁人無意，妳卻白白傷了自己的心。」

五公主沈默道：「多謝七哥為我操心，往後我會好好的。七哥別擔心，有楊大人和衛大人跟著，七哥定會無恙的。」

梁王囑咐。「過幾日妳就回宮去吧，好生伺候皇祖母，把這一身衣裳換了，別讓皇祖母為妳擔心。」

五公主點頭。「好。」

轉天早上，衛景明和楊石頭都到梁王府來集合。二人來的時候，梁王已經收拾好了。

衛景明今日穿著常服，冰藍色長袍，腰上是早前方太后給的比目魚玉珮，頭上是顧綿綿今日給他戴的玉冠，不同於往日穿官服時的威嚴，今日的衛景明彷彿一位出遊的俊俏富家公子。

楊石頭的衣服比較簡單，臉上的表情也比較沈重。

除了他二人，還有許多同行的官員、侍衛。

眾人一起對著梁王拱手。「殿下。」

梁王點頭，看了看衛景明和楊石頭。「走吧。」

因著要趕路，眾人都騎馬前行，衛景明帶了錦衣衛兩個心腹侍衛，他的行李也都放在侍衛那裡。

等梁王上馬後，衛景明一馬當先。「臣先行開路。」

一行人很快出了城門，到了官道上之後，催馬的速度都加快了起來。

正跑得起勁，卻聽後面忽然傳來大喊聲。「壽安，壽安，等等我！」

眾人一回頭，只見郭鬼影幾個縱身就掠了過來，腰間掛著一個酒葫蘆，後背上一個包袱。

眾人面前，衛景明無奈嘆口氣道：「師父，您老來做甚？」

郭鬼影哼一聲。「你小子自己去胡人那裡玩，也不帶上我老頭子。我讓你師叔留守京城，自己趕了過來。塞北我去過很多次，對那裡比較熟悉，你們這一次帶上我，保證你們不會迷路。」

梁王率先對郭鬼影拱手。「多謝郭大師相助。」

說完，梁王讓侍衛從預留的馬匹裡挑了一匹上好的給郭鬼影。郭鬼影立刻喜孜孜地騎上馬。「走吧！還是騎馬舒服，我老頭子一路追過來，累得夠嗆。」

衛景明聽這話笑了。「師父莫急，晌午徒兒給您找些好吃的。」

衛景明與郭鬼影兩個並排跑在前面，侍衛們在後面壓陣，梁王和楊石頭在中間。

眾人繼續趕路，一路疾馳往北而去。出了京城後五天，忽然遇到了一條山谷。

剛入谷，衛景明止住馬兒的腳步。郭鬼影問道：「壽安，可是有什麼不妥？」

衛景明沒有回答，他將聽覺放到最大，整個山谷裡的微小動靜都被他收入耳中，他聽到了不一般的聲音。

衛景明看向郭鬼影。「師父，您帶著殿下和楊大人退出山谷。」

梁王非常聽話，郭鬼影一個招手，他就跟著撤退。郭鬼影的馬匹緊緊貼著梁王的馬，好在入谷比較淺，眾人很快就退了出去。

梁王十分擔心。「郭大師，衛大人那邊會不會有危險？要不要派人過去協助衛大人？」

郭鬼影忍不住炫耀。「放心吧，我這個便宜徒兒，比我老頭子厲害。咱們就在這裡等著，人多了反倒影響他的行動。」

楊石頭也安慰梁王。「殿下放心，衛大人雖然年輕，真是當世絕頂高手。臣聽說，到現在還沒有人真正見到衛大人出過全力。」

郭鬼影覺得方才吹牛過頭了，生怕給衛景明添麻煩，連忙道：「沒有的事，那都是謠言、謠言。」

梁王點頭。「那咱們在這裡等著，不給衛大人添亂。」

郭鬼影看著山谷。「自來山谷最容易設埋伏，看來有人不想讓殿下去營救陛下啊。」

梁王用腳趾頭也能猜到，必定是自己那兩個好哥哥幹的好事。

山谷中，衛景明等所有人離開後，瞬間放出了替身。上次放替身損失的一成功力，衛景明已經靠著自己修練彌補了回來，這次他放出了兩成功力，就算時間久一些，也不會消散於山林之中。

這個替身因為功力強，靈識也更強，他對著衛景明點點頭，然後飛馳而出。衛景明繼續坐在馬上，守衛在山谷之口。替身飛到山谷之上，看到了整個山谷的地形。很快，替身在山谷中間地帶找到了異常聲音的來源，那裡隱藏著幾十個黑衣人。

替身迅速飛了過去，黑衣人見到替身，知道自己暴露，立刻和替身打了起來。這些黑衣人身手都十分不錯，想來布局之人知道衛景明厲害，找來的都是一等一的高手，替身雖然能應付，殺了兩、三個之後，被幾十人包圍，一時無法占據上風。

黑衣人首領道：「衛景明在此，梁王必定在附近。」說完，他命令其中七、八個人立刻去附近搜索。

那七、八個人剛說了聲遵命，衛景明本尊立刻出動了，他比替身更快，一眨眼就攔住了七、八人的去路。

為首的人驚呆了，看看衛景明，看看替身，結結巴巴道：「為什麼會有、會有兩個衛景明？」

衛景明輕笑。「那是我兄弟，第一次現世，被你們看到了，那你們就別想跑了。」

替身見衛景明來了，對著他笑了一下，瞬間打得更狠了。

衛景明沒讓替身一個人迎敵，抽出腰間的鞭子，一出手就斃命三人。衛景明功力更高，且手中有兵器，考慮到替身沒有兵器，衛景明把手中的鞭子拋給了他。「接住！」

替身有了鞭子，戰鬥力提升。衛景明從樹上折下一根樹枝，灌入內力，頓時就是一柄好刀。

黑衣人審時度勢，立刻道：「跑！」

衛景明出手如電，瞬間又放倒兩個。替身也跟在他身後出動，兩人一起動手，前後夾擊，把黑衣人包圍起來。

打到最後，只剩下黑衣人首領。

他心裡十分絕望，忍著內傷擦了擦嘴角的血，頗不服氣地問：「你年紀輕輕，為何有這麼深厚的功力？」

衛景明笑道：「誰說我年輕，我已經八十多歲了。」他兩輩子加起來，可不就是八、九十歲了？要是再把玄清子的年紀加起來，那得有幾百歲了。

首領的雙眼圓睜，他想起剛才衛景明幾乎是屠殺式的碾壓，又看了看地上橫七豎八的屍體，想到這些都是殿下花了大價錢請來的當世高手，卻被人切菜瓜一樣全部切了，忍不住罵道：「妖人！你們玄清門都是妖人！」

衛景明反問道：「何人指派你們來的？若說出來，留你一條命。」

首領哼一聲。「聽說衛大人功力蓋世無雙，我等想來領教一番，卻慘遭衛大人毒手。」

衛景明雙手背在後面。「你不用激怒本官，既然你不想說，本官也不勉強，反正你是誰派來的都一樣，你們的目的無非是阻止梁王殿下去救陛下。」

首領抬起頭。「能死在你手裡，我也不虧。」

衛景明點點頭。「既然你一心求死，我就不和你囉嗦了，我們還要趕路呢。」

衛景明的話音剛落，替身便揮起鞭子了結了首領。

做完這些，替身把鞭子遞給了衛景明。

衛景明接過鞭子的那一刻，摸到了替身的手，熱的。衛景明大喜，拉過替身的手仔細摸了摸，不像以前那樣透明，還略帶了一點溫熱，彷彿活的一樣。

衛景明問他。「你想走嗎？」

替身笑著搖了搖頭，衛景明能感知到他的意思，他好像在說他睏了，只想睡覺。

衛景明知道他剛才打鬥太久，消耗了很多力氣，微笑著對他道：「你別怕，你就是我，我就是你，咱們是一體的。」

替身點頭，張開雙臂，示意衛景明快把他收回去。

衛景明催動意念，收回了替身。替身入體之後，他感覺自己的內力比往日更加充沛，又不僅僅是變多了，彷彿有哪裡變得不一樣。

他將內氣運轉幾個輪迴後，體內忽然多出一股微弱的力量，這股力量時而和自己的內力融為一體，時而又單獨分離出來。

難道替身可以自己修練了？衛景明頓時吃驚地猜測。

衛景明再次去感知那股力量，它似乎也察覺到了衛景明的試探，輕輕在體內竄動了幾下，像個調皮的孩子一樣，釋放出了十分善意的回應，還主動帶著衛景明的內力在各個要穴裡奔走。

衛景明安下心來。師祖曾說，替身之術，只要不是為了追求長生不老，就不會帶來禍亂。又運轉了一陣子後，那股力量徹底消融在衛景明的綿綿內息之中。

衛景明把地上的黑衣人都檢查了一遍，確定所有人都徹底死了之後，他如一道光影，瞬間就飛到了自己的馬匹之上。

衛景明騎著馬退出了山谷，在山谷入口見到了梁王等人。

梁王先開口。「衛大人，如何了？」

衛景明回道：「殿下放心，一群賊人罷了，臣已經解決了。」

梁王舒了口氣。「衛大人辛苦了，可知是何人？」

衛景明搖頭。「賊人寧死不肯說，臣估計是有把柄被人拿捏住了。」

梁王沈默片刻後道：「咱們走吧。」

第七十一章

梁王一行人繼續趕路，沒幾天工夫，就到了邊關。

新任定國侯謝將軍親自來迎，梁王見他胳膊上的一抹白，拱手道：「謝將軍辛苦了。」謝將軍還在熱孝期，老定國侯死了還不到三個月。

謝將軍拱手。「殿下客氣了，家父曾教導臣，國事為大。我謝家駐守北疆一百多年，遇到外敵入侵時，別說守孝，就算只剩一口氣，也要上陣殺敵。」

梁王感嘆。「邊城明珠之後，果真是令人敬佩。」

說起自家的兩位老祖，謝家子弟無一不驕傲。邊城明珠陸氏以女子之身封侯，爵位傳了上百年，謝家老祖也曾是名動天下的名將，有這兩位老祖的榮光在此鎮守，胡人上百年沒有闖過邊關守衛。

此次搶劫，胡人是趁定國侯病重而來，且搶了就跑，讓謝家人覺得十分屈辱，立誓要報仇。誰知遇到個狗屁不通還要做統帥的魏景帝，不僅害得先定國侯喪命，連自己也被胡人捉去。

謝將軍謙虛道：「臣雖不及老祖榮光，也會秉承謝、陸兩家遺志，誓死守衛邊關。」

梁王點頭。「有謝將軍在，本王不用擔憂了，咱們且先商議如何營救父皇。」

謝將軍請梁王入定國侯府，衛景明和楊石頭同行。

路上，謝將軍看了一眼衛景明。「聽聞衛大人一根神鞭天下無人能及，在下十分佩服。」

衛景明笑道：「謝將軍修的是守城之術，肩頭的責任是保邊關千千萬萬的百姓平安。在下修的不過是自身，武功再高，也只能保殿下和楊大人平安而已。」

謝將軍笑道：「衛大人謙虛了，此去胡人之地，全靠衛大人神功護衛殿下。」

二人都是習武之人，一個是百年將領之家的掌權人，一個人是神秘莫測的門派傳承人，都是本領高強之人，不免有些惺惺相惜。

梁王住下後，來不及享用定國侯府呈送上來的美味佳餚，立刻召集眾人商議和談之事。

謝將軍見梁王等人空手而來，有些不抱希望。「殿下，胡人正在受災，這個時候最缺糧草。糧草未到，殿下去了，怕也是徒勞，無非是讓胡人多扣留幾個人罷了。」

謝將軍的話讓梁王的心也開始打鼓。「糧草走得慢，故而皇祖母命本王先來。不管怎麼樣，咱們先和胡人接頭，看看對方怎麼說。」

謝將軍點頭。「臣即刻派人去胡人那邊試探胡人的意思。」

梁王點頭，又看向楊石頭等人。「諸位都累了，先去歇著吧，衛大人留下。」

等眾人走了之後，屋裡只剩下梁王、衛景明和謝將軍。

梁王看向衛景明。「衛大人，本王有些擔憂。」

衛景明反問道：「殿下是擔憂陛下的生死嗎？」

梁王點頭。「不錯，父皇九五至尊，淪為階下之囚，胡人定然不會好生善待他。本王不擔心父皇過不了苦日子，卻憂心父皇為了不拖累大魏，自己……」

剩下的話梁王沒說出口，他擔心魏景帝自裁。

衛景明想了想。「殿下，臣有個主意。我們可以放出消息，說陛下已經以身殉國。」

謝將軍吃了一驚。「衛大人，如此一來，京城不穩。」

衛景明道：「謝將軍，我且問你，救回陛下後，你們謝家就真的一點責任都沒有嗎？」

謝將軍沈默了，以他四十年的人生經歷來判斷，一旦順利換回魏景帝，謝家很有可能要遭遇魏景帝的第二輪打壓。或者說，惱羞成怒的魏景帝會把自己被俘的責任全部推到謝家頭上。

衛景明又問梁王。「殿下，您去敵營，換回了陛下，往後要怎麼辦呢？」

梁王沈默，往後要怎麼辦，他從來沒想過。「壽安，你這個主意是為了我好，但本王不能做不孝之人。」

衛景明笑道：「殿下，臣沒有別的想法。我們先放出這個消息，該怎麼救陛下還繼續救，但我們若表現得太急切，胡人反倒拿喬，到時候獅子大開口要更多的銀兩和糧草，我們到哪裡去弄？」

他頓了一下道：「再者，我們放出這個消息，且看看京城那邊有什麼舉動，若是有人不軌，陛下也能看得出來，誰是真正忠君愛國的皇子。」

謝將軍在一旁聽了心裡叫苦，你們皇子之間的鬥爭，把我謝家拉進去做啥？我謝家可從來不摻和奪嫡之事，我們只管守邊關。

衛景明自然知道謝家的傳統，對謝將軍道：「謝將軍只管守住剩餘的軍隊就行，此事如何操辦，殿下自有論斷，還請謝將軍幫我們保密。」

謝將軍嗯了一聲，心底開始對衛景明有了新的認識。

不愧是在京城打滾的人，怪不得二十出頭就能做到指揮使，一肚子心眼，我給你保密，不就成了你們的人？我不給你們保密，必然又成了耽誤國事，破壞營救陛下的計劃。好一個一箭三雕之計，把我謝家捆進去，又能讓京城不軌之人暴露，還能顯出梁王的忠心。

梁王也明白了衛景明的意思。「但願父皇能知曉我的心。」

衛景明道：「殿下，謝將軍既然要派人去敵營問胡人的意思，臣想扮成隨從，隨著一起去，看看能不能察看陛下的情況。」

梁王大喜。「壽安，這樣能行嗎？」

衛景明猶豫了一下。「臣去試一試，不敢保證別的。」

梁王立刻拉著衛景明的手道：「壽安真是本王的福星。」

衛景明謙虛道：「殿下客氣了，臣此次來只是殿下的護衛。」

三人說定了初步的方案，衛景明和謝將軍先行離開，謝將軍走前看了衛景明一眼。「衛大人年少有為，在下佩服。」

衛景明笑著拱手。「謝將軍過譽了，在下對邊塞不熟，還請謝將軍多指點。」

謝將軍客氣兩句，便讓人帶衛景明去了客院。

一進院子，楊石頭就迎了過來，急急問道：「如何？殿下可有說什麼？我是和談大使，你們反倒避著我說話。」

衛景明道：「楊大人莫要急，你是文人，比不上我皮粗肉厚，一路奔波辛苦，殿下想讓你歇息。」

楊石頭看了一眼衛景明白淨淨的臉，又看了一眼自己一路北上被曬黑了的膚色，他感覺衛景明那皮粗肉厚四個字彷彿是在諷刺自己，板著臉道：「衛大人，營救陛下，本官不覺得累。」

衛景明拉他進了屋，把剛才幾人商議的結果告訴了楊石頭。「你的目的是去和談，至於其他的，不讓你聽是為了保護你。」

楊石頭沈默片刻。「衛大人，你老實說，當初你提出這個以人換人的法子，是不是有別的意思？」

衛景明自己倒茶喝。「我能有什麼意思，還不是不想讓京城亂起來。你要說我有別的意思也不為過，不管誰上位，我這個指揮使都要下臺，太后娘娘和我家娘子也只剩下個空名頭。為了我自己的榮華富貴，我也不能讓陛下留在胡人那裡呀！」

楊石頭覺得他不是個這麼在意官位的人，試探著問道：「你這回把梁王殿下拱出來，是想投誠嗎？」

衛景明抬頭看著楊石頭，半晌後反問道：「楊大人呢？你跟著過來，往後難道還能和梁王殿下掰開嗎？」

楊石頭道：「梁王殿下第一個主動請求來換陛下，我心裡很敬佩，沒有別的意思。」

衛景明笑著給楊石頭倒了杯茶。「那就對了，不管我有什麼想法，咱們現在要想辦法把陛下救出來，還要保全梁王殿下。」

正說著呢，外頭郭鬼影進來了。「壽安，你忙好了沒？走，我帶你去城外轉轉。」

衛景明放下茶盞。「師父不說我也準備去的，楊大人，你好生歇息，我出去逛逛。」

楊石頭點頭。「辛苦衛大人了。」

郭鬼影帶著衛景明出了定國侯府，兩人也沒有騎馬，走著走著就到了城牆邊。

守城牆的將士們並不認識師徒二人，衛景明也不想鬧出太大動靜，出示了自己的腰牌。那個年輕的八品城門衛一見錦衣衛指揮使的金牌，嚇了一跳，有些不敢確定，要求衛景明在這裡等候，自己跑去問上官。

過了一會兒，城門衛氣喘吁吁跑了過來。「不知衛大人過來，下官失禮了，請衛大人責罰。」

衛景明笑著拍了拍他的肩膀。「你做得很好，你不認識本官，不能單憑一個腰牌就放行。邊關之地，謹慎些才對。」

城門衛有些不好意思，撓了撓頭。「衛大人不生氣下官眼拙就好。」

衛景明示意他開門。「今日梁王殿下到此，殿下命我去城外察看地形，你悄悄替我開門，莫要聲張。」

城門衛帶著兩個士兵開了門，又囑咐衛景明。「大人天黑之前要回來呀！下官天黑之後就換值了，到時候別人可能又不認識大人。」

郭鬼影笑道：「休要囉嗦，我們很快就回來了。」

出了城門，衛景明站在城門口，極目遠眺。

城外是一片荒蕪之地，地上零星有些低矮的荒草，一眼望去，幾里路之內都荒涼得很。為了防止胡人伏擊，城外一直都保持著開闊的場地，從來不讓草長得太高。別說胡人了，多了一隻兔子都能發現。

衛景明看向郭鬼影。「師伯，煩勞您帶我去前面看看呀。」

郭鬼影不開心地哼哼。「出了城門，師父就變師伯。罷了，跟我來吧。」

說完，郭鬼影一個縱身飛出去幾丈遠，衛景明即刻跟上。伯姪二人速度快得讓人連影子都看不到，眨眼間就到了幾里路外的樹林之中。樓上的城門衛還在奇怪，怎麼到了城門外就沒動靜了？

到了樹林中，衛景明停了下來。「師伯，我要做些記號。」

郭鬼影點頭。「你做吧。」

說完，他拿出酒葫蘆吃酒。衛景明把附近快速繞了一圈，心裡對地形有了大致的印象。隨後繼續往前走，衛景明把地形記清楚。他速度快，記得更快，郭鬼影只管拎著酒壺在前面帶路。

兩個時辰的工夫，伯姪兩個察看了近百里的地形，差不多快摸到胡人的軍營了。

郭鬼影停下腳步。「再往前去，就能碰到胡人了。」

衛景明定下腳步，對郭鬼影道：「師伯，您在這裡等等我。」

說完，他提一口氣，然後一飛沖天。郭鬼影在樹林裡抬頭一看，衛景明整個人彷彿消失在了天空之中。他懶得去問，找棵大樹躺一躺。

衛景明一口氣飛了老高，確定地面上的人輕易發現不了自己，又凌空往前推進了半里路，能很清楚地看到地面上的胡人軍營。胡人士兵密密麻麻地駐紮在各個營帳附近，中間一座大營，應該是胡人的統帥。

衛景明睜大眼睛，把軍營的分布情況仔細看了個清楚，心裡記下後，他折回地面。

郭鬼影從樹上跳了下來。「你小子飛那麼高，不會摔下來啊？」

衛景明開玩笑。「師伯，姪兒撐著一口氣呢，就算摔下來，師伯也能接住我。」

郭鬼影咧嘴笑。「莫要貧嘴，吃些飯吧。」

說完，他從自己的褡褳裡掏出一個大大的油紙包，打開一看，裡面是一隻燒雞和四塊芝麻燒餅。

郭鬼影摸了摸燒雞，可惜道：「這都涼了。」

他往裡面灌入一些內力，很快把燒雞變得溫熱，然後撕一半遞給衛景明。「快吃快吃！」

衛景明今日穿著杭綢袍子，本來一副翩翩佳公子的模樣，飛在空中很是好看，這會兒卻毫不在意形象地捋起袖子接過了半隻燒雞開始啃。「師伯，把您的酒給我嚐兩口唄。」

郭鬼影取下酒葫蘆遞給衛景明。「下次再出來，咱們帶些調味的東西，抓兩隻野味烤了吃才好呢。」

衛景明笑道：「外頭的野味柴得很，回頭我帶兩隻家養的雞和一些酒，請師伯到這林子裡吃。」

正說著呢，衛景明忽然收起笑容，側耳一聽，然後對郭鬼影道：「師伯，走！」

話音一落，伯姪倆立刻跑沒了蹤影。過了一會兒，一隊胡人斥候到林子中巡查，路過二人剛才停留的地方。

遠處，衛景明和郭鬼影一邊跑、一邊還能從容地吃雞，衛景明在間隙中還喝了兩口酒，喝完把酒壺扔給郭鬼影。「等此事一了，我定要卸了差事，帶綿綿到邊關來玩一玩。」

郭鬼影吐掉嘴裡的雞骨頭。「你真是個老婆奴。」

衛景明哼一聲。「師伯有本事就到綿綿跟前說這話。」

郭鬼影咧嘴一笑。「我可不敢，到時候你媳婦不給我老頭子做新衣裳，只給你師父做，你師父又要笑話我沒徒弟和徒弟媳婦孝順了。」

二人很快把一隻燒雞和四塊燒餅吃得乾乾淨淨，然後繼續往前去。回來的時候因為不需要記路，不到兩刻鐘，師徒二人就奔襲了近百里，雙雙立在城門下。

此時，太陽已經偏西，衛景明拍了幾下大門。很快，那個城門衛親自來開門。「衛大人總算回來了，再不來，下官就要換值啦。」

衛景明笑道：「辛苦你了。」

城門衛咧嘴笑。「是下官該做的。」

衛景明帶著郭鬼影回到定國侯府，二人和楊石頭住在一個院子。楊石頭是和談大使，住正房，衛景明和郭鬼影住廂房。

楊石頭早就等不及了。「怎麼才回來？我還以為你被胡人捉去了。」

衛景明用帕子擦擦手，吩咐外面的人。「快燒些熱水來，本官要沐浴。」

楊石頭嘖嘖兩聲。「衛大人真是奢侈，到了這個時候，還貪圖享受。」

衛景明把帕子收回衣服裡。「楊大人，我的衣裳鞋襪都是我家娘子一針一線縫製的，自然要沐浴後方能換上。」

你這種見了婆娘只曉得傻乎乎直來直往的大老粗，哪裡懂我們之間的事情？

楊石頭聽見他說起家裡娘子，不好再調笑。「衛大人一天沒吃了，剛才有人送了一些飯菜來，我給你留著呢，郭大師那裡也有。」

衛景明剛吃了燒雞和燒餅，這會兒胃裡面頂得慌，勉強吃了兩口菜就放下筷子去漱洗。

遠在千里之外的京城，顧綿綿今夜獨自一人待在房裡。她忽然發現，自己心裡十分想念衛景明那個二百五。孩子們走後她也想念，但想到孩子們身邊有舅舅、舅媽照顧，她反倒不擔心。可是衛景明一走，顧綿綿便覺得自己的心裡空落落的。

顧綿綿胡亂漱洗後一個人躺在床上，迷迷糊糊中她睡著了。她好像又看到了小衙役衛景明，那個時候他總是一副吊兒郎當的樣子。顧綿綿有些心疼，最初的最初，他還是個有些靦覥的俊俏少年郎，在經歷了無數的磨難之後，他才變成這副樣子，自始至終，他只是想逗她開心而已。

顧綿綿進了青城縣的那個小院，看到衛景明倚在門框上，嘴裡唱著那不正經的小調。「生在田坎裡，睡在草窩邊，腦袋瓜子笨，臉長得難看，我娘怕我打光棍，給我說了個小寡婦……」

顧綿綿歡喜地撲了過去。「官人，你在這裡呢！」

衛景明立刻嘴巴咧得老大。「綿綿，妳爹還沒答應親事呢，不能這麼叫。」

顧綿綿笑，踮腳對著他的嘴巴親了一口。「咱們快回家去吧。」

衛景明見她主動親自己，高興得手腳都不知道怎麼放，立刻把顧綿綿拉到廂房裡，一會兒對著她耳邊竊竊私語，一會兒又說兩句讓人臉紅心跳的情話。顧綿綿心裡高興極了，只恨不得時間停留在這一刻才好。

那邊廂，衛景明也夢到自己回到了青城縣的小院子裡。他想找顧綿綿，別人卻告訴他，顧綿綿已經飛上天做仙女去了。於是他提一口氣騰升而起，往天上飛去。

衛小明感覺自己又飛上天了，再次來到瑤池之畔，看到幽深的瑤池和美麗的荷花。他一會兒晃一晃池邊的荷花，一會兒在瑤池中遨遊，池邊宮殿中沈睡的仙女被驚醒，連連驚呼。衛小明覺得不滿意，把池水潑到荷花上，掰開荷葉，輕輕啃了兩口花苞頭，惹得花苞一陣輕顫。仙女要來打他，他又笑著翻身入池。

半夜，英明神武的衛大人忽然醒來。他腦子裡有些混沌，思緒還停留在仙女和瑤池那裡，老半天才回過神。

他嚥了口口水，自己爬下床，找到茶盞喝了一口涼茶，這才讓自己清醒一些。清醒之後，他就有些尷尬。

半晌後，衛大人從旁邊的櫃子找到另外一套裡衣，悄悄換上，又趁著黑夜摸出門，在院子裡自己把衣裳洗了。

衛景明查過城外地形，回來後便自己手繪了一份給謝將軍。

謝將軍大喜。「衛大人真是有能耐，連胡人軍營裡的情況都能摸到。若是斥候們能有衛大人一半的本領，往後何愁敵軍來犯？」

衛景明謙虛道：「謝將軍客氣了，多虧我師父幫忙。我師父對北疆路線熟，帶我摸到了敵營附近，這才能窺視一二，可惜不敢靠太近，不知陛下在哪個大營中。」

摸清了敵人的大致情況後，梁王立刻命謝將軍派人去和胡人接頭，看看胡人可同意大魏的和談計劃。

衛景明本來要求一起去，梁王不同意。「衛大人，若胡人同意和談，你再和楊大人一起去也不遲，若胡人不同意，你去了也沒有機會去察看。昨兒你手繪的敵營分布圖已經很清楚了，不必再去冒險，咱們且等消息吧。」

第一波使臣出發，還帶上了楊石頭寫的和談文書，並蓋上了梁王的印章。

西北緊鑼密鼓地籌謀，京城裡的鬼手李正在測算什麼，算著算著，他忽然臉色變了。

鬼手李立刻去找顧綿綿。「壽安媳婦，妳在不在？」

顧綿綿聽鬼手李語氣不對，急忙從屋裡出來。「師叔，我在呢，有什麼事情？」往常鬼手李很少這樣直接過來找自己。

鬼手李表情凝重，他揮揮手，讓下人們都退出院子，然後對顧綿綿道：「妳趕緊收拾東西，回老家去看看兩個孩子。」

顧綿綿神色一變。「發生了什麼事情？」

鬼手李實話實說。「因著兩個孩子的情況特殊，我經常會幫他們測算一番，剛才我發現他們近期會遇到麻煩，一個不好，有性命之憂。」

顧綿綿頭上的汗珠滾了下來。「師父，什麼人能想到去打兩個孩子的主意？」

鬼手李道：「若是壽安和梁王殿下救回了陛下，有些人雖然死罪可免但活罪難逃，若是抓住了兩個孩子，壽安被掣肘，陛下必定救不回來。」

顧綿綿沈聲道：「原想著把孩子送出京城可以躲一躲，看來這步棋走得不對，還不如留在京城。」

鬼手李搖頭。「妳不要這麼想，京城更亂，每天人來人往，誰要是把孩子抓去了，查都沒地方查。可青城縣不一樣，多一個陌生人都會讓人警惕。快收拾好東西，咱們走。」

顧綿綿點頭。

「師父且等我片刻。」

顧綿綿回屋換了身衣裳，隨便帶了兩身衣裳和一些碎銀子，她一邊收拾東西、一邊告訴翠蘭。「我走後，妳對外說我生病了，往後每隔幾天讓吳太醫來給我看病。去京郊告訴李公公，讓他轉告我娘說我回鄉一趟，讓她多保重，我接了孩子就回來。」

翠蘭鄭重點頭。「太太，您放心，我會守好家裡的。」

顧綿綿收拾好了東西後，和鬼手李一起，通過側門出了衛府，很快消失在人群中。衛景明是錦衣衛指揮使，家裡有許多出行用的東西。顧綿綿帶了兩個普通人的路引，和鬼手李裝作父女，出了城之後買了兩匹馬，風馳電掣一般往青城縣而去。

遠在青城縣的顧季昌這些日子過得很是不錯，薛華善帶著幾個孩子回來後，顧季昌每天去衙門敷衍一會兒就往家裡跑，然後帶著孩子們去外頭瘋玩。兄妹三個頭一回這樣撒歡，頭都要玩掉了。

一日，顧季昌領著三個小豆丁在大街上逛了好久。末郎指著後面的青城山道：「外公，咱們去山上玩好不好？」

顧季昌笑道：「好哇，咱們先回去，帶上你二舅一起去！」

回到家裡，顧岩嶺不在家，顧季昌讓家裡婆子去把顧岩嶺叫回來。顧季昌覺得幾個孩子往後回來的時間少，顧岩嶺要多陪陪孩子們，往後讀書的時間多著呢，不差這一、兩天。

顧岩嶺高高興興地揹著書袋跑回來了，聽說要去山上玩，立刻帶著末郎開始準備東西。首先是喝的水，這會兒天熱，他找了好幾個大葫蘆，裡面灌滿了水。然後是吃的，阮氏已經在廚房給孩子們準備好了許多方便帶著的吃食，煎餅、饅頭、南瓜餅，又給他們準備了兩個西瓜，還從街上買了幾斤糕點。

顧岩嶺開玩笑。「娘，您這是準備讓我們在山上住三天啊？」

阮氏笑道：「吃不完帶回來也行。」她又找了兩條床單和一條薄褥子。「山上蚊蟲多，把床單和褥子鋪在地上，別直接坐在地上。」

然後阮氏又收拾了許多東西，最後顧季昌乾脆道：「娘子，妳跟我們一起去吧。」

阮氏立刻點頭。「我就等老爺這句話呢！」

顧岩嶺立刻哈哈大笑。「怪不得娘磨磨蹭蹭半天。」

第七十二章

顧季昌父子倆扛了許多東西，帶著孩子們往山上去，薛華善夫妻倆在家裡守著。

他們一家子在山上找了個隱秘的地方，鋪上油紙，上面再鋪上床單，然後把吃的擺開，一邊吃喝、一邊玩。

阮氏心細，怕蚊子咬到孩子們，還帶了把扇子和一些防蚊蟲的藥膏。

顧季昌溫和地給孩子們切西瓜，先給嘉言拿一塊，然後是歡姐兒，最後是末郎和顧岩嶺。

顧岩嶺開玩笑。「爹真是的，自從有了他們幾個，就把我丟到腦後了。」

顧季昌笑罵兒子。「你幾歲？他們幾歲？你小的時候我整日在衙門，你娘要幹家務活，都是你大哥和你姊姊帶著你玩。你大哥一個男娃，可沒少給你洗尿布。」

顧岩嶺接過西瓜啃一口，摸了摸嘉言的頭。「嘉言和姊夫長得真像，樣子好看，這小嘴整日呱呱呱的說不停也像姊夫。」

阮氏急忙罵兒子。「快別胡說，你姊夫現在是三品官，穩重得很。倒是你，小時候還乖巧，長大了反倒變得不穩重了。」

顧家夫妻倆罵兒子，末郎幾個嘻嘻哈哈笑話顧岩嶺，顧岩嶺並不生氣，反倒是和孩子們鬧成一團。

一家子在山上好不快活，正玩得高興，卻聽山下忽然傳來騷亂。

顧季昌起身一看，只見山下來了一行人，騎著高頭駿馬，驚得縣城裡的小老百姓亂跑亂竄。

這是些什麼人，怎麼毫無規矩？

顧季昌神色一緊，他是縣尉，管著一縣安防，見都是生人，心底疑惑。

他起身把手裡的菜刀一丟，不忘吩咐顧岩嶺。「你看好孩子們，聽你娘的話，我下山去看看。」

顧季昌這一去，再沒回來過。

因為等他到山下時，發現他家裡已經被一群人圍住了，薛華善正在和來人交涉。

來的是一隊侍衛，為首的人對薛華善道：「薛大人好，衛大人命我來接走兩個孩子。」

薛華善不認識此人，心裡有些警惕。「不知閣下是誰？」

那人笑道：「薛大人可能還不知道，如今南、北鎮撫司又合併在一起，衛大人還是指揮使。劉家造反被衛大人帶人鎮壓，京城已經平安，郡主每日想念孩子，大人這才命我來接走兩個孩子。」

薛華善雖然見到對方的錦衣衛腰牌，心裡還是有些疑惑。以衛大哥的謹慎，必定會派兩個熟悉的人來，再不濟，家裡的僕人也會跟來一個。

對方人多勢眾，薛華善只能委婉道：「這位大人，我家妹妹可有書信送來？」

那首領愣了一下，然後打哈哈道：「薛大人，因著走得急，郡主並不曾給書信，只說讓顧家老爺寫一封家書，我帶回京城去。」

薛華善還沒開口，顧季昌回來了。

首領十分客氣。「顧大人好。」

顧季昌和氣地和那人打招呼，等聽明白來人的意思後，他心裡也有些不確定。女兒、女婿的意思就是把孩子們送回來躲一躲，等事情落定，女兒再親自回來接，怎麼現在提前派人來接？

顧季昌試探道：「這位大人，我十分喜愛兩個孩子，想留他們在青城縣再過一陣子。我正準備給女兒寫封信呢，既然大人來了，請你把書信帶回去給我家女兒、女婿可好？」

那首領沒想到這父子倆都不肯交出孩子，半晌後道：「聽憑顧大人吩咐。」

顧季昌立刻回屋裡寫了一封書信，交給首領，然後吩咐邱氏。「妳義母帶著孩子們回鄉下老家去了，也不知今兒晚上回不回來了，妳先去準備一頓好酒菜，招呼諸位大人。」

聞言，邱氏頓時心裡一緊，孩子們明明是去了山上，義父卻說回了鄉下，看樣子是這些人不妥當啊。

邱氏看了一眼薛華善，只見薛華善面上如平常一樣，他笑著吩咐邱氏。「娘子，煩勞妳帶著家裡婆子去買些好酒菜回來，我和義父在家裡陪著幾位大人。」

邱氏的心怦怦直跳，仍舊笑著對薛華善道：「官人，這會兒賣菜的小販們都回家了。與其我去一家一家的找，不如我去酒樓訂幾桌席面回來吧？」

薛華善點頭。「也好，娘子多跑兩家酒樓，多訂些不一樣的菜回來，讓京城來的諸位大人們嚐一嚐咱們青城縣的菜色，訂好了之後就讓酒樓直接送過來。娘子走路慢，不用急著趕回來，免得累著了。」

邱氏笑著叫上婆子，穩穩當當地出了門。

等走出大門好遠，邱氏忽然抓住家裡婆子的手，吩咐道：「嬤嬤，妳去酒樓訂酒席，多跑幾家，我去買些好酒回來。」

婆子機靈，她也知道阮氏帶著孩子們去了山上，聽見邱氏這樣說，嚥了一口口水，立刻點頭道：「大奶奶去吧。」

邱氏走出好遠後，先去了一家熟食鋪，買了許多熟食，然後去了一家藥鋪，說近來睡不安穩，買了一些蒙汗藥。因著蒙汗藥特殊，店家不肯賣給她太多。邱氏只得了一小包藥，最後去酒肆買了幾罈酒，因著人多，她不好下藥，只能命酒肆的人把酒送去顧家，說她要去找家裡的婆子。

邱氏並沒有去找婆子，而是拔腿就往山上去。

可憐邱氏一個大門不出、二門不邁的人，爬到山上時她累得滿頭大汗。也幸虧她拚命跑，她到時阮氏正準備帶著孩子們回去呢。

邱氏喘了兩口氣，立刻攔住她。「義母，不能回去！」

說完，邱氏上氣不接下氣地把事情告訴了阮氏。

阮氏以前見過賊人的凶狠，立刻點頭道：「華善媳婦，妳快回去穩住賊人。就當我走親戚去了，妳別怕，我和岩嶺會帶好孩子們的。」

邱氏看了一眼女兒。「歡姐兒，聽祖母和叔叔的話。」

孩子們聽說家裡來了賊，心裡也害怕起來，歡姐兒還囑咐邱氏。「娘，您要小心。」

邱氏點點頭，留下一包熟食，又轉頭往山下跑去。

阮氏小時候吃過苦，並不慌亂，立刻冷靜地吩咐顧岩嶺。

「岩嶺，今兒晚上咱們在山上過夜。你爹不是教過你搭棚子？咱們搭個棚子，在地上鋪上油紙和床單，也能睡。這裡有這麼多吃的，夠咱們吃兩天的了。」

母子倆一起動手，末郎也幫忙。阮氏原以為他是個小孩，沒想到末郎力氣挺大的。

末郎解釋道：「外婆，我兩歲的時候，我爹就開始給我打熬筋骨，我現在每天都要練氣一個多時辰。」

阮氏鬆了口氣，孩子們能強大一些，總不是壞事。

兩個小姑娘在一邊幫著遞東西，沒有砍刀，只有一把切菜刀，顧岩嶺和末郎一起砍了幾棵小樹，搭了個簡易的棚子。

邱氏到了山下後，又去買了些熟食，然後往家裡趕去。

她到家的時候，酒席都送過來了，婆子也剛回家，顧季昌和薛華善正讓酒樓裡的夥計幫忙擺酒席，那幾罈酒已經擺上了桌子。

邱氏見對方並沒有注意到自己，立刻去廚房用菜刀把熟食切好，裝在幾個盤子裡，偷偷把蒙汗藥全部撒在了上面拌了拌，然後端到了幾桌酒席上。

今日來了二十幾個人，顧季昌擺了三桌，為表示重視，還特意請了幾個衙門裡的同僚來陪酒。

那些人也能沈得住氣，居然和顧季昌父子倆拚起酒來，頓時場面一片熱鬧。

邱氏一直帶著婆子給各個酒桌添菜、添酒，還刻意把那些加了藥的菜擺到賊人面前，大部分人都吃了兩筷子，但也有幾個人沒有吃，邱氏心裡有些著急。

酒席吃了個把時辰，顧季昌吐了一次，然後趴在桌子上睡著了，薛華善更不中用，直接倒了，酒桌只剩下幾個衙役。衙役們雖然心裡害怕錦衣衛大爺們，但想到這是顧大人女婿的手下人，顧大人醉倒了，他們不能倒啊！故而一直死撐著陪酒。

到了最後，首領道：「天晚了，早些歇息吧。」酒席才散去。

於是衙役們把顧季昌和薛華善分別抬進正房東西屋，兩個廂房讓出來給錦衣衛們住。

等衙役們走了之後，邱氏心裡有些害怕。家裡多了這麼多男人，邱氏也不好漱洗，只是稍微擦了兩把臉就爬上了床。

剛躺下，薛華善忽然一把將她摟進懷裡。

邱氏嚇了一跳。「官人。」

薛華善翻身趴在邱氏身上，在她身上摸索來、摸索去，有些粗魯，邱氏忍不住驚叫起來。

廂房裡正在監視正房裡動靜的賊人笑得曖昧。「醉成那個死樣子，還知道要女人。」賊人們都哈哈笑了起來。

薛華善在邱氏耳邊輕聲道：「娘子，別停，多叫兩聲。」說完，薛華善還刻意把床搖動了兩下。

邱氏明白了薛華善的意思，雖然十分不好意思，還是假裝很受用似的又哼哼了幾聲。

薛華善和邱氏假作折騰一場，打消了賊人的疑慮。首領決定半夜動手，命大家先睡。

過了好久，邱氏才悄悄告訴薛華善，給賊人吃的熟食裡面有蒙汗藥。薛華善大喜，立刻抱著邱氏親了兩口。「娘子真聰明。」

薛華善側耳一聽，東西廂房裡靜悄悄的，他悄悄起身去正房東屋。剛進去，就發現顧季昌坐在床沿上。

薛華善輕輕喊了一聲義父，把邱氏做的事情告訴了顧季昌。

顧季昌只嗯了一聲，然後道：「等會兒你護好歡姐兒她娘。」

父子倆一起在屋裡閉目養神。

等到了半夜，首領昏迷不醒，那些沒吃熟食的賊人悄悄爬了起來，發現大家都睡得跟死豬一樣，心道不好，立刻提著刀就往正房去。

一出廂房門，兜頭就碰到了顧季昌父子倆，二人一人手裡拎一把大刀，朝著賊人砍去！這些賊人都是好手，顧季昌和薛華善也不遑多讓，雙方一時間打得不可開交。

對方有五個人，顧季昌父子倆只能應付，並不能取勝。就在薛華善焦急的時候，有個賊人往正房衝去，薛華善大急，一分神，後背就被人砍了一刀。

對方發現薛華善受了傷，三個人集中力量一起來對付薛華善，眼見著一柄刀就要把薛華善捅穿，顧季昌大喝一聲踢開身邊人，往薛華善身邊衝來。他來不及收刀去擋，乾脆用腿去接賊人的刀，那把刀立刻把顧季昌的腿穿了個透，顧季昌疼得是眼冒金星。

薛華善大喊一聲。「義父！」

就在父子倆孤立無援之時，只見家裡那個婆子忽然提著一桶油潑在了東廂房門口，舉著火石對賊人道：「你們再不住手，我一把火點著，把裡面的人都燒死！」

賊人都愣住了，想過來殺死婆子，婆子卻迅速點燃火石，扔進了廂房裡，頓時，東廂房火光沖天。

屋裡的賊人正睡得死，被大火一燒，有的醒了過來，但已經來不及了，婆子潑的油多，房子又是木質的，裡頭燒得十分快，濃煙滾滾，有些人還沒醒來就被嗆死了。

有幾個勉強逃了出來，也被燒得面目模糊，慘叫不止。

院子裡的賊人拋開顧季昌父子倆，立刻去救人。薛華善乘機把顧季昌抱到西廂房門口。西廂房裡沈睡的賊人還沒醒，薛華善摸到原來和衛景明布置的機關陷阱，一口氣全部發動，那些還在睡夢中的賊人頓時都被飛針扎成了篩子。

一把火和一屋子機關，解決掉了絕大部分賊人。因著顧家火光沖天，外頭巡街的衙役們立刻趕了過來，左鄰右舍也被驚動，都往這邊跑。

倖存的六、七個賊人見勢不妙，轉身就跑，走前還威脅薛華善。「老子還會回來的！」

賊人跑了之後，顧季昌立刻暈了過去。

薛華善身上也挨了一刀，但他顧不得疼，見到鄰居們來了，立刻喊道：「救火，請大夫！」

然後薛華善連忙趕到顧季昌身邊，從衣服上撕下一塊布，將顧季昌的腿緊緊綁起來。

衙役們幫著救火，鄰居們幫著請大夫。

邱氏從屋裡床底下爬了出來，見到顧季昌和丈夫受了傷，顧不得悲痛，連忙帶著驚魂未定的婆子把顧季昌抬回了正房。

很快，大夫來了，一看顧季昌的腿，便大嘆了口氣。「薛大爺，顧大人這條腿，怕是要廢了。」

薛華善心裡一驚。「大夫，救不得了嗎？」

大夫搖頭。「薛大爺，顧大人這條腿原來就有舊傷，時常疼痛。這回被人穿了個透，一來流血過多，二來裡頭的骨頭也碎了，就算養好了，往後走路怕是也不方便。」
薛華善抿緊嘴唇。「大夫，請盡力救治。」
大夫把顧季昌的腿收拾好了之後，又給薛華善包紮。
考慮到賊人可能還留在青城縣，薛華善把幾個衙役留了下來，並讓衙役請來了快班班頭，告訴班頭這幫賊人假扮錦衣衛，意圖不軌。
班頭何曾見過這陣仗，一個屋子裡燒死了七、八個，一個屋子裡七、八個人被扎得腸子都要流出來了，有些人可能挨了針之後還沒死，在地上爬了一段，最後失血過多才死，樣子十分駭人。
顧季昌悠悠醒來，對班頭道：「如今陛下在胡人手裡，賊人乘機作亂，想捉我家外孫和外孫女去問我女兒要錢，我不得已，才和他們動起手來。」
班頭如實上報給縣太爺，新任縣太爺剛來沒多久就遇到這種事情，生怕裡頭有什麼不可告人之事，自己又得罪不起顧家，只能照著顧季昌的話往上報，並讓衙役們晚上多巡幾遍街。
顧季昌和薛華善都受了傷，生怕賊人來報復，顧季昌一直沒有去叫阮氏回來，甚至連吃的都不敢送，就怕賊人盯上。
阮氏了解顧季昌的性子，沒有人來叫，她就一直帶著孩子們在山上苦守。那些食物吃了兩天之後就沒了，末郎雖然年紀小，身手卻不錯，帶著顧岩嶺在山上打了一些野味，因著是夏季，山上還有野果子，也能勉強果腹。

可憐歡姐兒和嘉言兩個千金大小姐，好幾天沒洗澡，頭髮亂糟糟的，還被蚊子咬了一身的包。姊妹倆咬著牙沒哭，給什麼、吃什麼，每天還乖巧地幫阮氏收拾窩棚。

夏天的青城山還有狼，小姊妹倆晚上緊緊摟在一起。末郎和顧岩嶺輪流值夜，顧岩嶺十幾歲了倒能扛得住，但小末郎才多大點，若不是自小打熬筋骨，換做普通孩子，怕是早就倒下了。

他們在山上採野果時遇到過毒蛇，末郎手下菜刀射得準，一刀把毒蛇的頭砍掉。打獵時遇到過孤狼，甥舅倆差點把命丟掉，最後還是末郎仗著身形靈巧手法快，拿著菜刀劈開了狼的肚子。

日日驚險，可為了不讓阮氏擔心，甥舅倆回去後一個字都沒說。

一路奔波，顧綿綿和鬼手李終於到了青城縣。二人一路上幾乎是不眠不休，實在累狠了就趴在馬背上睡一會兒，另外一個人牽著馬繼續往前跑。有時候馬累得實在跑不動了，前不著村、後不著店，二人就靠著內力自己往前飛，到了下一個城鎮再買馬。

顧綿綿一心救子，一路上吃喝都是隨意，鬼手李也擔心兩個孩子，帶著顧綿綿抄最近的路走，逢山就過，遇水就飛。這樣一路拚命趕，才用最短的時間到了青城縣。

一入縣城，顧綿綿幾乎是跑著往家裡去，一路上有人認出了她，對著她大喊：「綿綿，妳爹受傷啦，妳快回去吧！」

顧綿綿心裡發緊，來不及和眾人打招呼，直奔家裡。

剛推開門，顧綿綿就看到了千瘡百孔的院子，她強忍住了淚水，大喊道：「爹，爹，我回來了！」

顧季昌腿還疼得很，以為自己在作夢。「華善，我怎麼聽見了你妹妹的聲音？」

薛華善一拍大腿。「義父，妹妹、是妹妹，妹妹回來了！」

薛華善衝了出來，顧綿綿喊了一聲大哥。

薛華善大喜。「妹妹，李大師，你們來了。」

顧綿綿和薛華善打過招呼，衝進了正房，等一見到顧季昌那條腿，顧綿綿忍了這麼多天的情緒終於忍不住了，她抱著顧季昌嚎啕大哭起來。

顧季昌見到女兒心裡十分高興，連聲安慰她。「綿綿，莫哭，妳回來了就好，快去山上接妳二娘和幾個孩子，我把他們藏在山上了。」

鬼手李看了看顧季昌的腿。「壽安媳婦，莫要難過，妳爹沒有性命之憂。」

顧綿綿擦了擦眼淚，連忙介紹。「爹，這是官人的師叔，鬼手李大師。」

顧季昌因著失血過多，臉上有些發白，聞言立刻拱手道：「大師到來，寒舍蓬蓽生輝，不能起身，請大師見諒。」

鬼手李摸了摸鬍子。「顧大人不必多禮，壽安媳婦，妳先去把孩子們接回來，妳爹這裡有我看著。」

顧綿綿點頭。「有勞師叔。」

顧綿綿沿著記憶往山上而去，她使出全身的功力，幾乎是腳不沾地地飛到了山頂。山頂上沒有人，顧綿綿沿著山頂往下搜索，一邊走、一邊喊孩子們的名字。

末郎耳朵最尖，他正在採野果子，忽然聽見一聲熟悉的呼喚。等確定聲音的來源之後，末郎把手裡的果子一扔，叫著跑了過去。「娘！娘，我在這裡！」

顧岩嶺沒聽到，以為末郎想娘了，趕緊追了過去。

顧綿綿聽到兒子的聲音，疾奔而來，一把將末郎摟進懷裡。「我的乖乖，你受苦了。」

末郎堅強了這麼多日，但他畢竟還是個小孩子，聞言立刻大哭起來。

顧岩嶺喊了一聲姊姊，顧綿綿一邊哄兒子、一邊摸了摸顧岩嶺的頭。「二娘在哪裡？」

顧岩嶺帶著姊姊回到了窩棚，阮氏見到顧綿綿，激動得手腳都不知道往哪裡放。

顧綿綿一手抱著歡姐兒、一手抱著嘉言，兩個小丫頭嗚嗚哭了起來。

顧綿綿一邊哄、一邊對阮氏道：「二娘，您辛苦了，咱們回去吧。」

阮氏立刻點頭。「妳爹沒讓人來接，我一直不敢回去，幾個孩子這幾天受苦了，沒吃的就罷了，連水都沒得喝，只能每天早上在樹葉上舔露水，吃點野果子。」

顧綿綿聞言心疼不已，帶著眾人回到了顧家小院。

等回到家之後，邱氏先抱著女兒哭了一場，然後趕忙帶著婆子給孩子們燒水漱洗。

鬼手李此時從屋裡走了出來，阮氏嚇了一跳，聽顧綿綿介紹後，趕緊行了個大禮。鬼手李讓顧綿綿拉起阮氏，然後對顧綿綿道：「壽安媳婦，妳看著家裡，我出去轉轉，找找賊人的藏身之地。」

顧綿綿的歸來，讓家裡人都鬆了口氣。

鬼手李的追蹤本領天下一絕，他一邊找、一邊測算，很快便找到賊人在鄉下一個荒廢的小村子裡養傷。鬼手李並沒有打草驚蛇，而是轉身折回顧家。

當天晚上，等家裡人都睡熟之後，鬼手李叫上顧綿綿，二人一起往鄉下而去。

顧綿綿帶著顧季昌的大刀，攜著熊熊怒火而來，賊人們還沒摸清什麼情況，就被顧綿綿和鬼手李堵在屋裡出不來。賊人們想硬闖，鬼手李便迅速布了個陣阻撓，這些賊人們發現自己怎麼跑都跑不出去。

然而這些賊人們也是有骨氣，顧綿綿的大刀架在脖子上，他們也不肯說是誰派來的。顧綿綿見他們不肯招認，直接一刀一個砍了腦袋，其中那個砍傷顧季昌的賊人更是被她砍了十幾刀，活活痛死。

等殺完了賊人，顧綿綿拎著大刀站在破屋子裡。「師父，您說這是誰派來的？」

鬼手李摸了摸鬍鬚。「無非是齊王或晉王，當然，也不排除是別人嫁禍。賊人都殺了，妳接下來怎麼辦？」

顧綿綿把刀一拎。「師父，我要帶我爹他們進京。」

鬼手李猶豫一下。「太后娘娘那裡，要提前打個招呼嗎？」

顧綿綿搖頭。「師父，您不用擔心，我娘早就釋然，我爹帶著我二娘呢。等回了京城，我先把末郎和嘉言送去我娘那裡住幾天，我娘到時候只顧著心疼孩子的經歷，便不會計較我爹是不是去了京城。」

鬼手李點頭。「也好，放在京城妳們能看著，留在這裡，總是不放心。妳爹的腿受了重傷，讓他辭官去京城看病，也能說得過去。」

等顧季昌聽到女兒讓自己去京城，立刻頭搖得像撥浪鼓。「不行、不行，我不能去。」

顧綿綿勸他。「爹，您的腿受了傷，我和大哥如何能放心？況且岩嶺在青城縣能有什麼好先生？去了京城，我再給他找個好學堂。再說了，爹難道不想和孫子、孫女們天天在一起嗎？」

別的也就罷了，顧季昌真的捨不得幾個孩子，尤其經歷這次生死關頭，他更捨不下。

見他猶豫，顧綿綿只能下猛藥，激將道：「爹，難道您怕我娘看見您？」

顧季昌立刻道：「怎麼會？我只是個普通人，妳娘現在身分貴重，我也見不到她。」

顧綿綿點頭。「那您還怕什麼呢？難道……您是捨不得舅爺？」

顧季昌被女兒逗笑。「胡說！我和妳舅爺早就不來往了。」

阮氏也來勸。「官人，要不，您帶著孩子們去京城，我守在家裡。」阮氏大概知道一點實情，生怕自己去京城給大家添麻煩。

顧季昌搖頭。「我要是去，必定要帶上妳，不然會給綿綿她娘惹來閒話。」

家裡人輪番勸說，顧季昌最終決定，攜帶妻兒和癡呆的老娘上京城，連那個英勇的婆子也被顧家人帶走，反正她也無兒無女，往後他們會給她養老。

第七十三章

就在顧家人出發的時候，京城方太后已經得到消息，有人冒充錦衣衛要捉自己的孫子、孫女。與此同時，北疆傳來壞消息，魏景帝已經以身殉國。

齊王和晉王的附庸立刻逼方太后立新君。

方太后勃然大怒，一邊命錦衣衛副指揮使金崇安查青城縣賊人來源，一邊強令戶部繼續押送銀子和糧草去西北，將魏景帝屍體換回來，同時叱罵二皇子和三皇子，說他們狼子野心，就盼望著皇帝死了好爭皇位，當著百官的面，拔出侍衛的刀，親手斬殺了幾個官員。

那些人見方太后像個殺神一樣，又有金崇安等人在一邊守衛，還有馮大人支持，皆不敢冒進。

就在顧綿綿一行回京走到半路的時候，衛景明也得知自家兒女差點被人捉走的事情。信是金崇安命心腹之人送來的，快馬加鞭，信件到邊塞的時候，梁王等人正在秘密計劃第二輪和談。

衛景明私下看家書的時候，郭鬼影也湊過來瞅了兩眼，頓時瞪大了眼睛，氣呼呼道：「壽安，這是哪個狗東西幹的？」

衛景明把信捏在手裡，然後輕輕鬆開手，信紙頓時化成齏粉隨風而去。

衛景明拍了拍手，面無表情道：「師伯，當務之急，是營救陛下。」

郭鬼影見他臉色不好，也沒多說，點點頭道：「那也行，等回了京城，再和那些兔崽子算帳。過幾日朝廷的東西就到了，我跟你們一起去。」

衛景明點頭，起身道：「師伯歇著，我去找楊大人。」

楊石頭正在屋裡寫字，見到衛景明黑著一張臉，有些詫異。「郡主給你傳家書，怎麼還不高興？」他離開家十年，也沒收到過一封家書呢。

衛景明勉強笑了笑。「胡人油鹽不進，我擔心陛下呢。」

楊石頭嘆氣。「不知道陛下現在多傷心呢，他好好地活著，我們卻說他死了。」

衛景明端起茶盞吃茶。「陛下於打仗上頭不行，平日裡還是不糊塗的，我們千里迢迢過來，定然是想救他回去。再說了，這一場折騰，國庫也吃不消了，陛下比誰都清楚。」

當初謝將軍派出去的第一波和談之人連對方的統帥都沒見到，胡人知道梁王至此，很輕蔑地說讓梁王親自去，俯首稱臣，並獻上銀兩和糧草，不僅如此，胡人這次還要求送三千名十四歲到十八歲的少女過去。

謝將軍聽到這消息後大罵胡人，心裡也覺得屈辱到了極點。謝家守邊關一百多年，什麼時候被胡人這樣欺辱過？若不是魏景帝此次自作主張親征，哪裡會有這樣被動的局面？

梁王十分為難，他可以去敵營換皇帝回來，但他斷然不肯送三千名少女過去，不然自己將會成為大魏朝的罪人。

不得已，梁王只能採取衛景明的計策，說魏景帝已死，讓謝將軍整合剩下的軍隊，準備與胡人決一死戰。

胡人驍勇善戰，卻不懂這般彎彎繞繞的謀略，又迫切需要那些糧草，頓時急了。

你們的皇帝好好的呢！每天能吃二斤牛肉，怎麼就死了？

胡人急著辯解，梁王卻充耳不聞，命楊石頭寫了一篇討賊檄文，讓衛景明拿到敵營陣前，用最大的聲音唸給胡人聽。衛景明的聲音穿透力多強，被關在敵營最後面的魏景帝和五皇子都聽得清清楚楚。

魏景帝聽到檄文裡說他已經死了，默然地接受了這個消息。

五皇子急得跳腳大罵。「父皇，老七這個沒良心的東西，不敢來救您，居然說父皇已經……完全不顧您的生死！從小他就是個悶頭鴨，整日誰都不曉得他在想什麼，沒想到心思這樣歹毒！」

魏景帝哼一聲。「你比老七好到哪裡去？要不是被你拖累，朕也不會被捉。」

五皇子頓時啞然，當日他死死跟著魏景帝，因著父子倆在一起目標實在太明顯，這才雙雙被捉。

旁邊的王總管把僅剩的半碗牛乳遞給魏景帝。「陛下，喝兩口吧。奴才覺得，梁王殿下這樣做，可能有別的意思。」

五皇子冷笑。「王總管，我看你是真的不想回去了，留在這裡還能活命，等回去了，哼哼。」

王總管面不改色，大丈夫活一輩子，總要做出些功績。他雖然是個閹人，也是個有志氣的閹人。此次北征，雖然失敗了，但他必定會在青史留名。王總管覺得自己已經沒有遺憾了，目前唯一的目標是能和魏景帝一起返回大魏，他不想死在異鄉。

所以王總管願意相信，梁王還有別的辦法。

不管三人怎麼想，衛景明的檄文卻是告訴胡人，他們認為魏景帝已經死了。

胡人大怒，覺得魏景帝已經不值錢，當天就降低了魏景帝的待遇，別說牛肉了，連吃飽都變得困難。五十多歲的魏景帝第一次嚐到了什麼叫饑餓，每天晚上他躺在床上時，胃裡面好像有一把火在燒。

魏景帝想念寇貴妃做的菜，想念宮裡味同嚼蠟的膳食。王總管每天把自己僅有的一點飯都給魏景帝，讓自己餓著。而五皇子不耐餓，每天只是象徵性地也把食物獻給魏景帝，然而魏景帝一搖頭，他立刻狼吞虎嚥地吃個精光。

這三人在敵營裡受了十幾天罪，對面的大魏真把軍隊開了過來。胡人急了，此次帶兵的是謝將軍，謝家人太了解胡人了，因為謝家老祖宗曾經就是胡人歷史上最能征善戰的王子，謝家老祖留下的東西，就是專門用來克制胡人的。

魏景帝狗屁不懂，才讓四十萬軍隊被胡人二十萬軍隊殺得屁滾尿流，對謝將軍來說，二十萬胡人軍隊不算個什麼，上次老侯爺病重沒能提防，才被胡人偷襲搶了一把，這次謝將軍有備而來，胡人頓時慌張了起來。

胡人根本不想打仗，他們來的目的就是搶劫，沒想到意外地捉到了魏景帝父子倆，眼前就想用這父子倆換來多多的糧食，要是能再要來三千少女，那就更好了，誰知道對方居然不按常理出牌。

你們漢人不是最重忠孝的嗎？怎麼能不要國王了！

胡人為了證明魏景帝沒死，乾脆把魏景帝父子倆壓到了陣前。

最近的時候，魏景帝距離大魏朝軍隊只有一里多路，謝將軍一看到魏景帝就暗罵：就是這個昏君，害得我爹死後被分屍，害得我謝家百年清譽毀於一旦！

謝將軍都能看見，衛景明自然也看得十分清楚，但他沒有出聲。

梁王也來了，他問：「謝將軍，衛大人，對面可是父皇？」

謝將軍和衛景明互相看了一眼，然後一起搖頭。「回殿下，對面不是陛下，是胡人找人假扮的。」

梁王點頭。「既然如此，皇祖母命人送來了一些糧草。楊大人，請隨我一起，帶著糧草去胡人營地，把父皇的屍體換回來。」

楊石頭早就準備好了。「殿下，讓臣先去吧。」

衛景明也同意。「殿下，還請您在此處坐鎮，臣隨同楊大人一起去。」

在眾人的勸說下，梁王留了下來。

衛景明帶著郭鬼影，二人一左一右護衛楊石頭往敵營而去。

路過魏景帝身邊時，衛景明給魏景帝傳音。「陛下辛苦了，臣等定會與殿下一起救回陛下，請陛下耐心等候。胡人要的東西太多，朝廷拿不出來，只能出此下策。」

魏景帝本來被餓得頭暈，又被綁在架子上，十分頹廢，聽見這話，他的小眼睛立刻睜開了一條縫，看了一眼從旁邊走過去的幾個人，然後又合上了眼。旁邊的五皇子早就嚇得昏了過去。

眾人到了敵營，對方只派了一個中層將領過來，且一來就嘲笑郭鬼影。「你們大魏朝沒人了嗎？派一個老頭子過來當護衛。」

郭鬼影大怒，在對方臉上的笑還沒收起來之前，已經抓著對方的領子，將他掛在了帳外的旗杆上，並繞著旗杆飛了幾圈，把那個胡人的衣裳脫得只剩下個大褲衩，又噼哩啪啦甩了他十幾個巴掌。「老子當年遊胡人王庭的時候，你爹還在吃奶呢！」

楊石頭笑著勸道：「郭大師，適可而止。」

郭鬼影哼一聲飛了下來，任由那個嘲笑人的將領掛在上面。

楊石頭看向旁邊的譯長。「本官乃大魏朝皇太后親命的和談使楊廷磊，請見貴軍統帥。」

郭鬼影給胡人一個下馬威，譯長收起了輕視，對外頭的人說了幾句話，外頭人立刻小跑著走了。

譯長對楊石頭笑道：「大人請稍候，這就去給您通傳。」

沒過多久，譯長得到消息，請楊石頭等人入中軍大帳。

三人一起去了中軍大帳，衛景明和郭鬼影被要求留在外面。

楊石頭對衛景明道：「衛大人，您就在門口候著，若是我有危險，再請衛大人相助。」

衛景明點頭。「楊大人放心，方圓三里路，路過一隻老鼠我都能發現。」

帳外的一個胡人士兵懂一些漢語，覺得大魏這個侍衛也忒能吹牛，不過一個瘦弱的弱雞，怕是在我們英勇的武士手下走不過三招。他還對著衛景明翻了個大白眼。

等楊石頭進了大帳後，郭鬼影笑道：「壽安，那個死胖子看不起你呢！」

衛景明笑道：「師父，胡人整日吃牛肉，身上臭烘烘的，看不起我才好呢，離我遠一點，別熏著我們。」

胖子勃然大怒，要和衛景明比武，郭鬼影指了指旁邊的旗杆。「你想不想嚐一嚐掛在上頭的滋味？」

士兵問了問旁邊的人，聽說這老頭子這般厲害，頓時有些忐忑，仍舊瞪了兩眼才退回去站崗。

衛景明和郭鬼影安靜地站在帳外，沒過多久，帳子裡面傳來胡人的怒吼聲，衛景明立刻衝了進去。「楊大人！」

楊石頭擺了擺手。「無事，我罵了胡人一頓。」

衛景明索性不走了。

胡人統帥把自己的刀扔在了一邊，對楊石頭道：「你們既然不想要你們的國王，我就把他殺了吧！」

說完，統帥命人捉來了魏景帝父子。

五皇子一進大帳就叫喊。「楊大人，衛大人，救命！」

衛景明衝過去就給了五皇子兩個巴掌，把他牙都打掉了。「你身為人子，怎麼能看著陛下尋短見？」

五皇子氣得大罵。「你們這些亂臣賊子，父皇好好的活著，你們為什麼咒他死了？」

楊石頭有些激動，顫抖著手想去攙扶魏景帝，想到現在朝廷的為難，楊石頭又有些不知所措。

就在這時，魏景帝旁邊那個胡人侍衛忽然大叫起來，眾人一看，魏景帝居然咬了自己的舌頭，鮮血順著嘴角往外流，人也昏了過去。

楊石頭大喊一聲。「陛下！」

衛景明剛才看到魏景帝咬舌，想到顧季昌被廢掉的腿，他並沒有阻攔。不過到了這個時候，衛景明知道自己不能再裝下去，立刻大喊一聲。「師父，護住陛下和楊大人。」

而衛景明自己，比離弦的箭還要快，直奔高臺上的統帥。所有人都猝不及防，衛景明一把抓住了統帥的脖子，直接將他拎了下來，然後飛回到魏景帝身邊，對胡人大喝道：「讓路，不然捏死你們的統帥！」

那些胡人士兵都怒目而視，卻又投鼠忌器。

衛景明對郭鬼影大喊：「師父，揹上陛下，走！」

郭鬼影速度快，揹著魏景帝就先出了大帳，一路走過去還解決掉不少來阻攔的胡人士兵。

衛景明捏著統帥的脖子在後面斷後，郭鬼影從旁邊旗杆上解下一根繩子將魏景帝綁在自己身上，拉著楊石頭拔腿狂奔。至於五皇子和王總管，誰還顧得上他們呢？

忽然，胡人營帳中傳來一聲號角，所有胡人士兵忽然轉成包圍態勢，將幾人統統包圍了起來。

郭鬼影大驚。「壽安，他們不要自己的統帥了？」

衛景明冷笑。「師父，要麼這個統帥是假的，要麼是對方起了內訌。師父，您守裡面，我帶著你們突圍！」

郭鬼影皺眉頭。「壽安，這麼多士兵，光是咱們兩個定然不成問題，可帶著他們幾個，難啊！」

衛景明咬牙。「師父，沒辦法了，硬闖吧！」

果然，對面中軍大營裡走出來另外一個一模一樣的統帥，統帥將手裡的刀一揮，所有的士兵如流水一般湧了過來。

衛景明立刻抽出自己的鞭子，鞭子上瞬間豎起了無數的微細絨毛，上面流光異閃，彷彿有霧氣往下流淌。

這一次，他沒有保留實力，一鞭子揮出去，前面兩百多人全部倒下。

胡人士兵都驚呆了，郭鬼影大喝一聲。「壽安，好樣的，給我玄清門爭臉了！」

說完，郭鬼影揹著魏景帝，撿起一把大刀，在胡人士兵中如同鬼影一般往前走。畢竟揹著一個人，郭鬼影的速度慢了一些，但足以讓胡人士兵連他的衣角都摸不上。

衛景明使出全力連揮幾鞭，包圍圈立刻變大。他一把拉過楊石頭，帶著他一邊在人群中突圍，一邊給郭鬼影護法。有他在一邊幫忙，郭鬼影壓力頓時小了很多。

就在這時，胡人首領忽然調來許多弓弩手，齊齊對著這裡射箭。

郭鬼影大喊：「壽安，快閃！」

衛景明沒有閃，他將楊石頭和郭鬼影都護在身後，調動全部內力，大喝一聲將手裡的鞭子高舉過頭頂，只見鞭子彷彿化出無數幻影，形成一道屏障，將所有的弓箭都擋在外面。

他對郭鬼影道：「師父，走！」

郭鬼影繼續揹著魏景帝往前跑，楊石頭緊緊跟著，衛景明不進反退，搶過一匹馬，徹底放開自己，在敵軍中大肆屠戮！

最後，他嫌棄馬走得太慢，自己在胡人士兵中如同一道光影一般閃來閃去，所到之處死傷一片。

胡人首領大驚，命令所有人定要捉住此人。

危機襲來，衛景明心裡一緊，忽然，他感覺自己體內那一股力量甦醒了，它彷彿要破體而出。可是衛景明不想放它出來，這個時候替身露面，往後會增添許多麻煩！

但替身卻一次次往外撞，衛景明大量的精力都用在屠殺胡人士兵上，替身最後自己衝了出來。

衛景明定睛一看，替身變了模樣，他和自己的樣貌不太一樣了！看起來竟然有些仙風道骨的模樣。

替身對著衛景明微微一笑，搶過一把刀，攜雷霆之勢，直奔胡人統帥。替身殺人和衛景明一樣厲害，胡人統帥大驚，把一些士兵調回去守衛，衛景明這邊的壓力頓時小了許多。

衛景明大喜，轉身去支援郭鬼影。

郭鬼影快要撐不住了，他要揹著魏景帝，還要照看楊石頭，他老頭子一輩子都沒有這麼狼狽過。

衛景明來了後，護著郭鬼影往前移動，與此同時，謝將軍發現了不對勁。

他見胡人成片成片的死，心裡有些驚訝，難道胡人起內訌了？他無論如何想不到，這世上有人能單憑一己之力可以殺掉那麼多胡人。

等他發現衛景明的身影後，立刻回稟梁王。「殿下，楊大人等人被胡人追殺！」

梁王立刻策馬帶著謝將軍一起趕過去。

大魏朝的軍隊很快和胡人士兵糾纏在一起。

衛景明鬆了口氣，他迅速從郭鬼影身上接過魏景帝，直接越過一層又一層的胡人，飛向梁王，將魏景帝放在梁王的懷中後，又轉身折了回去。

梁王見到氣若游絲的魏景帝，立刻命謝將軍留守，自己火速往城內而去。

梁王輕聲呼喚。「父皇，父皇！」

魏景帝睜開了眼睛，想說什麼，但他舌頭咬壞了，說不了話。

梁王安慰他。「父皇，您安全了，兒臣帶您回家。」

跑了好遠的衛景明覺得這樣救回魏景帝太簡單了，殺胡人士兵的時候，故意踢起地上的一根殘箭，那箭頭從三個胡人肚子中穿射而過，又繼續飛了老遠，狠狠扎在梁王的屁股上！

衛景明使的力道適中，既不會傷到梁王的骨頭，又不會讓他好過。果然，梁王一跟頭摔下馬，懷中還緊緊護著魏景帝。

梁王的侍衛立刻圍了起來，周遭人多亂糟糟的，誰也不知道那箭頭哪裡來的。

衛景明完成任務，馬上去馳援郭鬼影。郭鬼影正拉著楊石頭左右突圍，見衛景明來了之後，直接把楊石頭扔了過來。

衛景明接過楊石頭，幾個縱身飛躍，把他交到了一個大魏的將領手中。

魏景帝和楊石頭脫險，衛景明頓時沒了後顧之憂，一路飛躍而來，腳下倒下無數胡人士兵，他的鞋子都被染紅了。等他快飛到胡人中軍大營時，對面的弓弩手又開始射箭。沒有拖累，衛景明輕鬆避開所有箭羽，掠到了替身身邊。

替身有衛景明四成功力，足夠應對胡人統帥身邊的許多高手，越來越逼近統帥身邊。

衛景明一來，二人前後夾擊。替身彷彿和衛景明有心靈感應一般，能很好地配合他。二人殺得起勁，胡人統帥也有些害怕，立刻把前線的士兵都撤了回來。

衛景明想著自己的任務就是營救魏景帝，既然任務已經完成，沒必要再繼續為了多殺幾個胡人浪費自己的大量精力。

若是自己今日真於千軍萬馬之中殺了胡人統帥，來日哪個皇帝也不放心。罷了罷了，回去吧！

衛景明的想法一出，替身也立刻放慢了殺人的步伐。衛景明給了替身一個眼神，二人立刻掉頭往回去。衛景明拉著他的手，輕聲問他。「你怎麼樣了？」

替身笑著搖搖頭，表示自己很好。

二人在士兵中穿梭，跑著跑著，兩個人變成一個人。他們跑得太快，兩道光影糾纏在一起，胡人也鬧不明白另外一個人跑哪裡去了？難道隱藏在附近？

等衛景明跑出去好遠，胡人統帥立刻命人搜尋另外一人。

衛景明回去的路上，還把躲在死馬肚子附近的五皇子拎了回去。五皇子嚇得瑟瑟發抖，尿了一褲子。而他旁邊是早就死透了的王總管，王總管老邁，跑不動，被五皇子抓著擋了無數的刀。

衛景明拎著五皇子回到謝將軍身邊，看到了正在嘔吐的楊石頭。

郭鬼影笑話楊石頭。「楊大人真是文弱。」

楊石頭一個文人，今日被郭鬼影拉著在戰場上跑來跑去，一會兒飛過來一條腿，一會兒看到士兵的肚子被剖開，腸子流了一地，且最後被郭鬼影和衛景明扔來扔去，縱然楊石頭是個心智堅毅之人，這個時候也忍不住吐了出來。

衛景明對謝將軍拱手。「將軍，在下的使命已經完成，帶著楊大人先回去了。」

謝將軍顧著指揮戰爭，只嗯了一聲。「衛大人請自便。」

衛景明和郭鬼影各自騎馬，一人載著楊石頭，一人載著五皇子，小跑歸來。

快到城門下時，五皇子終於回過神。「本王回來了，本王終於回來了！」

衛景明冷笑一聲。「五殿下，等會兒可別說您是五殿下，先換條褲子再說吧。」

五皇子見自己尿了一褲子，頓時羞得無地自容，梗著脖子道：「這、這是胡人的！你今日打了本王，本王還沒找你算帳呢！」

衛景明乾脆停下馬。「師父，您且稍等，我再把他扔到胡人那裡去！」

五皇子立刻求饒。「衛大人饒命！我是開玩笑的，今日多謝衛大人，來日回了京城，我請衛大人吃酒！」

郭鬼影哼一聲。「不識好歹，今日若不是有壽安，你們爺兒兩個都別想活命。你看看他身上，都被血染紅了。」

第七十四章

衛景明叫開城門，大戰時刻，大門不能隨便開，士兵放下大吊籃，四人一起坐吊籃上去。

等回到了定國侯府，軍醫趕忙給魏景帝父子們治病治傷。

而衛景明進屋後，直接一跟頭栽在地上。

正撅著屁股讓軍醫拔箭頭的梁王見狀大驚。「衛大人！衛大人你怎麼了？軍醫，快給衛大人看看！」

郭鬼影翻了翻衛景明的眼皮子。「殿下，壽安今日一人殺了有兩、三萬胡人，鐵打的也扛不住啊。」

就在梁王關注衛景明的時候，軍醫眼明手快，一把扯出了他屁股上的箭頭，梁王疼得叫喚了一聲，又立刻咬緊牙關。

郭鬼影把衛景明抱起，放在旁邊一張榻上，自己動手脫掉了衛景明的衣裳鞋襪，一邊脫一邊叨叨。「我可憐的徒兒，這身衣裳都被血染透了。」

等脫掉衛景明的裡衣，只見衛景明身上赫然有一道刀傷。

郭鬼影立刻哭了起來。「壽安啊，師父還沒死呢！你可不能死啊！我老早就勸你，跟著師父雲遊天下多好，你非要去做官，你看看、你看看，好好的孩子，被折騰成什麼樣子了？弄得妻兒被人追殺不說，自己又差點死在胡人刀下。」

梁王蒼白著臉道：「郭大師，今日多謝郭大師和衛大人，皇祖母送來的東西都留了下來，還順利救出了父皇。」

郭鬼影擦擦眼淚。「你們皇家倒是好了，皇帝回來了，一顆糧食也沒損失，可憐我的壽安啊，這一場大戰，他一個人殺幾萬胡人，你們不懂他的情況，我知道得清清楚楚，今日他耗盡精力，元氣大傷，沒有個三、五年也恢復不了。我本來收了個好徒弟，自己還沒享幾天福呢，光給你們皇家幹活去了。」

梁王被說得有些內疚。「大師放心，本王定會讓大夫全力救治衛大人。」

郭鬼影把衛景明一抱。「不用了，我自己的徒弟我自己治，你們最近不要再給他派活了，他受了傷，不能幹活！」

郭鬼影氣呼呼地抱著徒弟走了，梁王忍著屁股疼，連忙命軍醫跟了過去。

床上的魏景帝早就醒了，將郭鬼影的話聽得一清二楚，遭遇了生死劫難的魏景帝忽然忍不住掉下眼淚。

那邊廂，郭鬼影抱著衛景明回了客院。玄清門的人多少都懂些醫術，他雲遊天下多年，治外傷是一把好手。他問軍醫要了些藥，自己給衛景明塗抹。

等軍醫走了之後，衛景明睜開了眼睛。「師伯，多謝您了。」

郭鬼影湊了過來。「你老實說，你剛才是不是裝暈？這傷是不是你自己砍的？」

衛景明看了他一眼。「怎麼會？我又不傻。」

郭鬼影給他蓋上被子。「不管誰砍的，有了傷也好，算是你的軍功。我剛才把你說得傷很重，你可別露餡了，回京之前你就好好養傷吧。」

衛景明道：「師伯，您今日也辛苦了。」

郭鬼影擺擺手。「我老頭子多少年沒有這樣痛快的打架了，不過老皇帝太重了，我老頭子揹得吃力，往後讓他少吃些吧。」

衛景明忍俊不禁。「明日讓殿下給師伯弄些好酒好菜補補。」

郭鬼影搖了搖自己空盪盪的葫蘆，給衛景明倒了一些熱水喝。「你歇著吧，我去打些酒來。」

城外，雙方大軍還在廝殺，胡人因為被衛景明屠殺了兩、三萬人，士氣有些低落，謝將軍乘勝追擊，大敗胡人！

等到天黑，謝將軍終於鳴金收兵，帶著士兵得勝歸來，後面還綁了許多胡人俘虜。

這一仗，謝將軍終於洗刷了謝家的屈辱，但他知道，若無衛景明前面的屠殺，他也不會這麼順利。

等見過魏景帝和梁王之後，他立刻去見衛景明，看到衛景明仍是沈沈昏睡，便命家中僕人好生照看，自己悄悄離去。

第二天，軍醫戰戰兢兢告訴梁王，魏景帝的舌頭咬傷了，往後怕是不能說話了，就算勉強能說，怕也會成個大舌頭。

一個不能正常說話的皇帝，和廢物也沒什麼兩樣，魏景帝當場摔碎了藥碗。

發了一陣子脾氣後，梁王捂著屁股親自送上了紙筆，魏景帝寫了兩個字：回京。

魏景帝決定回京後，整個邊城都開始行動起來。

自從軍醫說魏景帝的舌頭可能廢掉後，整個邊城從大勝的興奮頓時變得風聲鶴唳。大家去向魏景帝回事情的時候也都變得小心翼翼，生怕一個不注意招惹了他的怒火。他近來脾氣越發大，回來這麼久，也沒說要封賞誰，那麼多人冒著性命危險去救他，他也是隻字不提。

衛景明正好在養傷，懶得到魏景帝跟前去，況且他也沒什麼話要告訴魏景帝。自從魏景帝上臺，衛景明知道自己在他眼裡大概就是個擺設，不然也不會把錦衣衛大部分精銳抽調走設立北鎮撫司。現在王總管死無全屍，錦衣衛都在自己手裡，衛景明還弄不明白魏景帝是怎麼想的，索性先等一等，誰也不想去惹一個暴怒的皇帝。

別人可以躲，但五皇子和梁王一點也躲不開。五皇子也就罷了，大家都知道他是個沒用的東西，這回連累親爹被胡人捉去，魏景帝早就對他死心，看見他就煩，五皇子除了每日請安外，也不敢過去惹魏景帝生氣。

可梁王此次身負重任而來，雖然屁股受了傷，也不好晾著魏景帝不管，每日都要過去。

碰上有官員來匯報事情，魏景帝不說話，梁王還要在中間負責轉達。

魏景帝越發惜字如金，哪怕寫字，他也是能少寫一個絕不會多浪費筆墨。梁王每日站在魏景帝身邊，一是幫他遞紙筆，二是勸解他，三是當出氣筒。

眾人收拾的速度很快，魏景帝的命令下了沒幾天，大部隊就準備開拔。魏景帝來的時候帶的軍隊折損了許多，剩下的暫時先留在這裡休養，御林軍和錦衣衛都帶走。衛景明因為「傷得嚴重」，這回不用騎馬，還得到一輛小馬車坐，郭鬼影也擠了進來。

郭鬼影拿著酒葫蘆吃酒。「我看皇帝的臉黑得跟木炭似的，你最近沒事別去找他。你岳母如今在京城掌權，你要是再惹眼，誰知道他會不會發脾氣。」

衛景明小聲解釋道：「師伯，他就是長得黑，不是故意黑著臉。」

郭鬼影一口酒差點噴出來。「你這也是臣子該說的話？當心他砍你腦袋。」

衛景明哼一聲。「我可不耐煩再伺候他了，自己作的，能怪誰？」

伯姪倆一路走、一路打趣，路上倒不寂寞，偶爾還把楊石頭也叫進來說幾句話。楊石頭這個和談大使現在屁都不是，魏景帝連召見都沒召見他。

一路緊趕慢趕，魏景帝一行人很快到了京城。

顧綿綿提前得到了消息，老早就派人在京城門口等著。等魏景帝他們到京城的那一天，顧綿綿帶著嘉言親自到城門口迎接。

魏景帝的龍輦一路沒有停，直接進了皇宮。

衛景明有傷，車駕從人流中分出來，往衛府而去。剛離開大部隊沒多久，衛景明的車簾子被掀開，顧綿綿抱著嘉言坐了進來。

衛景明本來躺著的，立刻坐了起來，一把抱過女兒。「我的乖乖，可想死爹了。聽說妳受委屈了？別怕，等爹抓到那些賊人，我把他們都賣去黑磚窯。」

嘉言摟著她爹的脖子，在衛景明臉上親一口撒嬌。「爹，聽說您受傷了？」

父女倆正在親暱，顧綿綿和郭鬼影打招呼。「師伯，您老回來了。」

郭鬼影點點頭，然後拉了拉嘉言的小辮子。「丫頭明兒來跟著大爺爺學輕功，保證往後誰都抓不住妳。」

等和女兒親香過，衛景明又看了看顧綿綿。「娘子，妳瘦了。」

郭鬼影立刻舉起酒壺喝酒，他一個老光棍，不大適合聽人家夫妻之間的話。

顧綿綿趕緊岔開話題。「傷怎麼樣了？我爹和二娘他們都來了，在家裡等著你呢。」

馬車慢慢駛到了衛府，一下車，就見顧岩嶺和末郎在大門口等著呢。甥舅倆一起迎了上來，一個喊姊夫，一個喊爹和大爺爺。

顧綿綿吩咐玉童給了趕車人賞錢，然後帶著老老小小進了大門。郭鬼影自去找師弟吹牛，衛景明回了正院，顧岩嶺帶走了外甥和外甥女。

夫妻倆一進正院，顧綿綿拉著衛景明的手問：「官人，你受傷了？」

衛景明咧嘴笑。「問題不大，我都是裝的。」

顧綿綿瞇著眼小聲道：「既是裝的，那也要裝得像一些，往後要禁辛辣、不吃酒，晚上你睡東屋，我睡西屋。」

衛景明立刻道：「娘子，我好了。」

顧綿綿笑著拉他進屋。「讓我看看你的傷，廚房裡燒著熱水呢，等會兒漱洗過後，先去給師父和我爹請安。」

衛景明涎皮賴臉地往顧綿綿身上湊。「娘子給我洗澡。」

顧綿綿摸摸他的臉。「好，我給你洗。聽說衛大人當日於千軍萬馬之中救回了陛下，獨自一人斬殺幾萬胡人。如今京中的小姑娘們提起衛大人莫不頂禮膜拜，還有好多想來給衛大人做妾呢！還有說做丫鬟都願意的。」

衛景明摟著顧綿綿的腰。「娘子，別管她們，妳給我洗澡吧！」

顧綿綿輕笑。「好。」

說完，顧綿綿叫翠蘭。「讓廚房送熱水來。」

回京後，考慮到家裡人越來越多，顧綿綿又往家裡添了十幾個下人，如今衛家下人共有好幾十個，漸漸也有了些大戶人家的氣派。

很快，耳房浴桶裡的熱水已經備好，顧綿綿幫衛景明準備好了衣裳，然後親自帶著他到耳房漱洗。

衛景明泡在浴桶裡，顧綿綿幫他搓澡，洗頭髮，當然，也看到了他身上的那道傷疤。

顧綿綿用手摸了摸。「還疼嗎？」

衛景明笑道：「不疼，我故意讓胡人砍的，有了這個，誰也不能說我沒盡心。」

顧綿綿嘆了口氣。「傻子，你就說你受了內傷，誰又知道呢？」

衛景明拉著她的手，按在自己胸口。「那些人精可賊的，外傷就是蹭破點皮，又能堵他們嘴。娘子別擔心，我好得很。」

顧綿綿知道這點小傷對他來說不算什麼，立刻釋然。「你都多久沒洗了？臭烘烘的。」

衛景明往自己身上潑水。「路上趕路，陛下都沒洗，我哪裡能洗？」

他澆水的動靜太大，不小心潑到顧綿綿身上去了，把她的裙襬打濕。

衛景明立刻去脫顧綿綿的衣裳。「娘子，妳身上都濕了，一起來洗洗吧。」

說完，他不等顧綿綿反對，一把將她拉進浴桶。

顧綿綿頓時驚呼。「快別鬧，洗好了去見我爹。」

衛景明三下五除二把她脫乾淨。「娘子放心，我快得很。」

顧綿綿噗哧一聲笑。「明兒我給衛大人燉些湯補一補。」

衛景明磨了磨牙，往她身上捏一把。「晚上我慢慢來。」

衛景明兩口子洗個澡，洗了一地的水，中間還換了一次水。一直鬧了小半個時辰，二人終於漱洗完畢，穿戴一新。

夫妻倆一起先去見鬼手李，鬼手李只看一眼就知道衛景明無大礙，直接擺手趕人。「去見你岳父吧，我和你師伯說說話。」

等到了顧季昌那裡，阮氏笑著喊顧季昌。「老爺，姑奶奶和姑爺來了，您快出來吧。」

顧季昌拄著枴杖出來了，笑著道：「壽安回來了。」

衛景明顧不得行禮，上前問道：「爹，您的腿怎麼樣了？」

顧季昌連忙道：「我沒事，吳太醫說過一陣子就可以不用拄枴杖了。」

衛景明沈默片刻道：「都是我連累了爹。」

顧季昌板起臉。「胡說！我救自己的孫子、孫女，怎麼叫你連累了我？再說了，當年若不是你，我說不定早就成了方家人的刀下鬼。」

阮氏在一邊道：「老爺，姑爺，快進屋說話吧。」

屋裡面，顧岩嶺正帶著幾個孩子玩。

等眾人坐下，顧季昌問了問衛景明西北之行的事情，聽說魏景帝傷了舌頭，他只說了一句大難不死、必有後福。

衛景明道：「爹，您也辛苦了這麼多年，好好在這裡養著。明兒我把岩嶺送去上學，就和末郎在一個學堂。」

顧季昌嘆氣道：「我這一大家子，往後都靠著女兒、女婿吃飯了。」

顧綿綿對阮氏道：「二娘，我爹就是這樣，明明心裡高興，非要這樣反著說。」

阮氏也笑。「可不就是？明明早就伸頭盼望，剛才聽說你們來了，偏又趕緊去忙別的，還等著我叫。」

顧季昌頓時老臉掛不住。「岩嶺他娘，妳去張羅午飯吧。」

顧綿綿笑道：「爹，不用二娘忙，我讓孫嬤嬤都準備好了，晌午咱們各吃各的，等夜裡大哥回來，咱們再一起聚一聚，就在前院的大花廳裡，那裡寬敞，咱們開兩桌。」

顧季昌連連點頭。「好，咱們一大家子好久沒有團聚了，把兩位大師也喊上。郭大師才回來，我等會兒去給他問好。」

一家子熱熱鬧鬧地說著家常話，廚房裡已經熱火朝天地忙碌開來，雖然是晚上的宴席，晌午就要開始準備起來。

不同於衛家的熱鬧溫馨，皇宮裡的氣氛有些緊張。

魏景帝入宮後，直奔御書房，剛剛下了早朝，低品級官員們去了衙門，高品級官員們聽說魏景帝回來了，都到御書房門口迎接。

魏景帝的龍輦直到御書房門口才停下來，梁王和五皇子一左一右扶著魏景帝下車。

除了方太后，所有人都下跪迎接。

魏景帝沈默地抬抬手，梁王幫著喊一聲。「平身。」

百官們都吃了一驚，看來傳言非虛，陛下果真傷了舌頭。

魏景帝慢步走到方太后跟前，撩起袍子跪地默默磕了三個頭，五皇子和梁王也跟著一起磕頭。方太后心裡嘆了口氣，扶起了魏景帝。「陛下總算回來了，哀家替你看了這麼多天，沒有辜負陛下，也沒有辜負大魏。」

魏景帝想說什麼，但又沒說出口。他指了指御書房裡面，方太后會意，跟著他一起進了屋。

到了御書房，魏景帝坐上了自己最熟悉的那張椅子，方太后坐在旁邊的一張椅子上。

馮大人第一個上前奏報，他把這幾個月朝廷裡的大事逐一說個遍，包括劉家造反、方太后鎮壓以及營救魏景帝中間的波折。馮大人雖然說得委婉，魏景帝也能從隻言片語之中聽出事發當時的驚心動魄。

魏景帝默不吭聲，其餘各部官員都開始上前奏報，特別是戶部和兵部，戶部把此次打仗的損耗大致匯報一遍，兵部也把大魏朝當前各地的駐軍人數報了一遍。

等到所有人都說完，魏景帝看了一眼梁王。

梁王會意道：「諸位大人辛苦了，父皇遠道而歸，諸位大人所奏之事父皇已知曉，請諸位大人各自去衙門，明日早朝上再與眾位商議國事。」

眾人見梁王成了魏景帝的傳聲筒，不禁都在心裡掂量起來。特別是二皇子和三皇子，當日去救魏景帝之時，這二人一個不吭聲，一個不惜讓生母中毒也要推託，如今見到梁王站在魏景帝身邊，魏景帝事事都依靠他，心裡十分不是滋味。

等眾臣們都走了之後，方太后對魏景帝道：「陛下，京城妙手回春的太醫多，定能治好陛下的舌頭。還請陛下莫要沮喪，如今大魏傷了元氣，需要陛下重振大魏。」

魏景帝對著方太后拱了拱手。

方太后又道：「陛下不在的這些日子，哀家一個婦道人家要看著這麼多事情，總是顧此失彼，有時候一些大臣們嚷嚷得厲害了，不免就動了粗。二郎、三郎總是爭，哀家也沒少罵他們。孩子都是好孩子，還請陛下莫要遷怒他們。」

魏景帝點頭，再次對方太后拱手致謝。

方太后接著道：「既然陛下回來了，我明日就回清暉園養老去了。」

魏景帝點頭，身邊沒有王總管，他有些不大適應，方太后說完後就回了壽康宮。

等方太后走後，魏景帝把諸位皇子們也打發走，把御前的太監們叫過來服侍。

第二天早朝，魏景帝穿著全新的龍袍坐在了龍椅上。百官們見皇帝歸來，忍不住痛哭流涕。沒有皇帝的日子真的太難過了，什麼事情都不知道找誰匯報，誰也不敢擔太多責任。方太后只求穩，許多事情就跟皮球一樣踢來踢去。

雖然魏景帝不會說話，但他能寫啊！天子嘛，本來就不需要太囉嗦。

魏景帝聽完朝臣們的奏報，通過梁王的口，一樣一樣處理。

等處理完了朝臣們的奏報，魏景帝開始了今日的重頭戲。

魏景帝先下了一道罪己詔，詔書中羅列了自己此次北征的過錯，將西北軍失利的原因全部歸結於自己身上，一是貪功冒進命人追胡人、二是貪生怕死讓朝廷難辨。詔書是由楊石頭讀的，百官們撲通撲通撲通跪下，磕頭不停，並把魏景帝往日的功勞都拉出來說說，安慰魏景帝不要在意這次北征之事。

下過罪己詔之後，魏景帝開始下別的旨意。

第一，先御前總管王德，慫恿帝王親征，並於北征途中多次慫恿帝王追趕胡人，深入胡人腹地，罪當誅。

第二，先承恩侯府劉家，不思君恩，蓄意謀反，株連九族。皇后劉氏，發往皇陵圈禁終身，平王降為振國將軍，終身不得參政。

第三，先定國侯以身殉國，追封定國公。先御林軍統帥北征中陣亡，命禮部擬定封號，厚葬，原吏部侍郎楊廷磊接任禮部尚書。

第四，撤銷錦衣衛，將錦衣衛和御林軍合二為一，原錦衣衛指揮使衛景明任御林軍新統帥。

因著魏景帝先下了罪己詔，百官們內心都從之前的略有不滿變成了同情，甚至開始有些敬佩，從古至今，有幾個帝王會下罪己詔啊？說明陛下已經知道了自己的過錯。真要仔細論起來，這事也不是陛下一個人的錯，百官們多多少少也有些錯，當初就該好好勸告陛下，而不是由著陛下聽王總管慫恿。

一道罪己詔，魏景帝又拉回了百官們的心，臣子們不怕皇帝犯錯，只要能及時改正，在臣子們心裡，就還是好皇帝。

可隨後的幾道旨意，頓時把百官們炸得有些懵。仔細一想，王總管死有餘辜，劉家公然造反，也沒法活，謝家和先御林軍統帥的封賞，死後恩榮一般也沒人去反對。至於撤銷錦衣衛，百官們真是拍手稱快啊。

天地良心，從錦衣衛成立的第一天開始，百官們就對這個衙門充滿了仇視和痛恨。都說士與君王共治天下，錦衣衛的特立獨行，很大程度上代表君王想完全凌駕在百官之上，甚至還能肆意踐踏臣子的人格。特別是錦衣衛詔獄，帝王不經過審判便能直接命錦衣衛將官員下詔獄，這是讓百官們覺得最受侮辱的地方。

將錦衣衛編入御林軍，這是最好的辦法，且讓原錦衣衛指揮使任御林軍統帥，也能防止御林軍欺辱錦衣衛，兩廂都能安好。

這四條聖旨，並未引起朝臣們的反對。大家以為今天的事情算是完結了，誰知魏景帝當朝揮筆而就又寫了兩道聖旨。

第一，原齊王、晉王不孝君父，皆降為郡王。原五皇子無才無德，不堪郡王位，降為國公。

第二，梁王忠君愛國，封為太子。

這兩道聖旨一出，朝堂上如同炸開了鍋。齊王的擁戴者滿心不樂意，立嫡、立長，嫡長子沒了，也該論到齊王；晉王的擁護者想的是齊王之前德行有失，甚至隱隱約約聽說還派人追殺過衛大人的孩子，如此私德有虧之人，自然不能做太子，那就該輪到晉王了。

可魏景帝這黑不提、白不提，直接就封太子。哪裡有這麼玩的？這不合規矩啊！

到了這個時候，誰也不客氣了，紛紛上前勸說皇帝，立太子乃國之大事，請陛下慎重，莫要壞了老祖宗的規矩。

大夥兒說得口沫橫飛，魏景帝一個字不說。往常還有梁王幫著傳話，現在梁王也杵在那裡不吭聲。最後，那些人說了一大堆，等時辰一到，魏景帝理都不理，袖子一揮，走了。

第七十五章

還在壽康宮裡的方太后聽說後，對這幾道聖旨十分滿意。自來錦衣衛指揮使沒有好下場，但御林軍統帥可都是穩穩當當的。

方嬤嬤笑著對方太后道：「娘娘，您總算可以放心了。」

方太后嗯了一聲。「若不是哀家出面，這天下就姓劉了，再說壽安救了他的命，一個御林軍統帥是我們該得的。明日收拾收拾，咱們回清暉園吧。」

方嬤嬤問道：「可要帶著五公主殿下？」

方太后搖了搖頭。「不了，七郎做了太子，小五也該選駙馬了。」

方嬤嬤欲言又止。

方太后笑道：「妳這是做什麼？小五的駙馬人選，和咱們沒關係。往後她是太子的親妹，她的事情該由太子妃操心。」

方嬤嬤點頭。「娘娘真是灑脫，聽政這麼久，說撂開手就撂開了。」

方太后笑了笑。「這皇宮裡實在悶人，還是清暉園好。」

第二天，方太后就收拾包袱回清暉園。魏景帝得知後，自己掏私庫命工部將清暉園很多地方重新修整一番，並撤回了自己安插在那裡的人。

方太后到了清暉園後，立刻命人去衛府把孫子、孫女還有薛家的大丫頭也一起帶過來。

清暉園的人到衛府時，衛景明正在正院裡和顧綿綿說話。「我還說多歇息一陣子呢，又給我找活兒幹。」

顧綿綿笑看著他。「別裝了，旁人不知道，我還不知道你？你最喜歡當官了。」

衛景明哈哈笑。「胡說，娘子就不知道我，我就喜歡在家裡吃吃喝喝，當官有什麼意思？整日勾心鬥角。」

顧綿綿拍他一下。「衛大人一肚子心眼，不出去勾心鬥角，難道在家裡跟我鬥嘴？快些滾出去幹活，別天天在我跟前晃，晃得我眼睛疼。御林軍統帥是正二品，想來我的誥命也能升一升了。」

衛景明見屋裡沒人，把顧綿綿摟進懷裡。「我曉得了，我不是官迷，娘子是誥命迷！」

顧綿綿推他。「別鬧，我手裡可是有針的。」她正在給孩子們做衣裳。

兩口子正嬉鬧著，翠蘭來報。

「老爺，太太，清暉園來人了，讓接哥兒、姐兒們過去玩。」

顧綿綿正坐在衛景明懷裡，聞言趕忙站起來，把針線活遞給翠蘭收拾，然後問衛景明。

「我去後院，官人去不去？」

衛景明整理了一下袍子。「去。」

夫妻倆一起到了顧季昌的院子裡，末郎和顧岩嶺去了學堂，顧季昌正帶著兩個丫頭在院子裡挖土栽花。

顧綿綿笑著道：「爹，您這腿還沒好呢，可不能累著。妳們兩個今日的字寫完了？」

兩個丫頭縮了縮頭。

顧季昌打圓場。「她們還小呢，一天寫那麼多字做啥？」

顧綿綿摸了摸女兒的頭。「不寫字可以，我要出去走親戚了，妳們跟我一起去。」

嘉言問道：「是去金太太家裡嗎？」

顧綿綿繼續笑。「妳跟著就是，別問那麼多，快回去換身衣裳。」

兩個丫頭最喜歡出門玩了，聞言立刻跑回去換衣裳。

衛景明幫顧季昌打下手，翁婿倆一邊搗鼓花、一邊閒談。等孩子們換好了衣裳，顧綿綿對衛景明道：「你在家裡等著我，我去去就來。」

顧綿綿帶著兩個孩子離開衛家，很快就到了清暉園。

方太后許久未見外孫女，親熱地將嘉言抱進懷裡親兩口，又摸了摸歡姐兒的頭，然後問顧綿綿。「末郎怎麼沒來？」

顧綿綿道：「回一趟老家，頭都要玩掉了，這幾日他爹狠抓他的功課呢。」

方太后笑道：「告訴末郎，過幾日他爹就要忙得腳不沾地，沒時間抓他的功課了。」

顧綿綿坐在方太后旁邊。「都是娘的功勞，讓我們沾了光。」

方太后讓方嬤嬤帶著兩個孩子出去玩。「哪裡是你們沾了我的光，當日要不是壽安帶人送我進宮，我哪裡能做聽政的太后？雖然時間不長，可咱們大魏朝，哪個太后也沒我風光。」

顧綿綿小聲問道：「娘，陛下怎麼樣了？」

方太后的聲音也放低了下來。「不大說話，除了天天讓人給我送東西表孝心，從來沒來見過我。」

顧綿綿哂笑。「陛下要面子，怕是不好意思多見人。」

方太后問女兒。「壽安的傷怎麼樣了？」

顧綿綿再次低聲道：「他早就好了，陛下整日黑著臉，他就索性裝病，不然總湊到跟前去，陛下還以為我們想討賞呢。」

方太后點頭。「這樣也好，不爭不搶，省得他起疑心。看二郎和三郎爭得臉紅脖子粗，最後反倒便宜了七郎。說起來還是你們有眼光，一開始就讓我照看小五。」

顧綿綿不好跟方太后說太多。「都是緣分吧，這次去西北，官人和殿下好歹算是結下了善緣，往後也不至於坐冷板凳。」

方太后看著女兒。「時間真快，一眨眼你們已進京六、七年了。」

顧綿綿把自己帶來的包袱打開。「從我回京，娘一直住在宮裡，每日忙於朝政，我也不好拿小事去煩擾您。這裡面有好多東西都是娘以前用的，我帶給您留個念想。」

方太后伸頭看了看那個小包袱，神情有些恍惚。她都快要忘了自己曾經在青城縣生活的小事，普通的桃木梳，上面的梳齒仍舊挺拔，不太光滑的銅鏡，還是顧季昌花了一個月的俸祿給她買的，那一條披錦，是她賣了一幅上好的字畫換來的，卻被岳氏罵了一天說她敗家……

方太后一樣一樣摸了下。「妳爹的腿好了嗎？」

顧綿綿點頭。「吳太醫看過了，一時半刻還不能離開枴杖。」

方太后嗯了一聲。「這回他救了幾個孩子，也算有功勞，我不好賞賜他什麼，妳平日多孝敬他一些吧。」

顧綿綿嗯了一聲。

方太后忍不住笑著寬慰。「妳這個樣子是做什麼？我和妳爹早就各自過日子，他把這些東西留著，我很感謝他。在青城縣的幾年，我過得還挺不錯的，還有了妳。現在我做了太后，有孫子、孫女，吃喝不愁，這是天底下女人都夢想的日子。讓妳爹和他屋裡人好生過日子，該出門出門，不用為了避著我總是在屋裡窩著。」

顧綿綿仔細看了看方太后的神情，不像是做假，立刻笑了開來。「還是娘灑脫，到手的朝政，說丟開就丟開，看什麼都比我們通透。我爹也不是故意不出門，他腿還沒好呢，拄著枴杖也不方便。二娘人生地不熟的，也不大敢出門。家裡現在人多得很，我每日裡看菜單、看帳本、察看兩個丫頭的功課都得忙活好久，一到換季就要給家裡人張羅換衣裳，辛虧有大嫂給我幫忙。」

方太后發現自己已經能夠心平氣和地聽女兒說起顧季昌的妻兒，她也喜歡聽女兒說自己家裡一些雞毛蒜皮的小事，什麼末郎吵架吵不過妹妹，烏龜崽兒見到牠娘小烏龜居然不認識了，聽起來真是有滋有味，讓方太后覺得自己的血還是熱的，活著也是一件有意思的事情。

母女倆絮絮叨叨說了兩籮筐的家常話，方嬤嬤讓人準備了豐盛的午飯，大家一起吃得熱熱鬧鬧。等顧綿綿走的時候，方太后把外孫女抱在懷裡親了好幾口，又把魏景帝送的孝敬禮物給女兒裝了兩大車帶回去。

等到了家裡，顧綿綿帶著邱氏一起把東西分一分，吃食給各個院子送一些。料子都分開，普通一些的料子留著給家裡人做衣裳，特別好的料子還要看一看，是不是有品級的人才能穿。裡頭還有兩套首飾，上面有內造的標記，顧綿綿只能自己留下。

大人們都瞞著顧季昌夫婦，但小孩子可不會撒謊，歡姐兒跑到祖父、祖母那裡，小嘴嘰嘰喳喳就把今日的行程都透露得一乾二淨。

阮氏怕顧季昌尷尬，趕緊打岔。「我們歡姐兒小小年紀就見過大場面，往後長大了定然也是個有福氣的。」

顧季昌摸了摸歡姐兒的頭。「去把今日的大字寫了吧，不然妳姑媽明日又要罰妳多寫兩張了。」

歡姐兒才走，顧綿綿就帶著一些東西過來了，她把東西交給阮氏。「二娘，這裡面有些點心，人家送給我的，太多了，您和我爹也嚐嚐。還有一些料子，您留著做衣裳。」

阮氏心情有些激動，雙手哆嗦著翻了翻料子，那裡面有一疋少年郎穿的淡綠色料子，有一疋壯年漢子穿的藍色料子，還有一疋中年婦人穿的煙霞色，都是在青城縣花錢都買不到的好東西。

阮氏嘴唇動了兩下，太后賜料子給她，讓她心裡膽戰心驚的。

顧季昌道：「岩嶺他娘，妳把東西都收下吧。」

顧綿綿一看就知道，定是丫頭們回來後說了什麼。她也不戳破，坐下和顧季昌說說家常話，很快又離去。

等顧綿綿一走，阮氏輕聲問道：「老爺，這些東西怎麼辦？」

顧季昌看向她。「尊者賜，不可辭，那是皇太后娘娘，她特意給我們東西，就是告訴我們，陳年種種，都已經過去了。」

阮氏嚥了嚥口水，點點頭。「好，我聽老爺的。」

到了晚上，顧綿綿悄悄把這事告訴衛景明。

衛景明在黑夜中把自家娘子拉了過來。「這樣也好，爹整日不出門，可能是想避嫌。倘若真有人想拿這事做文章，他越想避嫌，人家可能越懷疑，索性大大方方的。」

顧綿綿拍了下他的手。「你慢些。」

衛景明吃吃笑。「娘子放心，我定會慢慢的。」

顧綿綿掐了他一下。「現在也沒人會拿我爹來說事，先帝和陛下都認了，我的身分又沒公開，難道誰還敢在外面公然說什麼？陛下往常便整日滿口母后，誰還敢囉嗦！」

衛景明輕輕動兩下。「說開了才好，往後妳行事也不用兩頭瞞著。爹這邊有二娘和岩嶺陪著，還有大哥一家，娘那邊就太寂寞了。往後咱們多去看看，這回我這個統帥，若是沒有娘，怕是也難到手。」

顧綿綿配合了兩下，繼續道：「就算沒有娘，你救了陛下，難道不該得這個統帥？」

衛景明見娘子主動，高興地賣力服侍起來。「若不是有娘把劉家弄下臺，陛下不一定想把錦衣衛和御林軍合二為一。陛下不在，錦衣衛都能鎮壓造反的人，這事定然讓陛下心裡有了警惕，這樣發展下去，錦衣衛權力太大。再者，陛下這回北征失了人心，去了錦衣衛，再下個罪己詔，立刻把百官的心都拉了回來。我從敵營中救出他，娘幫他守江山，給我一個統帥，既能安撫我，又能讓娘順利交權。這狗皇帝打仗一塌糊塗，玩弄權術可是一把好手，不愧是當了幾十年太子的人。」

顧綿綿輕笑著調侃。「衛大人這個時候還能想到這麼多問題啊？」

衛景明狠狠來了幾下。「若不然呢？」

顧綿綿又掐了他一把。

兩人胡鬧一晚，顧綿綿一覺睡到天亮，她起床的時候，衛景明早走了。雖然他對外宣稱自己還有傷，但御林軍和錦衣衛整合，他不去不行。

此次兩個衙門合併，魏景帝除了封一個統帥，還封了兩個副統帥，一個是原御林軍的副統帥，一個是金崇安。莫大人之前在宮廷內亂中也出了大力，衛景明推薦他到御林軍占了一個四品官職。

衛景明把兩邊的名單都拿了過來，將所有隊伍打亂重新整合，防止原來兩個衙門的人抱團排外。衛景明是出身錦衣衛的統帥，但原來御林軍的人數多，兩邊倒能實力均衡，等過一陣子大家習慣之後，也就不會再論誰是哪邊出身的。

衛景明這邊把兩個副統帥拉過來忙得不亦樂乎，朝堂上的氣氛始終很緊張。前幾日魏景帝當朝宣布立太子，六部尚書們沒人反對，底下卻有人以梁王非嫡非長為由激烈反對，一直吵了幾天，魏景帝卻始終不改主意。

魏景帝見二皇子和三皇子始終不肯甘心，乾脆又下了一道旨意，追封梁王生母潘氏為皇后。又有人反對，劉皇后還在，如何能兩后並立。這話說得楊石頭不答應了，你們一個個死了老婆都續弦，難道陛下不能有兩個妻室？

立太子這事，還是皇帝的心意為重，皇帝鐵了心，誰也攔不住。等衛景明把御林軍的新隊伍捋順，追封潘皇后和立太子的旨意同時定下。魏景帝原想給潘家一個承恩侯的爵位，梁王卻直接反對。因潘皇后父母早已去世，且她沒有親兄弟，梁王請求魏景帝追封自己的親外公為承恩侯便是。

朝臣們都很吃驚，沒有兒子過繼一個兒子就是了，怎麼能白白損失一個承恩侯爵位？梁王便把方太后扯出來，說自己得皇祖母教誨，要為天下升斗小民考慮，皇親國戚太多，國庫壓力大，有錢養皇親國戚，不如拿去賑濟災民。方家無承恩公，潘家也不應該有承恩侯。

魏景帝聽從了兒子的建議，追封已故的潘老太爺為承恩侯，同時還追封方太后的親爹方大將軍為承恩公。

到此處，立太子的事徹底板上釘釘。

下旨當日，衛景明晚上是哼著小調回家的。

他一進屋，顧綿綿就開玩笑。「衛大人今日何故如此高興？」

衛景明笑著搖頭。「娘子明知故問。」

顧綿綿幫他換官服。「我今日去了清暉園，娘跟我哭了一場。」

衛景明吃驚。「娘還會哭？」在他兩輩子的印象中，方太后真是普天之下最剛強的女人。

顧綿綿嘆口氣。「外公當年蒙冤而死，後來雖然平反，方家還是沒落了。她做了皇后，又做了太后，因著舅舅和表兄權勢熏心，她也不敢為娘家謀什麼。原來家裡的侯爵斷送在舅舅手中，現在外公有了個承恩公的虛銜，外公、外婆的墳墓規格至少不用減，還能往上添一添。」

衛景明也唏噓。「聽說當年外公鼎盛時期，連百年謝家都避讓三分，誰知說倒就倒了。看來這京城始終是是非之地啊，看看謝家，也是掌軍，卻能屹立兩百年不倒。」

顧綿綿蹙眉。「聽說那謝家專門剋胡人，且從不參與皇權爭奪，我外公同時領東邊和南邊軍馬，又威脅到了皇權，可不就被先帝猜疑？唉，也是表兄不成器，不然我娘也能提拔他兩下。」

衛景明拉著顧綿綿坐下。「我看方家表嫂這幾年很是安靜，只是靜靜地帶著孩子。娘心裡把外公看得重，若是表嫂家的兩個兒子成器，往後讓他們一步步穩紮穩打，方家也不至於就徹底倒了，至少能撐起門楣。至於方家表兄，就讓他繼續瘋著吧。」

顧綿綿點頭。「不說那些了，梁王殿下做了太子，咱們要不要送一份禮？」

衛景明搖頭。「不用了，咱們現在不適合跟殿下走得太近。我做了統領，殿下做了太子，若是我跟殿下眉來眼去的，陛下那個小心眼說不定又要猜疑什麼，唉！這人真是難伺候啊。」

顧綿綿嗯了一聲。「那樣也好，往後你就好生當你的統領，別的事情咱們別摻和了，反正一切都回到了正軌。」

這話讓衛景明忽然想起那個瞞天過海陣，心裡計劃擇日把這陣拆了，雖然沒用上，一旦被逆天盤發現，誰知道會不會有什麼懲罰。

衛景明岔開話題。「娘子，咱們晚上吃什麼？」

顧綿綿笑道：「衛大人當差辛苦了，身上的傷還沒好呢，我讓吳太醫開了些溫補的方子，給衛大人補一補。」

衛景明忽然湊到顧綿綿跟前。「娘子，補大發了，娘子可要負責。」

顧綿綿橫了他一眼。「衛大人那點本事，本郡主才不怕。」

衛景明瞇起眼睛。「娘子好魄力。」

說完，兩口子笑成一團。

等晚上兩個孩子回來後，夫妻倆帶著孩子們一起在正房裡吃了頓家常便飯。家裡人多，且衛景明和薛華善現在都升了官，晚上有時候回來得遲，大夥兒也不好總是在一起吃飯。衛景明索性定下規矩，平日各院裡單獨吃，五日再聚一次。

日子如流水一般往前走，很快過了中秋，又到了初冬。等顧季昌能扔掉枴杖自己一瘸一拐走路時，太子的母族潘家人忽然上京了。

潘皇后只剩下一個姊姊在世，嫁得又遠，家境普通，到現在怕是還不知道自己苦命的妹妹做了皇后。潘老太爺的追封聖旨直接送到了老家，潘家人頓時沸騰了。誰也沒想到，當年那個只養了兩個女兒的老絕戶頭，居然做了承恩侯！

潘家人又聽說皇帝原本要給潘家一個爵位，卻被太子推掉，頓時個個都心疼得好似自己的爵位沒了一樣。別家也就罷了，潘老太爺的弟弟家真的是如同貓抓心一般難受。忍了一陣子後實在忍不住，派了家中六、七個男丁上京，請求太子挑一個過繼給弟弟家裡，做兒子、做孫子都行，只求爵位能到手。而且，這些人聽說五公主還沒嫁人，要是家裡孫子能娶公主，那就再好不過了！

潘家人到了京城後，聽說太子中秋節的時候已經搬進了皇宮，這些人竟然找到了太子妃的娘家，如今的承恩伯家裡。

承恩伯想著這是太子的外祖家，雖然只是普通百姓人家，也不好慢待，親自招待這群人，並給太子傳信。

太子聽說這些人非要過繼給自己的外公，冷笑一聲，先讓林家人穩住潘家人，他自己轉頭去找衛景明，讓他派人去把自己的親姨媽接到京城來。衛景明接到任務後，即刻把莫大人派了出去。

潘家人到了京城後，到處嚷嚷自己是太子的舅舅和表兄弟，且到處走動，人家送禮都是來者不拒，連賣官鬻爵的事都敢答應。太子始終不肯見潘家人，魏景帝也有心磨鍊這個兒子，並不曾插手。

滿京城的人開始看笑話，林家接了這個燙手山芋不知該如何處置，只能好吃好喝供著。

等過了一個多月的時間，莫大人快馬加鞭將太子的親姨媽潘氏接進了京城。潘氏一來，太子立刻請求魏景帝，要親自接見自己的親姨媽。

魏景帝點頭允許，潘氏見到外甥長這麼大，嚎啕痛哭了一場。哭完之後，潘氏聽說叔叔家的堂弟和姪兒們想要爵位，她把眼淚一抹，直接抄起一根棒槌直奔林家，把幾個堂弟和姪兒們痛揍一頓！

潘氏知道外甥為難，親自告訴太子，她有四個兒子，準備挑一個姓潘，繼承潘家香火，且不要爵位。

潘氏的舉動得到了清流們的誇讚，她得了美譽，潘家人不幹了。既然不能過繼，那就聯姻吧？五公主那麼大年齡了還沒嫁人，我家裡有兒郎可以婚配。

這下可把太子惹毛了，氣得親自命人把這些人趕出林家。

潘家人好解決，可京城裡的人並不是都站在太子這一邊。頓時，謠言又滿天飛，說太子涼薄，母族的親舅舅不認，也不好生給妹妹挑人家，把五公主耽誤到這麼大的年齡。

五公主氣得在宮裡哭了一場，立刻奏明魏景帝，她要繼續住到清暉園裡去。魏景帝雖然同意了五公主的請求，卻要求太子妃立刻給五公主擇一賢良駙馬。

五公主到了清暉園後，過了幾天安生日子。但她心裡清楚，哥哥做了太子，她的婚事就不能再懸著了。

五公主換上了普通百姓的衣裳，帶著貼身宮女，在吳遠回家的路上將他攔住了。

吳遠躬身問好。「公主殿下安好。」

五公主看著溫和的吳遠，嘴唇微微動了動，她想說什麼，又放棄了，只能訥訥回了一句。「我很好，吳太醫好不好？」

吳遠點頭。「多謝公主，微臣很好。」

吳遠眼裡的笑容一如既往地溫和，五公主覺得他就像個騙子一樣，用這樣的笑容騙人，實則是個冷心冷肺的人。

五公主覺得自己不能再猶豫，壯了壯膽問吳遠。「吳太醫，你為何不娶親？」

吳遠沈默，隨即反問道：「公主為何不招駙馬呢？」

五公主咬牙道：「你到現在還沒清醒嗎？」

吳遠猜測到她可能知道些什麼，旋即輕輕搖頭。「殿下，非是微臣執迷不悟，只是不想耽誤他人。」

五公主破罐子破摔。「你沒試過，怎麼知道自己是耽誤別人？」

吳遠又沈默，過了一會兒道：「殿下可是有什麼難處？臣願意幫助殿下。」

五公主盯著吳遠的雙眼，似乎想透過他那看似溫和的眼眸看透他的內心。「我想讓你給我做駙馬，你願意嗎？」

第七十六章

吳遠眼裡的溫和漸漸散去，變得沒有溫度，也沒有任何感情。

過了一會兒，他對著五公主拱手。「殿下，微臣出身寒微，且年紀又大，配不上殿下。殿下若有差遣，微臣萬死不辭，至於駙馬之事，微臣相信，太子殿下會給殿下挑選一個比微臣好一萬倍的好男人。」

說完，吳遠繞開五公主繼續往前走。

五公主聽見他說的話，心裡彷彿被錐子扎了一樣。從她十五歲開始，堅持了好幾年的執念，被他無情地戳破。

五公主再也忍不住，對著他的背影大喊：「吳遠，你是個窩囊廢！人家不要你，你就把自己打進塵埃裡。你這是對人家好？將來你們的事情被戳破，你一日不娶親，人家一日就沒法安生過日子。你以為你這叫癡情？呸！你就是窩囊，不甘心，被人家拒絕一次，就立志當個和尚，你是在報復人家！」

吳遠被說得腳下一個踉蹌，差點摔倒在地。他轉過身來，臉色陰鬱地看著五公主。「殿下既然知道我的心，又何必自苦？」

五公主聽見他這樣說，衝上前來給他一個巴掌。「你放心，本公主從此再也不來找你。

我若再來找你，叫我天打雷劈，或是當一輩子尼姑！」

說完，她扭頭就跑了。

天上也不知什麼時候下起了凍雨，吳遠感覺臉上有些刺刺的疼，他看著五公主越跑越遠，跑的路上似乎還在擦眼淚。

吳遠收起臉上的淡漠，忍不住在心裡道：我是個傻子，妳又何必跟著我一起傻？我已經是個沒有心的人，不能耽誤妳。

眼見五公主沒了蹤影，吳遠轉身背手，一步一步往家裡而去。雨一滴一滴落了下來，打在臉上冰冷冷的。吳遠的思緒忽然飄回好多年前，那時候他也和五公主一樣，全心全意地喜歡自己的心上人，為了多看她一眼，想盡一切辦法。

是什麼原因把我變成今天的樣子？吳遠問過自己，可他也找不到答案。是綿綿心狠？不是，她本來就對我沒有太多的癡戀，是我一廂情願。是我娘霸道？也不是，她疼愛自己的孩子，雖然方法不妥，也不能說她錯了。大概，是我自己的軟弱吧，沒有緣分，卻想強求，可分明想強求，又不敢強求。

殿下說得對，我是個窩囊廢。

吳遠到家的時候，木然地叫開了門。家裡下人來開門，吃驚地大喊了一聲少爺。

吳遠這才意識到，不知道什麼時候開始，他的淚水早就和雨水混在了一起。

僕人連忙把他拉了進來。「少爺怎地沒帶把傘回來。」

吳遠在臉上抹了一把，也分不開雨水和淚水。「無妨，我娘呢？」

僕人找了條汗巾給吳遠擦了擦。「太太在後院呢，老爺出診去了。」

吳遠沿著抄手遊廊進了正房，給吳太太行禮。

吳太太見兒子一身雨水，立刻幫兒子找身衣裳換掉。

母子倆說了兩句話之後，吳遠忽然對吳太太道：「娘，您給我說門親事吧。」

吳太太感覺自己彷彿聽錯了，她驚愕地看著吳遠。「遠兒，你可是遇到了什麼事情？」

吳遠微笑道：「娘，兒子想開了。人家都兒女成群了，咱們家裡始終冷冷清清的，兒子也想家裡熱鬧些。」

吳太太立刻忍不住啜泣起來，她一邊擦眼淚、一邊道：「遠兒，都是娘對不起你，耽誤了你這麼多年。你放心，等你娶了親，娘一定做個好婆婆。我保證不會給你媳婦立規矩，她想怎麼樣就怎麼樣，你們屋裡的事，娘一概不管，家裡的事情都給你媳婦管著，娘只管幫你們帶孩子。」

為了讓兒子娶親，吳太太幾乎低到了塵埃裡。她後悔啊！悔了這麼多年之後，她終於悟出了一些道理。與其想著做個惡婆婆管著媳婦，不如睜隻眼、閉隻眼讓孩子們自己做主。

吳遠輕聲安慰吳太太。「娘，您別難過，兒子是說真的，不是和您開玩笑。只要門當戶對，家裡人不難纏，別的兒子都沒有要求。」

吳太太急忙點頭。「好，遠兒放心，娘定給你挑個合適的。」

吳遠說了此事，獨自回了房，默默地看醫書。

經過兒子的首肯，吳太太立刻找所有熟人給兒子說媒。她來京城也有幾年，多少認識幾個人，很快，衛家人也知道吳遠要說親的事情。

顧綿綿不好說什麼，她當然希望吳遠能夠過上自己的小日子。年少輕狂時誰還沒作過不切實際的夢呢？過日子才是實實在在的。不管受過多少傷，柴米油鹽的溫暖都能撫平那些傷痛，等白髮蒼蒼、兒孫滿堂之時，再回頭看自己當日的執著，只會淡然一笑，啊，原來我年少時還鍾情過那個人啊，真是有意思。

顧綿綿十分幸運，她年少時的夢中之人，和如今相伴在身邊的是同一個人。

想到這裡，顧綿綿雙手合十心裡默唸，多謝上蒼賜予我的福澤，還請上蒼眷顧更多的人，讓所有人都能平安喜樂。

顧綿綿原以為吳家說媒一事和自己無關，誰知立刻就遇到了麻煩。顧綿綿和邱氏並沒有幫吳遠說媒，但史家大姑娘卻自己找上了門。

幾年的光景，史家大姑娘也到了適婚的年紀。史太太給了她兩條路，一是招贅，史姑娘和夫婿可以跟她住在一起；二是嫁出去，史太太給一些嫁妝，但現在住的宅子歸史太太所有。史姑娘兩條路都不想選，她知道招贅可能招不到什麼好人，她又不是公主。嫁出去的話，她沒有得力的娘家，在婆家可能會吃虧。

史姑娘就一直這樣拖著，也不知她從哪裡聽說吳太醫要娶親的事。史姑娘心裡盤算了幾天，吳太醫和衛家交好，人品尚佳，和大哥也是熟人，若是我去了吳家，也算是親上加親，豈不是比外人好？

史姑娘去央求史太太，史太太並不贊同這門婚事。若想要成，必定需要兒子出頭，兒子會不會出頭不好說，郡主肯定不會答應。

先前顧季昌上京，史太太也曾經想過來拜訪，一想到顧季昌帶著妻兒，史太太又洩了氣，繼續帶著女兒安靜地過日子。

想到衛家那邊的淡漠，史太太一再搖頭。史姑娘沒辦法，壯起膽子，乾脆挑了個衛景明不在家的日子，她自己上門來找邱氏。

衛家來客，顧綿綿自然是第一個知道的，她讓人把史姑娘帶到了正院。

史姑娘一路走來，看著衛府的富貴，心裡起伏不定，眼神也閃閃爍爍。

等到了正院，史姑娘給顧綿綿請安問好。

顧綿綿溫和地叫起。「姑娘來可是有什麼事情？家裡日子可還好？史太太身子好不好？前兒大嫂讓人送去的東西可還吃得慣？」

史姑娘一一回答了顧綿綿的問題，細聲細氣。

說完之後，史姑娘又沈默。顧綿綿知道，她肯定是想見邱氏，但顧綿綿不準備給她這個機會。憑直覺顧綿綿就認為，這姑娘不像她表面上那麼老實。

顧綿綿看向翠蘭。「把我箱子裡那一疋桃紅色的料子拿出來送給史姑娘，還有昨兒買的點心，也一起包給史姑娘。路怪遠的，讓家裡車伕趕車送史姑娘回去。」

史姑娘抬起頭。「多謝郡主賞賜，請問我嫂子在嗎？我想見見我嫂子。」

顧綿綿微笑看著她。「史姑娘有什麼話，跟我說也是一樣的，這家裡是我當家。」

史姑娘啞然，她當然知道郡主不好惹，但大嫂是個脾氣好的，說不定肯幫自己的忙呢。

史姑娘只能扯謊。「我閒來無事，想給姪女做兩雙鞋，又不知道她的尺寸，想找大嫂問問。」

顧綿綿又吩咐旁邊的月蘭。「把歡姐兒的尺寸給史姑娘。」說完，她看向史姑娘。「煩請史姑娘回去告訴史太太，歡姐兒已經進學了，每日讀書寫字。回頭我還準備找個女學讓她們姊妹倆去上，請史太太放心。」

史姑娘急了。她來的目的不是話家常啊！她才不關心歡姐兒是不是讀書識字。

顧綿綿似笑非笑地看著史姑娘。「姑娘可是有什麼急事？」

史姑娘嘴裡的話差點脫口而出，想到衛景明那個煞星，她又止住了，對著顧綿綿行禮。「多謝郡主，那我回去給歡姐兒做鞋。」

顧綿綿點頭。「姑娘好走，缺什麼了來說一聲。」

史家母女雖然住在市井中，但那一片都是清白人家，沒有亂七八糟的人，衛家偶爾送東西過去，也無人敢欺辱她們母女。可顧綿綿只肯照看到這裡，再給多了，人心就要不足了。

等史姑娘一走，顧綿綿立刻叫人去打聽。剛到下午，顧綿綿就知道史姑娘的意圖。晚上等衛景明回來，顧綿綿把這件事說給衛景明聽。

衛景明不怎麼放在心上。「莫要理她，吳遠要說親，也輪不到咱們做主。史姑娘那裡照舊，別的莫要管。下回如果她還不死心，我就讓人去她老家通知她三個哥哥，給她說門好親事。」

顧綿綿笑道：「人家一個小姑娘家家的，你別嚇著人家。」

衛景明拉著顧綿綿的手，把玩她的指甲。「人在這世上，不能隨便做好人。我們且看著吧，還有得鬧呢。潘家一來，太子鐵了心要給五公主招駙馬，吳遠才急著說親。但他這樣明晃晃的拒絕，也下了太子殿下的臉。看吧，吳遠想說親事，怕是沒那麼容易。那是公主，你要是沒心思，以前招惹人家做啥？」

果如衛景明所料，梁王做了太子之後，手底下人越來越多，妹妹的這點事他已經知道得一清二楚。聽說自己妹妹主動上門找吳遠仍舊被拒絕，太子心裡有些不高興。

但太子也不是那種不講理的人，他唯一能為妹妹做的就是疏遠吳遠。每逢輪到吳遠當值，太子都會要求換一個太醫請平安脈。

不到一個月，太醫院的那幫人精都聞出了一些異常，吳遠在太醫院開始被大家孤立。

吳遠也不在意這些，反正他來做太醫也不是為了長久做官。如今做了好幾年太醫，他把太醫院能學的東西已經全部學到手，既然被太子厭惡，索性離去吧。

不僅吳遠這邊被孤立，吳太太那裡也沒有順利說成親事。好一些的人家，已經聽說吳遠在太醫院得罪了人，自然不肯把姑娘嫁過來，差一些的人家，吳太太也不願意太將就。兩頭受阻，吳遠乾脆決定辭去太醫職務，準備回青城縣老家。

吳遠一個小小的太醫辭職，自然不會引起太大注意，因為魏景帝的萬壽節又到了。

魏景帝原說自己今年做了錯事，萬壽節就不過了。百官們勸了又勸，魏景帝仍舊堅持取消今年的萬壽節，把省下來的錢拿去撫恤在北征中陣亡的將士們的遺孤。

魏景帝這一決定讓百官們再次當堂痛哭流涕，大讚魏景帝仁愛。百官們還勸魏景帝看開一些，凡集大成之君，必定會先遭受磨難，往後定是事事順利。

最後還是方太后開口，萬壽節不大辦，召集所有親近宗親一起入宮赴宴，為皇帝賀壽。由方太后開口，魏景帝自然不反對，自己從私庫裡取了一些錢出來，命太子妃林氏準備幾桌簡單的酒席，一家子也模仿平民百姓家裡，吃一頓團圓飯就好。

萬壽節前一天，方太后帶著五公主從清暉園回皇宮。五公主拋棄了道袍，穿上了華麗的公主服飾，她已經脫去了少女的稚氣，又因著唸了幾年的佛，整個人看起來平和溫婉，又落落大方。

第二日，魏景帝的兄弟姊妹和兒女們都拉家帶口進宮，參加這場特殊的萬壽節宮宴。宮裡一下子多了這麼多皇親國戚，衛景明親自帶著人維持皇宮的秩序。

宮宴安排在魏景帝居住的建康宮正殿，因著都是自家人，男女只用屏風隔開，男桌這邊魏景帝最大，女桌這邊方太后最大。

壽宴開始前是吃茶果，眾人吃著說笑了一陣子後，開始依次去給魏景帝賀壽，太子自然是排在頭一個。

梁王做了太子之後，和往常看起來也沒什麼兩樣。他宮裡除了太子妃，就是兩個低等侍妾。每天除了回東宮和太子妃說說話，或是教導兒子，其餘時間都跟在魏景帝身邊忙活。

新太子沒有任何癖好，吃喝不講究，穿戴過得去就行，美人在他眼裡就是根木頭，古玩玉器啥的他也不好。朝臣們非常欣慰，大魏朝需要一個中興之主。一個帝王，若是能克己復禮，朝廷才有望復興。貪圖享樂的帝王，剛開始可能就是花點錢，無傷大雅，可漸漸會胃口越來越大，身邊小人出沒，朝綱便越發紊亂。

話轉回來，魏景帝不能說話，太子拜過壽後，他略微抬抬手，收下了太子夫妻二人送的禮物。

旁邊的眾位皇子們臉上都帶著笑。

二皇子的笑容有些陰鬱，他是皇長子，卻讓底下的弟弟做了太子，他總感覺全天下的人都在笑話自己。二皇子時常覺得自己很冤枉，他什麼也沒做，怎麼就成了不忠不孝之人了？平王造反，他打平王幾下又怎麼了。不是我不想去胡人那裡救父皇，是我當時受了傷啊！

三皇子的笑還和往常一樣，看起來人畜無害。

五皇子近來十分老實，魏景帝有意給太子培養人手，讓五皇子給太子打下手。雖然五皇子蠢，跑腿總是沒問題。且他被胡人捉過，壞了名聲，這輩子也不會有大出息，不怕他有別的心思。

六皇子只顧吃喝玩樂，他往常是跟著二皇子，現在見二皇子失勢，便開始遠離二皇子。幾個皇子之間，看似因為立了太子而變得和平許多。

眾人拜過了壽，魏景帝宣布開宴，御膳房開始一樣一樣往殿內送酒菜。

男桌那邊氣氛活絡了起來，眾人變著法子逗魏景帝高興。女桌這邊沒有皇后，太子妃打頭，帶著內外命婦孝順方太后。往日裡囂張的寇貴妃這些日子也很老實。她原以為魏景帝回來後自己就能復寵，誰知魏景帝回來後很少召見嬪妃，就算點了嬪妃，也不許嬪妃們嘰嘰喳喳。往常能靠著一張巧嘴和撒嬌賣癡取勝的寇貴妃，頓時變成了鋸嘴葫蘆，也不知該如何討好魏景帝了。

建康宮不遠處，吳遠來當最後一次值。太醫院在皇宮裡有臨時當差的公房，離建康宮很近，吳遠在裡頭待命。原本今日不是他當值，昨兒另外一位太醫臨時有事，就請他來頂一下。反正是萬壽節，肯定不會有事情。

吳遠安安靜靜待在公房裡，不遠處，成群結隊的宮女和太監端著食物往建康宮而去。走著走著，忽然，一個宮女不小心摔了一跤，那一盤子菜灑了一地。

這可犯了忌諱，宮女立刻被管事嬤嬤帶走，任由她怎麼認錯，管事嬤嬤都不肯讓她繼續當差，害怕她在壽宴上出醜。

宮女被帶走後，來了一個小太監打掃地上的菜。小太監手腳極快，把灑下的飯菜掃進簸箕裡，然後提著掃把順著牆根走，免得髒污衝撞貴人吃的菜餚。

誰知他剛走了一程，又是一群送菜的人過來，小太監退無可退，就退到了吳遠的公房裡。

吳遠溫和地示意小太監。「往屋裡來，別擋著他們的路。」

小太監連忙道謝。「多謝吳太醫。」

吳遠道：「這會兒正擺宴呢，你把這些東西放在我這裡，等宴席過後再來取吧，省得衝撞了貴人。」

小太監再次道謝，吳遠打發他去忙自己的，他繼續看醫書。

看著看著，吳遠聞到很淡很淡的一絲怪味，他起身在屋裡走動，很快將目光鎖定在那一盤被倒掉的菜中。

吳遠把菜撿起一點聞了聞，額頭開始冒汗，他實在不能斷定這菜是不是有問題。這種味道十分弱，不是長期研究毒藥之人，根本就發現不了。

吳遠急了，這是萬壽節宴席，若是酒菜不妥，後果不堪設想。覆巢之下無完卵，若是今日宴席出岔子，他這個小小的當值太醫定要人頭落地。這個時候，吳遠忽然有些了悟，為什麼他會被拉來替代別人。

吳遠等不及了，立刻出門，拉住一個侍衛就問：「衛大人在哪裡？我有急事找他。」侍衛搖頭。「我也不知道。」

吳遠丟開他，繼續往前走，一邊走、一邊問，很快引來了衛景明。

衛景明來了就罵他。「你不要命了？怎麼胡亂走動！」

吳遠拉著衛景明的袖子，小聲說道：「衛大哥，今日的酒菜可能有問題！」

衛景明瞪大了眼睛。「胡說八道，那是太子妃準備的，能有什麼問題？」

話音一落，衛景明也意識到了不正常。若是太子妃準備的酒菜有問題，那太子也跑不掉。歷朝歷代，能真正上位的太子並不多，大多都死於鬥爭之中。

衛景明拎起吳遠的領子。「你知道自己在說什麼嗎？你能不能肯定？」

吳遠額頭又開始冒汗，然後搖了搖頭。「我不是十分肯定，菜都已經送過去了，我要去宴席上看一看，再晚就來不及了。」

衛景明把他丟在地上，在原地轉了兩圈後，拉著吳遠就去了自己的公房。

衛景明顧不得那麼多了，讓人找來一套小太監的衣服，又親自動手把吳遠的鬍子拔光，在他脖子那裡做了些手腳。瞬間，溫文爾雅的吳太醫變成一個低眉順眼的小太監。

衛景明把吳遠送去幫忙端菜，並在路上囑咐他。「我只能送你到建康宮門口，後面的事情只能靠你自己了。」

吳遠像作夢一樣端著一盤菜進了建康宮，他這盤菜要送到女桌那一邊。走到桌子旁邊，吳遠彷彿又聞到了那種味道。他雙眼像鷹一樣在每盤菜上掠過，很快找到了源頭，滿桌子只有兩盤菜散發出了味道。

除了菜，吳遠看到門口一群宮女每人端著一壺酒送了過來，那些酒壺被隨機送到男女兩邊。女客這邊只送來三壺酒，其中一壺隱隱約約有些味道，正好擺放在了五公主面前。旁邊的宮女端起酒壺，給五公主倒了一杯酒，五公主端起來，準備略微沾一沾唇。

吳遠立刻大喝一聲。「殿下！」

五公主對這個聲音非常熟悉，定睛一看，頓時瞪大了眼睛。

眾人見一個太監忽然大喊，都放下手中筷子，往這邊看來。

吳遠衝到五公主身邊，指著那壺酒。「殿下，這酒裡有毒！」

五公主大罵。「胡說八道！」

吳遠知道，就算這酒裡真有毒，只要還沒有毒死人，皇帝肯定會大事化小、小事化了，不會對外聲張，而自己這個揭發的太醫可能就是破壞皇家關係的罪人。

吳遠咬了咬牙，乾脆端起那個酒杯，仰頭喝了半杯酒。

一入口他便知道，這半杯酒足夠去掉他半條命。

吳遠的舉動讓五公主當場呆愣，等吳遠放下酒杯，五公主忽然醒悟過來，那酒是真的有毒。她瘋了一般衝了上去，強行掰開吳遠的嘴，對著他大喊：「吐出來！你快吐出來，本公主命令你吐出來！」

吳遠正在等毒發作，被她這樣一喊，腦袋嗡嗡的。五公主見他不聽命令，迅速把蔥管一般的手指插到吳遠的嘴裡，在他喉嚨那裡死命攪動了幾下。

吳遠本來胃裡面就翻江倒海一般難受，被她這樣一弄，一個沒忍住，嘩啦一聲吐了出來，五公主那一身華貴的衣裙頓時變得凌亂不堪，領子上、胸口上都是髒東西。

五公主顧不得那麼多，她拍了拍吳遠的臉。「吳太醫，你怎麼樣了？你難受不難受？你肚子疼不疼？」

剛吐出來，吳遠忽然感覺肚子裡火燒一般疼痛，轉瞬又變成刀割一般劇烈。

吳遠額頭上的冷汗如水一般往下流，嘴角開始溢血，他捂著肚子慢慢往地上倒去，倒下之前掙扎著說了一句話。「醉人香果然名不虛傳。」

吳遠的聲音很小，五公主卻聽了個清清楚楚，她立刻大喊起來。「太醫，快叫太醫！父皇、七哥，酒菜有毒！」

隔壁男桌那邊早就聽到了動靜，都在等這太醫喝下酒後的反應，聽見五公主歇斯底里的叫喚，太子第一個衝了過來。

太子見到已經昏迷不醒的吳遠，對著外面大喊：「來人！」

衛景明一直聽著屋裡的動靜，吳遠和五公主的話他聽得清清楚楚，等到太子一聲喊，他火速帶著一隊人馬衝了進去。

太子一腳把屏風踢倒，撩起袍子跪下，看向魏景帝。「父皇。」

魏景帝見到這種情況，心裡大致有了成算，他冷漠地看了幾個兒子一眼，又看了看倒在地上的吳遠，長長嘆了口氣，對著太子揮揮手，然後一個人默默地離開了正殿。

太子磕了一個頭。「恭送父皇。」

方太后見魏景帝一走，立刻吩咐太子。「七郎，命人把建康宮和御膳房封鎖起來，所有人不得離開。」

太子起身看向衛景明。「衛大人，速去。」

衛景明擔憂地看了一眼地上的吳遠，扭頭走了。

第七十七章

等吳遠再次醒來時，天已經黑了，他躺在宮裡當值的公房裡，床邊坐著眼睛腫得像蜜桃一樣的五公主。

吳遠覺得自己的肚腹還是火燒火燎一般疼痛，他想說話，又說不出來，猛烈咳嗽兩聲之後，咳出一口血。

五公主連忙給他拍拍胸口，又端起旁邊的溫水餵他喝了兩口。「你別說話，外頭有我皇兄在呢。你放心吧，今日你來得及時，宴席上沒有人中毒。」

吳遠鬆了口氣，四肢癱軟躺在床上。他見五公主身上還有他吐的髒污，十分吃力地抬起手，指了指她的衣裳。

五公主吸溜了一下鼻涕，忍住了眼淚。「不妨事，等會兒我回去換一身衣裳就好。你肚子疼不疼？你的毒是太醫院院正解的，他說你沒有性命之憂了。」

剩餘的話五公主沒說，吳遠雖然沒有性命之憂，但毒入肺腑，往後可能身體很虛弱，甚至可能短壽。

太醫院院正說這話時，五公主哭得上氣不接下氣，一邊哭、一邊罵昏迷不醒的吳遠。

「誰讓你來的？我喝了毒酒死的是我，關你屁事！」

罵完了之後，五公主又靜靜地守在吳遠的床邊，任誰勸都不走。

吳遠見五公主安好，不再說話，溫和地看著她。

五公主忍不住道：「吳太醫，多謝你救我。」

吳遠又咳嗽了一陣，虛弱道：「殿下，都是微臣的職責。」

聽見職責兩個字，五公主感覺自己心裡沒有那天在吳家附近和吳遠爭執時的那種疼痛，雖然也失落，卻彷彿還有一絲輕鬆與解脫。

五公主點點頭。「吳太醫放心，你昨日立了功勞，父皇和皇兄不會忘記你的。」

太子昨日見五公主不肯走，只命太醫和幾個宮女、太監好生服侍，又命衛景明去查明下毒之事。

衛景明從御林軍裡挑出往日錦衣衛裡破案的幾個好手，把今日宴席上所有有關之人都帶去審問，事情很快水落石出。

結果大大出乎眾人所料，毒是從昭陽宮流出來的，下毒之人見事情敗露，已經自殺。

衛景明跑去和太子匯報。「殿下，毒物的來源已經查清，乃是昭陽宮劉皇后的舊僕所提供，舊僕和下毒的太監都已經自殺。」

太子抬頭看向衛景明。「她都已經被圈禁皇陵，如何還有這麼大的能耐？」

衛景明看了一眼四周，忽然放低了聲音。「殿下，這只是第一輪審問，根據臣的推斷，下毒之人可能並不只有這一個，劉皇后勢單力薄，必定要找人合作。」

太子氣得抬手把桌上的茶盞扔了出去。「查，下死力氣查！」
衛景明問道：「殿下，真要查？」
太子大喝。「查！今日若不是那個太醫，五妹妹已經當場殞命！」
衛景明躬身抱拳。「臣遵命。」
當晚衛景明沒有回家，那些宴席上的皇親國戚也都沒有回家。顧綿綿在家裡很快得到了消息，頓時心驚肉跳起來。
她一擔心這裡面有什麼陰謀，生怕影響到衛景明，二又擔心吳遠的生死。想到有人在宮宴下毒，顧綿綿心裡唏噓起來，安寧公主總是逃脫不掉死於宮宴的危機。可吳遠的命留下後，又意外救了五公主一回，看來這兩個人命裡難免有些牽扯。
那麼多皇親國戚被關起來，整個京城風聲鶴唳，顧綿綿讓家裡人看緊門戶，除了採買，無事不得外出。
深夜，衛景明審案審到了關鍵時刻，忽然，魏景帝派人來叫停。
衛景明看向來人。「我這邊就要出結果了！」
那太監為難道：「衛大人，您看，昨日是萬壽節不假，但也是皇家家宴，陛下說不用審了，衛大人又何必辛苦呢？這大半夜的，嘉和郡主說不定正在等著衛大人呢。」
衛景明沈默，半晌後問：「太子殿下知道嗎？」
太監搓搓手。「衛大人，這天下，還是陛下做主不是？」

衛景明點頭。「自然是陛下做主，但陛下和太子殿下是親爺兒，自然不會相互避諱。」

太監語塞，雙方僵持的工夫，衛景明手底下已經有人悄悄去東宮告訴了太子殿下。很快，太子讓人給衛景明傳了一句話。「聽陛下旨意。」

衛景明只能放棄，與此同時，太監讓衛景明撥了幾百個御林軍，分別護送這些皇親國戚回家，並禁止各家出入。

衛景明的案子審不下去了，只能自己回家。他到家的時候，已經過了子時，顧綿綿居然還沒睡。

聽見衛景明回家，顧綿綿立刻迎了上來。「官人，你回來了。」

衛景明拉著她的手進屋。「天寒地凍的，妳怎麼還沒睡？」

顧綿綿立刻命人去廚房做一些熱食，又幫衛景明換下官服。「我睡不著，心裡亂糟糟的。事情怎麼樣了？你怎麼這會兒回來了？」

衛景明有些喪氣。「別說了，眼見著就要水落石出，陛下不讓查了。」

顧綿綿手下一頓，然後嗤笑一聲。「自然是不能查了，再查下去，皇家就要丟人了，反正他們家又沒死人，不過是一個太醫中毒，有什麼好查的？」

衛景明搖頭。「太子殿下雖然答應了，但今日若不是吳遠在，五公主怕是要當場死了。那毒是劉皇后留下的，我估算是二皇子找人下的。要是能毒死了陛下和太子，他就是長子了。且今日酒席是太子妃所操辦，到時候就說太子妃想讓兒子繼位，自己要做垂簾聽政的太后，一個大帽子扣下去，太子妃母子兩個也保不住。」

顧綿綿呸了一聲。「這般歹毒，若是做了皇帝，天下人豈能有好日子過？」

廚房裡送來了宵夜，衛景明接過碗一邊吃、一邊道：「要是繼續查下去，說不定還有三皇子的影子。二皇子一向有些衝動，他以為自己利用了劉皇后，說不定三皇子才是那個漁翁，誰知道都被吳遠破壞了。」

顧綿綿見他吃到臉上帶了一些湯水，掏出帕子給他擦擦。「這事就這樣算了？」

衛景明接道：「就看看明日早朝陛下有什麼說法，這毒酒可不光是衝著太子，連陛下也是靶子呢。」

顧綿綿覺得奇怪。「毒死太子和陛下也就罷了，毒死一個公主有什麼用？」

衛景明放下碗。「太子妃這次辦宴席，東西都是隨機上的，誰都不能確定會毒死誰。劉皇后這是沒了後路，乾脆孤注一擲，想要毒死一個算一個，要是全部毒死，她說不定還能回來呢。」

顧綿綿見衛景明平安歸來，忽然有些犯睏，忍不住打了個哈欠。「我去給你打點水，吃了後就洗洗睡吧。」

夜很深了，兩口子很快鑽進被窩一起沈沈睡去。

第二天天沒亮，衛景明就爬起來往宮裡而去。

百官們上朝時發現，今日宮城守衛非常嚴格。新任御林軍統帥衛大人守在宮門口，管你是幾品，進宮就要搜身。有幾個官員不大樂意，馮大人見狀立刻帶頭配合，旁人也只能照做。

眾人心裡都有些打鼓，昨兒聽說宮宴上鬧了一場，難道出了什麼大事？

等百官聚齊後，太子奉著魏景帝坐上了龍椅。眾人發現，今日除了太子，其餘幾位皇子都不在。

百官行禮後，太子代魏景帝說平身，然後就是日常奏報。

魏景帝今日似乎情緒不佳，事情都交給太子處理，他只陰沈著臉坐在龍椅上。

等處理完了大事，按照往常的規矩，該下朝了，魏景帝卻並未離開。他不走，誰也不敢動。

魏景帝示意太監拿來紙筆，他當著百官的面，寫了一封簡單的旨意。太子眼角瞟了一下，看到了退位二字。

太子立刻起身跪下。「父皇不可！」

魏景帝彷彿沒聽到一般，一筆把聖旨寫完，然後讓太監拿去給楊石頭，讓他唸給百官聽。

楊石頭雖然心裡驚濤駭浪，卻還是用最平和的語氣讀完了聖旨。魏景帝以自己身有殘疾為由，提出退位給太子，自己做太上皇，請百官輔佐新帝。

馮大人立刻老淚縱橫，他想挽留魏景帝，但也知道一個不會說話的皇帝坐在龍椅上，肯定每天都是煎熬，若是不挽留吧，見到魏景帝如同落寞的英雄，馮大人心裡又有些不忍心。

馮大人哭了一場之後，跪下磕頭說了四個字。「陛下聖明！」

百官們知道魏景帝心意已決，只能一起跪下磕頭。那些二皇子和三皇子的擁戴者心裡都很困惑，昨日到底發生了什麼事情，怎麼自家殿下今日沒來上朝？

就在二皇子和三皇子被關在府裡的時候，太子順利接下了皇位，魏景帝用自己的皇位換來皇室穩定，太子也默許了這個交易。只要自己坐穩了皇位，再也不會有人敢打五妹妹的主意。

太子下朝後先跟著魏景帝去了御書房，等處理完正事後，他就去找五公主。

五公主還留在那間小屋子裡。吳遠在昏睡之中，今日太醫院院正幫他清了好幾次毒，每次都要灌許多東西，吐了灌，灌了又吐，折騰得死去活來。

太子見屋子裡凌亂，皺了皺眉頭，吩咐五公主。「妳跟我來。」

五公主吩咐左右人好生看著，自己跟著太子回了東宮。

太子妃林氏迎了過來，還沒行禮，太子就吩咐她。「先給五妹妹漱洗，換身衣裳。」

五公主聽話地跟著太子妃去漱洗，收拾完了之後又在太子妃的炯炯目光之下吃了些飯，然後去了太子的書房。

五公主給太子行禮。「七哥。」

太子示意她坐下，然後自己低頭看奏章。「妳是怎麼想的？」

五公主聽見太子問得這麼直接，訥訥道：「七哥，吳太醫救了我一命。」

太子嗯了一聲。「他不光救了妳一命，很有可能還救了父皇和我一命。我問的是妳的打算。」昨日五公主在太醫公房裡待了一整夜，這要是傳出去，一輩子只能做尼姑了。

五公主半晌後垂下頭。「七哥，我沒有打算。」

太子抬起頭。「怎麼？打退堂鼓了？」

五公主噘起嘴，眼淚忽然啪嗒啪嗒掉了下來。「七哥，吳太醫可能討厭我吧。」

太子繼續低頭寫字。「傻子，若真是討厭妳，怎麼替妳喝了那杯毒酒？找隻貓狗來一試不就是，還是急了，慌了手腳才灌到自己肚子裡去。要是東宮誰能替孤喝了毒酒，孤一定立她做側妃。」

五公主被太子逗笑了，然後撇了撇嘴。「七哥別作夢了，除了嫂子，才沒人會願意替你喝毒酒。」

太子笑著搖頭。「所以孤沒有立側妃。」

說笑兩句緩和了氣氛，太子繼續道：「妳年過二十，若真是像皇祖母那樣一心想灑脫過日子，繼續做道姑就是。但妳凡心不死，就莫要去欺騙三清老祖了。」

五公主擦了擦眼淚，神色淡然。「七哥，等他好了，你給他賜個官、封點賞吧，我覺得我與吳太醫不合適。」

太子看向五公主。「妳可想好了，錯過這個，往後可就難找替妳喝毒酒的人了。」

五公主點點頭，揚起笑容。「多謝七哥，往常我不懂事，總是沈迷這些癡傻的情愛，這杯毒酒把我澆醒了。七哥，我身為皇家公主，應該為這天下百姓做些什麼，不是整日混吃等死。」

太子嘆氣。「妳差點丟命，七哥無能，現在卻不能替妳報仇，還拿妳換來這個皇位。」

五公主急忙搖頭。「沒有的事，那是七哥自己有本事，父皇才放心退位。往後七哥做了皇帝，我靠著七哥，到哪裡都無人敢欺辱。再說了，這個節骨眼上，還是穩妥一些好，有什麼帳，往後再算也不遲。」

太子輕笑。「去吧，妳想做什麼就去做。」

五公主離開後，沒有再回太醫公房那個小屋，而是命人把吳遠送回了吳家。

吳太太見到奄奄一息的兒子，哭得差點斷了氣。五公主每天命太醫去給吳遠診治，那些名貴藥材彷彿不要錢一樣地往吳家送。

吳太太漸漸聽到了一些風聲，心裡又高興、又難過，高興的是天家公主喜歡自己的兒子，難過的是兒子現在變成這樣，也不知往後能不能恢復正常。

吳遠的狀況並沒有引起太多人注意，因為大家的眼光都放在新帝登基上面。眼看著要過年了，魏景帝要求禮部速速舉辦登基大典，年前新帝接位，他也好搬到暢春園去養老。

新帝要登基，衛景明也跟著忙碌起來，經常整晚不回家。

顧綿綿本來在家怪無聊的，家裡卻忽然多了件喜事，邱氏又懷上了。

顧綿綿聽見大夫肯定的回答，高興地讓翠蘭給了豐厚的診金，又拉著邱氏的手道：「大嫂這樣才好，歡姐兒大了，又來了第二個，不至於太累。當日我兩個孩子來得近，若不是大嫂幫忙，我一個人都忙不過來。」

邱氏欣喜地摸了摸自己的肚子。「往後又要麻煩妹妹了。」

顧綿綿笑道：「無事，大嫂只管養好身子，家裡的事情都交給我吧！」

自此，顧綿綿一邊準備年貨，一邊帶兩個姑娘，還要照看邱氏，家裡雜七雜八的事情，她還要自己修練，去看望方太后，每日忙忙碌碌，很是充實。

那邊廂，新帝在臘月中終於登基，太子妃林氏被封為皇后，那幾個低等侍妾都封了貴人和嬪位。魏景帝被尊為太上皇，方太后被尊為太皇太后。登基當日，顧綿綿還穿上了全套的誥命服進宮朝賀。

新帝登基後，魏景帝毫不猶豫，立刻把所有的事情都丟給新帝，早朝他再也不去，御書房也讓了出來，並計劃著過了年就搬去暢春園，因著魏景帝還沒搬家，新帝仍舊住在東宮。

這個年，京城的百姓們終於能夠鬆一口氣。從今春太上皇親征開始，就沒一天鬆快過。現在新帝順利接手，沒有混亂，沒有廝殺，所有人都很滿意。老百姓才不管是誰做皇帝呢，反正只要不折騰百姓就是好皇帝。

新帝有了之前的一陣子學習，在太上皇的扶持下，漸漸坐穩了皇位，衛景明這個御林軍統帥，也從以前偷偷摸摸和太子來往變成了明面上的帝王心腹。

時間飛逝，很快就到了四月。

天漸漸暖和起來，衛景明終於沒有那麼忙碌。他抽出半天時間，去看了一趟吳遠。

吳遠養了這麼久，身體看似恢復，卻仍是比沒喝毒酒之前差上很多。他的辭呈遞上去也沒人批覆，俸祿卻往上提了一等，各種補貼一文不少。他默默待在家裡養傷。好的時候起來走走，看看醫書，甚至還能和吳大夫討論討論醫術。差的時候他就躺在床上睡覺歇息，或是吃大量的補品。

吳大夫和吳太太從來沒問過吳遠在宮裡經歷過什麼，夫妻倆只一心陪伴兒子，幫他調理身體。宮中有賞賜時，吳太太都一一收好，給兒子吃用。

見衛景明來看自己，吳遠高興得從床上爬了起來。「衛大哥來了，真是稀客。」

衛景明連忙按住他。「你莫要慌，別起來，我就來跟你說說話。」

吳遠笑著起身。「無妨，我好了很多。」

說完，他還給衛景明倒了一杯茶。

衛景明接過茶盞。「看起來是好了，我問過太醫，那東西傷身，一時半刻肯定好不透。」

衛景明拉過吳遠的手，探了探他的經絡，發現吳遠身子實在虛弱。衛景明往吳遠體內緩慢輸入一些微弱的內力，讓他更有精氣神一些。

吳遠笑道：「衛大哥，別耗費了你的精力。」

衛景明沒有停手。「無妨，這對我來說是九牛一毛，但能讓你好過一些。」

等感覺吳遠體內再也裝不了太多，衛景明才停下手，然後問吳遠。「你往後有什麼打算嗎？」

吳遠整理了兩下自己的袍子。「我想等身子養好後，到各處走走，為百姓看病。衛兄不知道，好多貧民百姓根本就看不起病。我沒有太多錢給他們買藥，但我可以免費給他們開方子，帶著他們挖山上的草藥用。」

衛景明長長出一口氣。「這才是醫者仁心，雖然我有時候很討厭你，但不得不承認，你確實是個好大夫。」

吳遠斜睨他一眼。「你以為我不討厭你？」

衛景明哈哈笑。「你老實說，你怎麼能識別出那種毒藥？我聽院正說，很少有太醫認識這種奇毒的。」

吳遠似笑非笑道：「我原來不是說過，隨時可以一副毒藥毒死你嗎？剛開始只是想毒死你的，後來看多了，發現毒藥也很有意思，就私底下研究，沒想到還能救人命。」

衛景明氣得冷笑一聲。「活該你中毒！」

說完了笑話，衛景明開始說正經的。「你不打算尚五公主？」

吳遠的眼神飄到一邊。「我年紀大了，現在身體又這麼差，不知道什麼時候就死了，不能耽誤人家姑娘。之前是我不對，讓殿下有了誤會。如今皇家不缺我這個病弱駙馬，但天下百姓缺一個免費看病的大夫。」

衛景明嗯一聲。「你這個抱負很好，那我就這樣去回陛下了。」

吳遠瞪大了眼睛。「是陛下讓你來問話的？」

衛景明看傻子一樣看他。「不然呢？你真以為我想你？我可告訴你，五公主，哦不，安寧長公主是陛下的心頭肉，你可別自視甚高。」

吳遠垂下眼簾。「原來我是覺得，自己並沒有把人家姑娘放到心裡最重要的地方，對人家不公平，現在我身體差，萬一我早早死了，豈不是更不吉利？」

衛景明又吃了一口茶。「這個你自己想好便是，不過我再勸你一句，這世間的夫妻，大多都是煙火夫妻，並沒有話本裡寫的那種濃情密意。一瓢一飲都是情義，一粥一飯的溫情才能地久天長。你不要看我和綿綿，我們一起經歷過磨難，一路走來很不容易。你就看你爹娘，華善和他媳婦，哪個過得不好了？你這呆子，莫要太執拗。」

吳遠被說得眼神有些發直，衛景明說完後就起身。「我走了，你好生養身體吧。」

過了一陣子，吳遠準備遠行，他還沒出發，五公主第一次上了吳家門。

五公主略過激動的吳太太，讓宮女把一個盒子遞給吳遠。「聽說你想去義診，這是我自己的私房錢，你拿去幫助百姓。路上走走歇歇，注意自己的身體，有困難了，給我寫信。」

吳遠有些感動。「多謝公主，臣定不負所望。」

五公主又拿出一個小匣子，親自遞給吳遠。「這是我向皇兄求來的令牌，你在外要是遇到困難，可以拿來救命。」

吳遠接過小匣子，再次躬身道謝。「多謝公主殿下。」

五公主微笑看著吳遠，眼神平和。「吳太醫，多謝你曾經對我的幫助，希望你往後順順利利，能夠成為我大魏朝真正的活菩薩。」

吳遠也回了一個微笑。「請殿下保重身體。」

等五公主走後，吳遠平靜地告訴了父母自己的想法。

吳大夫很是激動。「我兒，這才是我吳家男兒該做的！」

吳太太見五公主走了，兒子還要出遠門，她忍不住哭了起來。「你這是要我的命啊！」

吳遠只能給吳太太賠罪。「娘，兒子不孝，對不住您。」

雖然埋怨兒子，吳太太還是義無反顧地跟著兒子和丈夫一起離開了京城，開始了長達二十多年的流浪生涯。

離京的時候，衛景明帶著末郎來送行，還轉交了衛家籌來的義款。

衛景明對吳遠拱手。「此去山長水遠，賢弟保重！」

吳遠也拱手。「多謝衛兄，願衛兄前程似錦，平安喜樂。」

兩個人說了幾句話後，吳遠帶著父母和藥僮，乘著一輛騾車，堅定而去。

末郎看著吳家的小騾車，問衛景明。「爹，吳舅舅要去兼濟天下嗎？」

衛景明笑道：「你吳舅舅是個糊塗蟲，也是個好大夫，京城不適合他，百姓需要他。」

等回家後，顧綿綿笑著問道：「走了？」

衛景明打發末郎去書房，自己拉著顧綿綿的手往屋裡去。「娘子，什麼時候咱們兩個也一人一匹馬，去浪跡天涯呀？」

顧綿綿大笑。「衛大人不用馬，衛大人比馬跑得還快！」

衛景明也哈哈笑，摸摸顧綿綿的頭髮。「誰說的，抱著娘子一起跑，我只能比烏龜崽兒跑得快一點！」

夫妻倆鬥嘴來了興致，一人執鞭，一人袖針，在院子裡飛簷走壁起來。為公平起見，衛景明主動閉上眼睛，用鞭子去接顧綿綿射來的針。

兩口子你追我趕，一紅一青兩道影子在院子裡交融、分開，笑聲時而灑落，整個院子裡一派和諧。

追著追著，衛景明發力，收起所有武器，一把將顧綿綿摟進懷裡，在她臉上親一口。「娘子，我好快活呀！」

顧綿綿輕笑嗔罵。「二百五！」

顧綿綿明白，吳遠一直是衛景明的心頭刺。說搭理嘛，衛大人心裡又不是很痛快，而吳遠待她的情分，也多少讓她有些難為情。說不搭理嘛，他們夫妻又虧欠吳遠良多。若是讓旁人來解，怕是會笑他們傻，直接甩手不理便得了，可違背良心一事，並非他倆的行事風格。

雖然沒能跟五公主走到一處，但吳遠此番離京追求理想，算是讓他們鬆了口氣，甚至有些欣羨那般自在。雖說風波告歇，他們一家卻仍在天子腳下，爭權奪利的中心，總得提著一顆心，步步為營。

儘管如此，顧綿綿如今依偎在衛景明懷中，仍是感到安心。因為她明白，無論是當年在青城縣，或是前世在冷宮中，這個二百五總會一直賴她在身邊，永遠不會離去。

番外一

漆黑的夜晚，衛景明一個人走在青城山的小路上。他憑著記憶一點點往前摸，還不能發出太大動靜，不然會引來後面追蹤的人。

衛景明不明白，他一個小小的衙役，怎麼會有人來追殺自己？平白無故的，縣太爺忽然說他是山匪，不僅解除了他衙役的職務，還要把他法辦，若不是顧季昌在中間斡旋，他怕是早就沒命了。雖然留下一條命，縣太爺卻執意將他驅逐出青城縣。

衛景明剛剛訂親，他自然不能揹著黑鍋離開青城縣，他要洗刷自己的冤屈。他躲在青城山上，靠著帶出來的一點乾糧過了兩天，中途顧綿綿悄悄送了一點東西過來，他又撐了幾天。後面顧綿綿再也沒來過，衛景明正準備去山下尋找她，卻忽然碰到了追殺他的人。

衛景明天生機靈，他仗著熟地勢，和來人周旋了好幾天。他已經兩天沒吃，感覺有些頭昏腦脹，一個晚上的逃命，讓他有些力竭。

衛景明在山腳一塊石頭上坐了一會兒，擦了擦額頭上的汗。十六、七歲的少年，最是能吃的時候，他忍住肚子裡咕嚕咕嚕的叫聲，想到焦急的顧綿綿，在稍微恢復了一點力氣後，拔腿往顧家跑去。

天邊只略微有一丁點亮光，衛景明趁著街上沒人，一溜煙摸到了顧家門口。

衛景明把頭上的樹葉和草屑都撥掉，把衣裳整理了一下，摸到門環晃了幾下。很快，門吱呀開了，開門的是阮氏。

阮氏一看到衛景明，見門外無人，一把將他拉了進來。

衛景明給阮氏行禮。「岳母。」

阮氏見他一身狼狽，連聲問道：「你這幾日去哪裡了？」

衛景明不想讓阮氏擔心，撒謊道：「我一直在城外，昨晚才想辦法混進來的。」

話音剛落，衛景明的肚子又咕嚕響了起來。

阮氏頓時心軟問：「是不是沒吃飯？」

衛景明嘿嘿笑。

阮氏嘆了口氣。「你等一會兒，我去給你拿點吃的。」

阮氏去廚房先給他拿了一個熱窩窩頭，又端來一碗有些燙嘴的稀飯。「你先吃一點東西墊一墊。」

衛景明本來想說等岳父起來一起吃，但他一天沒吃東西，實在是餓狠了，謝過阮氏後，狼吞虎嚥吃了起來。往日青城縣最俊俏的小夥子，現在邋裡邋遢，頭髮亂糟糟的，身上還有點餿味，阮氏看得心酸不已。

衛景明吃過之後有些好奇，問阮氏。「岳母，怎麼岳父他們都還沒起來？」

阮氏的手頓一下。「你岳父說自己年紀大了，把差事給了華善，往後他就在家裡。昨兒晚上他喝多了酒，還沒起來呢。華善一大早就去了衙門，岩嶺貪睡，也沒起來。」

衛景明吃驚。「岳父不幹了？」

阮氏只嗯了一聲。

衛景明見阮氏要炒菜，連忙坐在灶下幫忙燒火。

等做好了飯，阮氏去叫顧季昌。「官人，起來吃飯吧。」

顧季昌翻個身，對著裡面。「妳吃吧，我不想吃。」

阮氏又道：「姑爺回來了。」

顧季昌一愣，很快掀開被子，隨意套上一件衣裳就到了廳堂裡，看到了落魄的女婿。

顧季昌喉頭有些哽咽，只輕聲說了一句。「你回來了。」

衛景明笑了笑。「岳父，您起來了。」

說完，他又悄悄看了看西廂房，一點動靜都沒有。

綿綿平日裡不貪睡的呀？難道生病了？

顧季昌見女婿渾身狼狽，對阮氏道：「先吃飯，吃了飯給他燒些熱水洗一洗。」

衛景明陪著岳父母又吃了一些，好多天了，他終於吃了一頓飽飯。

阮氏很快燒好了一鍋熱水，衛景明從頭到腳洗得乾乾淨淨。這個過程中，衛景明始終沒有看到自己心心念念的人。

阮氏拿出一套新衣裳遞給衛景明，剛遞過去，阮氏就忍不住掉眼淚。「這是綿綿給你做的衣裳，她說，讓你往後好好過日子，別惦記她了。」

衛景明雙手停在半空，他感覺有些惶恐，顫抖著聲音問道：「岳母，綿綿呢？早上怎麼沒出來吃飯？」

他這樣一問，阮氏哭得更厲害了。「姑爺，我們對不住你，綿綿、綿綿她走了，我們也不知道她去了哪裡。」

衛景明彷彿被定住了一般，他忽然道：「岳父，前幾日我躲在青城山上，有人追殺我，綿綿還給我送過吃的呢，怎麼說走就走了？到底是哪裡來的人要致我們於死地？」

顧季昌本來正在難過，聽見這話，表情變得非常嚴肅，身上的頹廢也瞬間消失。

顧季昌對阮氏道：「娘子，妳去把碗收拾收拾。」

等阮氏走了之後，顧季昌把衛景明拉進屋裡，從箱子裡扒出一包東西遞給衛景明。「姑爺，我對不住，你拿著這個快逃命吧！不管去哪裡，不要再回青城縣，改名換姓，忘掉這裡的一切。」

衛景明搖頭。「不！岳父，我不走，綿綿到底去了哪裡？我要去找她。」

顧季昌大聲吼道：「你鬥不過他們的，她被她親舅舅捉走了，她舅舅是個六親不認的混帳，那些殺你的人，肯定也是他派來的。你快走，再不走被人捉住，綿綿就要更被動了。」

衛景明接過包袱，緊緊摟在懷裡。「岳父，拜託您告訴我，綿綿到底去了哪裡。」

顧季昌知道他是頭倔驢，無奈下只得實話告訴他。「綿綿去了京城。」

京城山高水遠，顧季昌不怕他知道，反正他也去不了。

衛景明聽到答案，快速把那身衣裳穿在身上，然後跪在地上給顧季昌磕了三個頭。「岳父，您放心，我一定會找到綿綿的！」

磕完頭，衛景明抱著那個小包袱，在顧家夫婦的喊聲中，頭也不回地離開了青城縣。

阮氏有些著急。「官人，這孩子要是去了，那是死路一條啊！」

顧季昌沈默片刻，嘆道：「綿綿是個烈性子，去了京城也不一定能活，既然他想去，他們就死在一起吧。希望他能到得了，屆時生不能同寢，死能同穴，也算是正經夫妻。」

聽見他說這樣絕望的話，阮氏頓時放聲大哭起來。

衛景明出城的路上遇到原來的同僚，大家都有些尷尬，平日大家關係好，想抓他又拉不下臉，聽說他要出城，趕緊帶他走了最近的路，讓他莫要再回來，免得被縣太爺看見。

出縣城後，趕了一陣子路，衛景明腦子漸漸清醒過來。京城有多遠，他一點概念都沒有。他檢查了自己全身，只有二十幾兩銀子，買車肯定不夠，雇車的話，怕是還沒到京城，他就分文無有了。衛景明不怕，他覺得自己就算憑著兩條腿，早晚也能走到京城去。

走了半天後，衛景明覺得自己這一身太招人注意，把顧綿綿給的衣裳脫下來放進包袱裡，把自己之前那身破衣裳穿上，假裝成乞丐繼續北上。

衛景明這才知道，原來京城這麼遠啊！他走啊走，腿走腫了，腳也磨破了皮，鞋子破了，腳趾頭都露了出來，還沒走出府城。

衛景明咬著牙，繼續憑著兩條腿往北走。一路上，他遇到過山匪，遇到過流氓，被狗咬過，被人攆過。到了鄉下，他就拿著破碗去討飯，入了城人家不讓他進，他就找點水把自己洗乾淨些，換上乾淨衣裳，拿出自己以前當衙役時藏的一張路引進去。有時候遇到人家哭喪的隊伍，他混進去一起哭，還能吃兩頓飽飯。

就這樣，衛景明憑著一雙腿，走過盛夏、走過深秋、又走過隆冬，待到來年春暖花開之時，衛景明終於走到了京城大門口。

他看著巍峨的京城，眼裡閃爍的全是欣喜，可他人生地不熟，連京城話都聽不懂。他靠著那張路引進了城，進城之後，他不知所措。想到那些可能潛在的敵人，沒辦法，衛景明乾脆混進了乞丐窩。

憑著自己嘴甜機靈，衛景明打聽到了許多消息，等知道顧綿綿入了皇城，衛景明覺得天塌了下來。

他圍著皇城轉了許多圈，那裡全是手持大刀的侍衛，看得人膽寒。

衛景明第一次感覺到了害怕，他覺得自己彷彿是地上的一隻螞蟻，有人要從他身上踏過去，他一點辦法都沒有。

衛景明在皇城牆根狠狠痛哭了一場，然後繼續回去當乞丐。他從來不是個肯輕易放棄的人，有空就在皇城外瞎晃蕩。

乞丐窩裡有人覺得他失心瘋了。「難不成你還想進去享福？快別作夢啦！」

衛景明從來不和人講自己的過去，他臉上髒兮兮的，大略能看出幾分俊俏的影子，原來有老乞丐想欺負他，被他直接拿棍子從屁眼捅到腸子裡，眾乞丐嚇傻了，又聽說他原來是衙門裡的人，再也不敢小瞧他。

衛景明在乞丐窩裡的地位越來越高，得到的消息也就越來越多。

等了大半年，終於讓他等到了機會，皇宮裡要招一批小太監。

眾乞丐聽說他要去做太監，都拚命攔著他。「老大，可不能去。咱這一輩子沒本事娶妻，但好歹將來還能有個全屍，要是去做太監，不說能不能熬得過去勢那一關，就算以後成了人上人，又有什麼意思？」

衛景明想到被人搶走的顧綿綿，一意孤行要去。他找來水把自己洗得乾乾淨淨，頭髮用簪子別在頭頂，換上顧綿綿給他做的那身衣裳，頓時又變成那個俊俏非凡的少年郎，看得眾乞丐都驚呆了。

衛景明與眾乞丐拱手。「我來京城這幾個月，承蒙諸位照顧，若是我能得選，希望諸位往後能多保重。」

眾乞丐十分不捨。這個新頭兒多好啊！有好吃的從來不吃獨食，也不會拋棄老人，帶著大家乞討時非常有方法，每天都能讓大家吃到東西。

不管有多不捨，衛景明還是義無反顧地去報名。

管事的一看到衛景明，立刻雙眼發亮。年少、俊俏，認識幾個字，原來在衙門裡待過，會看眼色回事，多好的人選啊！

管事的立刻錄用了衛景明，讓人送他去淨身，並交代底下人好生照看，莫要讓他死了。

衛景明被人帶到一間屋子裡，裡面有十幾個人正在哀號。他們一個個捂住那裡，滿臉蒼白，哭得又傷心、又絕望。

衛景明嚇得想拔腿就跑，可他想到那巍峨的城牆和他在城牆下的渺小，他忍住了衝動。他知道，除了這個法子，他這輩子都別想進去。

他就是想進去看看，綿綿到底怎麼樣了。

那些去勢的人都是半瓢水，別說做大夫了，可能連基本的醫理懂得都不多，全靠經驗幹活。為了保命，衛景明拿出一兩銀子塞給那人。「求大哥下手快一些！」

好在那人不是個忘恩負義的，手起刀落割掉了衛景明的東西，迅速用東西給他糊住。

衛景明疼得額頭冒汗，他死死咬著牙關沒有像那些人一樣哀號。

去勢的人提醒他。「找個東西放嘴裡，別把牙咬碎了。」

衛景明覺得自己快要不行了，他找了一件舊衣服塞進嘴裡，在昏厥之前，把自己的包袱緊緊摟在懷裡，用趴著的姿勢昏倒，這樣別人來搶他的包袱時他也能醒過來，包袱裡有他唯一的家當，他還要靠著這些家當打通去宮裡的路。

做好這一切，衛景明才敢昏厥過去。等他再次醒來，已經過去了四、五個時辰。疼痛一刻都沒少過，他的那件衣服被他咬得千瘡百孔。同屋裡有人熬不過死了，有人疼得太厲害忍不住，直接撞牆而死。

衛景明從頭到尾沒有號過一聲。

將近三天，衛景明不吃不喝。等熬過第一步，他身下的東西被扒掉，扒的時候扯到傷口，又是一陣劇痛。

後面幾天，衛景明每天只能喝到幾口稀粥，防止尿多，漬壞了傷口。

衛景明熬了將近一個月，他的傷口終於徹底好了。十分幸運，他雖然不能站著尿尿了，但他不漏尿，可以自由控制，去勢去得很成功。

就這樣，衛景明終於踏進了自己心心念念的皇宮。

進去之後，他只能幹雜役小太監。雜役小太監不能亂跑，只能待在自己的地方，一旦發現串門子，立刻打死。衛景明憑著嘴甜會做事，總算打聽到顧嬪從進宮就失寵，雖然沒有被打入冷宮，但顧嬪那裡跟冷宮也沒什麼區別。

衛景明幹了一陣子雜役後，宮裡要將他們分到各個宮裡去，他主動要求去顧嬪那裡侍候。

管事的覺得他有些可惜了，以他的相貌和辦事能力，去哪個宮裡都能出頭。但衛景明非說自己就是來混口飯吃的，先磨一磨性子也好。

過了幾天，衛景明終於如願以償，去了顧嬪那裡。聽說顧嬪性子古怪，動不動大哭大鬧還會罵人。聽說顧嬪跟前只有一個宮女服侍，顧嬪不肯讓人服侍，連這個宮女都被她攆跑了。

奇怪的是，顧嬪這般不聽話，皇帝居然沒有直接把她打入冷宮，只是冷待她。

隆冬的一個早上，衛景明得到允許，拎著一個小包袱去顧嬪那裡報到。管事的把他送到門口就自己走了，讓衛景明自己進去。

顧綿綿住的院子非常小，衛景明推門而進，見到了正在廊下曬太陽的顧綿綿。

顧綿綿頭髮沒梳，衣服也好多天沒換了。那個宮女被她攆跑了之後，她這邊連送飯的人都沒有。好在宮裡的方太妃肯照看她，每日都讓人取了飯食過來給她吃。

衛景明快兩年沒見到顧綿綿，他定定地站在大門那裡。反手關上門之後，他終於忍不住眼眶發紅。

顧綿綿不耐煩地擺擺手。「快出去！本宮這裡什麼都不缺。」

衛景明緩慢走上前，輕輕喊了一聲。「綿綿。」

顧綿綿覺得這聲音好熟悉，她抬頭一看，頓時呆住了，她有些不敢相信，揉了揉眼睛後，她還是不肯相信。「本宮定是又作夢了，狗皇帝！」

衛景明伸手把顧綿綿抱進懷裡，一遍遍喊道：「綿綿，綿綿，我來了。」

顧綿綿這才確定眼前之人就是自己的未婚夫，她抱著衛景明嚎啕大哭了一場，一邊哭、一邊問：「你去哪裡了？你怎麼也來了？」

哭著哭著，顧綿綿覺得不對勁，衛景明身上穿著太監的衣服呢。

顧綿綿瞪圓了眼珠子，她顧不得害羞，把衛景明拉進屋裡，三下五除二脫掉了他的褲子，看到了他醜陋不堪的傷口。

顧綿綿這回哭得十分壓抑，她捂住嘴巴悶聲哭著，哭得直打嗝，怎麼都停不下來。

衛景明低聲道：「綿綿，我冷，讓我把褲子穿上吧。」

顧綿綿親自幫他把褲子穿好，又問他。「你還疼不疼？你進來做什麼，這裡是個吃人的地方。」

衛景明笑道：「還好，我聽說妳被人捉走了，就趕了過來。正好碰到宮裡招人，我就進來了。一點都不疼了，妳放心吧。」

顧綿綿又痛哭了一場，從此，兩個人在宮裡相依為命艱苦度日。

衛景明來了之後，顧綿綿每天開朗多了，反正她這裡從來沒有人來，她想怎麼樣就怎麼樣。她讓衛景明睡在廂房裡，把自己的飯菜分給他吃。

衛景明每天把院子裡掃得乾乾淨淨，到點去取飯。因著顧嬪失寵，她的分例總是不夠，一頓能有兩個菜就很不錯了。不過衛景明經常和御膳房的人吵架，總能多吵來一些好吃的。

冬天太冷，顧嬪得到的炭差，連分量都少得可憐。大小是個嬪，卻比在青城縣過得要苦。

日子雖然苦，兩個人卻覺得有滋有味，兩顆心的距離也越來越近，從原來單純的喜歡到相濡以沫。

顧綿綿每天讓衛景明給她梳頭、換衣裳，衛景明雖然去了勢，但這是自己喜歡的姑娘，他並不因為自己殘疾了就遠離她。顧綿綿雖然沒侍過寢，但嬤嬤們教過她許多東西，她懂得也多，知道怎麼讓一個去了勢的人得到一些快樂。衛景明自然投桃報李，兩個人在這小院子裡居然過得像夫妻一樣恩愛甜蜜。

這樣過了幾年，衛景明忽然被推舉到御前服侍。

顧綿綿有些不想讓他去。「伴君如伴虎，我擔心你。」

衛景明把顧綿綿摟在懷裡輕聲道：「太妃娘娘能照看我們到幾時呢？妳放心，我去了御前會好生當差，爭取早日出頭。等我出頭了，妳也能過上好日子。」

顧綿綿噘起小嘴。「我覺得現在日子就很好。」

衛景明摸了摸她的頭髮。「一旦太妃娘娘沒了，咱們無權無勢，到時候死路一條。我出去闖一闖，說不定能出頭呢？」

顧綿綿十分不捨。「你走了，往後就不能回來看我了。」

當天晚上，小夫妻倆溫存到半夜才歇下。從那以後，衛景明好多年都沒踏進過這個小院一步。

衛景明去了御前，沒過幾年就接替了王總管成為御前總管。

做了總管之後，衛景明悄悄照看顧綿綿那裡的生活，且意外拜師玄清門，學得一身好武藝。除了習武，他還學文，幾年的工夫就能出口成章。連皇帝都時常感嘆，這要不是個太監，做個探花郎都綽綽有餘。

又過了幾年，衛景明做了北鎮撫司指揮使。他幫著皇帝抄家滅族殺了不少人，是皇帝手裡的一把好刀。但衛景明知道，自己得尋找下一個靠山，不然將來肯定沒個好下場。

於是衛景明挑中了最不起眼的梁王，最後成功幫助梁王奪得皇位，繼續任北鎮撫司首領。作為交易，衛景明要求接顧綿綿出宮。

新帝自然不在意一個從進宮就失寵的太妃，睜隻眼、閉隻眼答應了此事。

又是一個隆冬的早晨，衛景明穿著指揮使的官服回到了那個小院。自從他做了御前總管後，顧嬪這裡的分例就再也沒少過，她總算能夠吃飽穿暖。等衛景明做了指揮使，顧綿綿這裡服侍的宮人一個不少地都送了過來。但顧嬪仍舊不喜歡別人服侍，那些宮人們只能幹完活就走。

衛景明來的時候，宮人們剛剛把院子裡的活幹完，顧太嬪直接讓人趕緊走，別吵著她。

眾人路過衛景明身邊，戰戰兢兢地行個禮，飛快地逃走。

顧綿綿抬頭看見衛景明，她似乎一點不驚詫，十分平靜地笑看他。「衛大人來了，進屋坐坐。」

衛景明反手輕輕一晃，靠著內力關上了大門，然後張開了雙臂。

顧綿綿毫不猶豫飛奔過來，一頭扎進他懷裡，又是一場痛哭。

衛景明在她臉上親一口。「綿綿，我來接妳回家了。」

番外二

顧季昌後半生一直長居京城，他的腿沒全廢，就是瘸了，走路的時候總是有些跛。剛開始，顧季昌住在女兒家裡，雖然他不怎麼出門，外頭人也漸漸知道了他的來歷，不免有好事者想來打聽打聽，或者見見面，出去了也有談資。

顧季昌知道這些人都不懷好意，於是他更加不肯出門，整日窩在家裡，有時候去找郭鬼影和鬼手李說說話，或者帶帶孫子、孫女們。

顧綿綿知道，她爹雖然是個顧家的人，但總是這樣關在家裡不是一回事，人會悶壞的。顧綿綿覺得，她要幫她爹走出去。

後來家裡再有什麼宴席，顧綿綿就把顧季昌拉到人前，大大方方告訴大家。「這是我爹！」

嘉和郡主是太皇太后親生女的事，滿京城豪門貴族沒幾個人不知道，但都諱莫如深。眾人見到顧季昌瘸著腿，雖然臉上帶著笑，心裡還是會有一些探究。就算顧季昌旁邊站著阮氏，人家還是更喜歡聽太皇太后和顧季昌的故事。

顧季昌知道，女兒是為了自己好，但他不能拖累女兒，更不能讓太皇太后清譽有損。

邱氏生下薛大郎後不到三個月，顧季昌忽然把女兒、女婿以及薛華善夫妻倆都叫到自己屋裡，告訴大家他要搬家。

顧綿綿大驚。「爹，您為何要搬家？可是家裡住得不習慣？」

顧季昌搖頭。「家裡很好，滿天下也沒幾個女兒、女婿能像你們這麼孝順，幾個孩子也這麼好，兩位大師還時常教我一些東西，妳二娘賢慧，岩嶺讀書不用我操心，我現在的日子，真是給個神仙都不換。」

顧綿綿蹙眉不滿。「既然這樣，爹您為何要搬家？」

顧季昌笑道：「家裡人越來越多，雖然熱鬧，不免有些擁擠。再者，妳大哥已經做了六品，不能總是住在妳家裡。一個堂堂的六品官，連個自己的宅子都沒有，說出去不免讓人笑話。」

薛華善會意，抬頭看著顧季昌。「義父，往後您跟著我好不好？」

顧季昌點頭。「好，我和你義母，還有岩嶺，都跟著你過日子。不過我如今沒有俸祿，你能養得起嗎？」

薛華善拱手。「義父放心，有兒子一口吃的，就餓不著您。」

顧季昌笑了。「那就好，買宅子的事交給你妹妹，我這裡有一些積蓄，你也拿一些出來，咱們買一套大一些的，等往後岩嶺成親後生了幾個孩子，你們再分家。」

薛華善點頭。「都聽義父的。」

顧綿綿見他們父子兩個就這樣商議定了搬家的事情，心情有些低落。

衛景明很快發現，給了她一個安撫的眼神。

說定了搬家的事情，顧季昌就把兒女們都打發走了。

回到正院，衛景明摟著顧綿綿安慰。「娘子，就算爹和二娘搬走，肯定離得也不遠，來往也方便。」

顧綿綿勉強笑了笑。「官人，是我太貪心了，爹住在咱們家肯定不習慣，他想搬就搬吧。」

衛景明拉著她的手輕聲道：「娘子，爹住在咱們家，大家對他的稱呼都是嘉和郡主的爹，衛大人的岳父，然後不免扯出清暉園裡的太皇太后。爹可能是看明白這點，才要帶著華善一起搬出去。等他們搬出去後，人家可能會奇怪，爹姓顧，華善姓薛，如何是父子？這樣一來就能把薛伯父和爹的事情傳出去，時間一久，大家漸漸也就忘了太皇太后和顧老爺的事。」

顧綿綿嘆了口氣。「官人，你的話我都明白，大哥肯定也懂，這才毫不猶豫地要跟著爹出去。我就是有些傷感。」

衛景明寬慰。「華善跟著咱們，人家找薛家總是找不到，他也是個六品官，不能再住在咱們家了。娘子與其傷感，不如趕緊帶著大嫂一起看宅子，就在離咱們家不遠的地方買，往後來往也方便。」

顧綿綿聽見這話立刻來了精神。「你說得對，這附近的宅子貴，我爹和大哥沒多少錢，他們買宅子，我可得幫襯一些。」

衛景明看自家娘子又興致勃勃地開始想附近哪裡有要出手的宅子，不禁笑了。

不到一個月的工夫，顧綿綿就幫薛華善看了一套單路的四進宅子，一個六品官居住足夠了。看好了宅子之後，顧季昌和薛華善又發生了分歧。

薛華善要求寫顧季昌的名字，顧季昌說薛華善是家主，自然要寫薛華善的名字。薛華善死活不肯，說自己不能做不孝之人，父子倆居然吵了起來。

最後還是衛景明在中間勸解，房契的名字寫顧季昌，但大門口掛薛府二字，等顧岩嶺成家立業後，兩家再一起出錢，另外買一棟宅子，到時候再分家。

衛景明提的這辦法得到顧季昌和薛華善的一致同意，宅子買好了之後，顧綿綿帶著邱氏去收拾，等一切收拾索利，顧季昌立刻帶著阮氏和兒孫們一起搬了過去。

顧綿綿把家裡僕人分了十個給薛府，薛府的日子算是熱熱鬧鬧地過了起來。薛華善辦了一個喬遷宴，顧綿綿也送上厚禮。

薛家人搬走之後，顧綿綿總覺得家裡有些空盪盪的，女兒讀書去了，家務事變少許多，於是白天無事時，她便喜歡往清暉園跑。

有時候她早上吃了早飯走，直等到夜裡太陽快下山才回來。在清暉園，她可以和方太皇太后一起在院子裡飛來飛去，或是跟安寧長公主一起研究刺繡花樣，有時候碰到天氣極好，三個女人一起在亭子裡吃酒玩樂，或是舞劍、或是彈奏，好不快活。

顧綿綿和父親分開的煩惱被母親消除，方太皇太后帶著女兒玩了一陣子後，忽然向皇帝提起，說要去皇陵祭拜先夫。

皇帝自然立刻允許，還派了禮部官員陪同。太上皇聽說方太皇太后去祭拜老父親，也跟著一起去。

母子倆計劃在皇陵裡做一場規模宏大的法事，皇帝聽說後，帶著文武百官和皇家子弟一起來祭拜。祭拜場面非常大，整個京城百姓都側目。

到這個時候，那些好事者忽然意識到，方氏已經是皇家鐵板釘釘的太皇太后，不管她曾經流落何方，和誰生過孩子，現在她都是皇家人，太上皇的母后，皇帝的祖母，不是一般人能議論的。

祭奠儀式過後，方太皇太后還在皇陵歇了一夜，然後返回清暉園。自此，京城裡關於方太皇太后和顧季昌的小道流言瞬間銷聲匿跡。

顧季昌跟著兒子們住，感覺自己壓力小了許多。往常他在衛家，女兒是郡主，女婿是御林軍統帥，家裡一舉一動都容易引人關注。特別是自己身分敏感，更要小心翼翼。

自從跟了薛華善，顧季昌就把自己當作一個普通老頭子。平日裡無事時，他會帶著阮氏出門逛逛，人家見他一個瘸老頭子，又是外地口音，也不大當回事。雖然薛華善是六品官，但在京城裡，六品官多如狗，根本不稀奇，並沒有太多人關注薛家的事情。

而方太皇太后大張旗鼓祭拜皇陵後，顧季昌的存在感就更低了。

沒有人關注自己，顧季昌這才真正開始了自己晚年的養老生活。人家見他和異姓子生活在一起，還以為顧季昌是上門女婿，等聽說了顧季昌和薛班頭之間的故事，無不豎起大拇指誇讚：這才叫兄弟！

顧季昌漸漸喜歡上京城這個地方，街頭巷子裡的小商販讓他覺得日子十分有溫度，街坊鄰居們的熱情也讓他覺得普天之下百姓都是一樣的好客。和大家混熟了之後，顧季昌開始發揮自己的老本領，他畢竟做了十幾年的捕頭，誰家丟了個鍋碗瓢盆，不用去衙門，找顧季昌都能解決。

顧季昌就這樣，經常牽著老邁的小烏龜，在各家各戶中穿梭，幫人家找丟失的東西，或是去各家串串門子，找京城裡的老頭子們說說閒話。來京城久了，顧季昌的口音雖然沒完全變過來，但京城話他都能聽得懂了。

他經常在外頭一晃就是大半天，彷彿跟以前當差一樣。等回去的時候，路過街頭巷尾，他會掏出幾個銅板，買一些孩子們喜歡吃的小零嘴，薛家留一部分，往衛家送去一部分。

顧季昌和阮氏的日子十分愜意，除了那個史姑娘偶爾來煩人之外。

要說薛華善從衛家搬出來誰最高興，莫屬史姑娘了。史姑娘一直拖著不成親，史太太剛開始還催一催，後來也懶得再說她，這個女兒心比天高，非得多碰碰壁才行。

薛華善搬出衛家第一天，史太太帶著女兒來看望，送了一些簡單的禮物，又給孫子、孫女各留下一套衣裳，連飯都沒吃，就要帶著史姑娘離開。

誰知道史姑娘不肯走，說要在大哥這裡住幾天。

邱氏當場就變了臉色，她從衛家搬出來，是要自己當家做主的。她現在是六品誥命，也有自己的圈子，若是讓別人知道薛華善的生母居然曾丟下那麼小的兒子不管，自己去改嫁，雖說世俗允許，也不大好聽啊。

但史姑娘要住在這裡，邱氏居然還沒有什麼理由拒絕。這姑娘不是個好惹的，要是出去說了什麼不好聽的話，於薛家的名聲也不好。邱氏有一雙兒女，她要為孩子們著想。

除此之外，邱氏也不大喜歡史姑娘，這姑娘一雙眼睛整天滴溜溜地轉，一個不防她就能提出讓人心裡厭惡又無法拒絕的要求。

史姑娘的話說出去之後，眾人都沈默以對。

史太太覺得有些羞臊，她好不容易鼓起勇氣過來，與顧季昌夫婦也和睦地打過招呼，沒想到女兒居然給她出這個難題。

往常細聲細氣的史太太立刻對著史姑娘嚴肅道：「妳跟我回去！」

史姑娘的眼眶立刻紅了起來。「娘，我就是想住在自己大哥家裡，這有什麼不對嗎？我可以幫大哥、大嫂帶孩子。」

邱氏在一邊接話道：「史姑娘，我們才搬過來，家裡還亂糟糟的，史姑娘先回去，等往後收拾好了之後，我再請姑娘來坐坐。」

邱氏拒絕喊史姑娘妹妹。

史姑娘立刻甜甜地笑道：「大嫂，我可以給妳幫忙啊！妳放心吧，我很勤快的。」

所有人都看得出來，這史姑娘如同一塊牛皮糖一樣，不要臉，腦子又動得快。

顧季昌見邱氏不是史姑娘的對手，緩緩端起旁邊的茶盞，然後問史太太。「史太太，令嬡說了人家嗎？」

史太太尷尬地笑了笑。「還沒呢，多謝顧兄弟關心。」

顧季昌不想去追究史太太當年拋棄幼子改嫁的事情，他辛辛苦苦把薛華善帶大，堅決不允許史家的女兒來給薛華善夫妻倆添堵。

顧季昌慢慢吃了一口茶。「史太太，史老爺臨終前沒給女兒訂親嗎？薛大哥當年就給華善訂親了，不過那家女兒嫌貧愛富，我最討厭這種女子，婚事已經退了。幸虧退了，不然怎麼能碰到華善媳婦這樣的好媳婦。」

史太太臉色十分難看，看著女兒道：「妳若不走，往後就別回去了。」

史姑娘笑咪咪的。「娘，哪裡有您說的那麼嚴重？都是自家血親，原該多走動才對。」

這話讓顧季昌更不高興了，他知道女兒很討厭這母女倆，往常都不允許這丫頭上門。顧季昌毫不客氣。「史姑娘的意思是往常有人攔著你們血親之間走動了嗎？」

史姑娘的臉白了一下，很快又調整好。「顧叔，沒有的事，我就是想和大哥、大嫂親近親近。」

顧季昌放下茶盞。「史太太，既然史姑娘不願意回家，讓她在這裡住一陣子也好，不知史太太意下如何？」

史姑娘頓時一臉喜色，史太太雖然心裡也樂意女兒和兒子能夠多走動，但她知道，顧季昌平日裡十分大方，一旦觸及到原則問題，他是毫不退讓。

看到女兒欣喜的表情，史太太無奈，只能囑咐她。「那妳好生聽妳大嫂的話，萬事聽妳大嫂的，莫要自作主張。」

顧季昌要留下史姑娘，邱氏也不好說什麼。

等史太太走後，史姑娘立刻變得十分殷勤，一會兒要幫邱氏看帳本，一會兒要幫邱氏帶孩子，還沒到飯點，她就跑去廚房督促下人做飯。邱氏煩不勝煩，又不好趕她走。

顧季昌觀察了幾天，發現這姑娘確實是沒安好心。比如她總是會打聽來薛家的那些青年才俊家裡是否有妻妾，或者有意無意地擠兌阮氏，最過分的是，她還會私底下對外面的街坊鄰居們說，她娘才是薛華善的親娘，是薛家正經的老太太，卻被趕出去一個人獨居。她這樣造謠，讓阮氏的日子難過起來。

顧季昌明面上懶得去和史姑娘計較，私下卻讓衛景明幫忙往史家老家遞了信，以流亡人口為由，讓史家來把史姑娘接走。

衛景明出手，史家不敢不聽，三兄弟一下來了兩個。

史家兄弟來的那一天，史姑娘驚呆了，等聽見兩位哥哥說要帶她回老家，她立刻在地上滾了起來。「我不回去，回去就被你們賣了，我不回去！」

史家兄弟看向顧季昌。「顧老爺。」

顧季昌擺擺手，對史姑娘道：「史姑娘，妳爹原來給妳說過親事，妳不同意，妳娘就帶著妳到京城找妳薛大哥。這幾年，妳娘讓妳自己挑人家，說媒的也踏破了門檻，妳這個不同意、那個不答應，妳還想如何呢？總不能一輩子不嫁人吧？妳不嫁人也就罷了，妳還不願意幹活，難道要讓妳娘養妳一輩子？妳娘老了，哪裡有力氣養妳，最後不還是華善養著妳們母女倆。華善養妳娘是應該的，那是他生母，也疼了他七年，但妳姓史，沒道理讓從小沒娘的薛家孩子去養從小錦衣玉食的史家孩子，說破天去也沒這個道理。」

史姑娘滾到薛華善身邊，抱著薛華善的大腿道：「大哥，求你別趕我走，我知道大哥是個好人，我以後肯定勤快些，求大哥別趕我走！」

薛華善默不作聲，顧季昌又道：「史姑娘，妳不用去看華善，這事是我做的主，是我把妳兩位兄長找來的。妳爹不在了，妳去投奔妳親哥哥理所當然。在薛家，妳終究是個外人。」

史姑娘知道自己回去了之後必定會跌入塵埃，這輩子再也沒有機會嫁入豪門貴族，一狠心、一咬牙，一頭往門口的柱子上撞去，但顧季昌早防著她呢，別看他腿瘸，他的身手卻沒落下，一把拉住了史姑娘。

顧季昌把她摔在地上，生氣地對史家兄弟道：「這是你們的妹妹，趕緊帶走，若是繼續在我家裡撒潑，別怪我無情了！」

史家兄弟一個拉起史姑娘，一個捂住她的嘴，連拖帶拽地把她弄去了史太太那裡。兄弟倆知道史太太現在有親兒子撐腰，對史太太很恭敬。「二娘，若是您願意跟我們回去，我們兄弟三個會好生孝敬您的。」

史太太拚命搖頭。「你們走，把妹妹留下陪我。」

史家兄弟看傻子一樣看史太太。「二娘，您還作夢呢，妹妹不會看眼色，得罪了人家一大家子，還想繼續留在京城？」

不論史家母女倆如何不願意，史家兄弟堅決要帶走史姑娘，史太太無奈，只能讓史家兄弟給妹妹說個好人家，不求大富大貴，只求踏實上進。

史姑娘走了之後，薛家的日子終於安定下來，阮氏也鬆了口氣。

顧季昌繼續每日牽著小烏龜和烏龜崽兒走街穿巷，每逢年節之日，他會帶著薛華善到京郊找一個路口，用薛班頭留下的那把破刀在地上畫個大圓圈，圈子留一個小口對著南方。

父子倆一起在大圈子裡燒紙，對著南方磕頭，祭拜英年早逝的薛班頭。

番外三

吳遠離開京城後，就再也沒回去過。

剛離開京城時，他沒有什麼目標，隨意找了個比較繁華的城鎮落腳。一家子租了三間屋子，父子倆開起了義診。

剛開始大家有些不相信，覺得父子倆是騙子，好好的哪個大夫會免費給人家看病啊？家裡有多少錢也不夠這樣賠的。吳遠也不在意，反正有人來就看，沒人來就自己研究醫術。總有窮人沒錢看病、走投無路之時，抱著有棗沒棗打一桿子的想法，拖著重病的身軀來求吳遠。

吳家父子倆治好了幾個重病患者之後，立刻在當地打響了名氣，越來越多的窮人蜂擁而至來吳家看病。聽說他是太醫，一些富戶人家也開始登門看病。對待窮人，吳遠看診和開藥方都是免費，對待富人，吳遠每看一次病，便讓對方救助當地一個窮人。剛開始，吳遠只負責給病人寫方子，抓藥的事讓病人自己解決。然而對那些窮人來說，空有一個方子沒有任何作用，還是要繼續等死。

吳遠不想眼睜睜看著那些百姓因為缺藥而病死，那些壯年漢子是家裡的依靠、年輕的母親是家裡的定海神針、孩子們更是家裡的希望。

見他們一遍遍跪在地上懇求，吳遠沒有辦法，他掏錢從當地藥鋪買了許多藥，免費給窮人吃。但吳遠在經歷過京城裡的波折後，並不是一心只曉得看病的傻子。吃他的藥可以，要給他幹活抵債。吳遠自己沒有田地，只能讓這些人去修路鋪橋，按照藥材的價錢來定任務。這樣一來，省得那些明明能吃得起藥的人也來占便宜。

在當地待了一陣子後，吳遠覺得這裡能看的疑難雜症都看得差不多了，他便把免費的藥堂轉給官府，他又輾轉去下一個地方幹同樣的事情。久而久之，百姓們漸漸都知道了一個姓吳的太醫在到處義診，不管他去了哪裡，只要一亮明身分，立刻招來一大批人。

走的路越多，吳遠越想繼續走下去。見到的病人越多，吳遠越想繼續幫更多的人消除病痛。在幫助別人的時候，吳遠感覺自己渾身充滿了力量。這樣幹了幾年之後，吳遠開始有計劃地安排自己的出行。他拿出大魏朝的地圖，按照地圖往周邊走，每三個月換一個地方。

然而，冒充者很快如雨後春筍一般冒了出來。那些冒充者醫術不好，買的藥也是次等的藥，甚至是壞掉的藥，卻經常以銀錢不夠為由，讓百姓們出一部分藥錢。因著藥材進價便宜，大家就算出一部分錢，這些人也有得賺。

藥不好也就罷了，吃死人後這些騙子一溜煙就跑，罪名全部扣在吳遠頭上。為此，吳遠吃過好幾次官司，還下過大牢。

吳遠沒辦法，最後把衛景明的名帖和五公主當年給的令牌拿出來，官老爺們見到皇帝的令牌，立刻恭恭敬敬把他放出來。之後，吳遠每到一個地方都會先去官府報備，他身上本來就有太醫的名頭，再拿出這兩樣東西，當地官府就會幫他作證，此處的吳太醫是真的，別處都是假的。

有官府作證，吳遠的行醫之路多了幾分方便。

時光易逝，一眨眼，吳遠在外走了近十年，也得了個活菩薩的美名，最重要的是，他還是個老光棍。

剛開始，吳太太以為兒子離開京城就好了，到外面後說不定就會喜歡上別的姑娘。為此，不管到哪裡，吳太太都不遺餘力地向外推薦自己的兒子，活菩薩的美名也給吳遠帶來了許多桃花運。

可吳遠彷彿還是沒開竅似的，他對姑娘絲毫不感興趣，只想治病救人。有姑娘家來看病，他每次都讓姑娘的家裡人一起來，當著吳太太的面治病，公事公辦，一丁點不給姑娘們留下遐想的餘地，久而久之，再也沒有姑娘給他獻殷勤。

吳太太漸漸也死了心，可兒子不成親，等他老了怎麼辦啊？太醫院又不管養老，且自己兒子當年中過毒，身體又不是特別好。吳太太知道，想讓兒子成親太難了，也沒有幾個姑娘能承受這種漂泊不定的日子。

吳太太想了又想，想到一個好法子。

吳太太拿出年輕時的獨斷專行，不管吳家父子同意不同意，私自收養了三個孩子，兩男一女，都是無父無母、無人撫養的孤兒，最大的七歲，最小的只有三歲。

吳太太是從街上把這幾個孩子撿回來的。

她撿回來第一個孩子時，吳家父子也很贊同，做好事積德，這是吳家的家風。誰知吳太太居然讓這三個孩子管自己叫祖母，且十分疼愛他們，衣食住行樣樣都照顧得很妥帖，真是當成親孫子一樣對待。

吳遠有心反對，吳太太把眼睛一瞪，直說有本事你給我生兩個，吳遠立刻偃旗息鼓。吳大夫根本不打算抗拒，只在一邊看笑話，聽見三個孩子喊祖父，吳大夫激動得差點掉眼淚，他原以為這輩子都不會有人叫自己祖父，沒想到老了，老婆子一下子給他撿回來三個孫子、孫女。

這些孩子們原本在街上流浪，每天和野狗搶食，忽然得到吳太太這般疼愛，立刻就把吳家當作自己的家。雖然這個家漂泊不定，但孩子們還是很喜歡這裡。說話風趣不擺架子的祖父，真心疼愛他們的祖母，還有溫和的父親。

是的，吳太太每天都要對孩子們說，那個外人稱作活菩薩的吳太醫是你們的養父，他為了救治天下百姓，沒有姑娘肯嫁給他，他沒有自己的孩子、身體不好，你們長大後要好生孝順養父。

吳太太並不避諱孫子、孫女不是親生的事實，但小孩們都崇拜英雄，在老百姓心裡，那個免費看病、免費給藥吃的吳太醫就是個大英雄。孩子們提起自己的養父，都是一臉驕傲。

吳大夫和吳太太剛開始是吳遠的得力助手，隨著年齡的增長，夫妻倆漸漸有些幹不動了。三個孩子稍微大一點，除了每日跟著吳大夫學讀書認字，其餘時間都會幫吳遠打下手，分揀藥材、招呼來看病的百姓、煎藥，整日忙得不亦樂乎。

吳遠從內心裡也漸漸接受了這三個孩子，每日除了義診，還會抽出一些時間陪孩子們讀書寫字、認識藥材，還挑出其中一個有天分的繼承了自己的衣缽。

有了三個孩子，吳遠更是斷了成親的念頭。他一邊看病，一邊仔細保養自己的身體，一邊帶著三個孩子和老父母繼續遠行。

後來，三個孩子都長大了，最大的那個男孩子侍奉吳家老夫婦回了青城縣養老。老二繼承了吳遠的事業，跟著吳遠一起繼續雲遊天下。老三大一些之後，吳遠給她在青城縣挑了個合適的人家發嫁，也能幫著孝順祖父母。

吳遠從來沒有停下自己義診的腳步，他一輩子走過了大魏朝的所有土地，見到過無數奇怪的病症，給數不清的大魏朝子民看過病。當然，也花費了巨資，最終成為大魏朝一代有名的杏林大師。

年老之後，吳遠再也走不動了，他把自己一輩子看病的經歷寫成書，免費給天下行醫之人學習，讓大家造福更多的普通百姓。

而京城裡的五公主，在吳遠離開後沒幾年，她就自己挑選了一位新科進士為駙馬。這位駙馬長相很好，為人忠厚，卻因八字硬，一直沒娶妻，快三十歲終於中了進士。聽說安寧長公主要招自己為駙馬，他連連搖頭，說生怕剋了公主。可五公主卻不容他拒絕，直說本公主是天家公主，你八字再硬，也壓不過本公主。

果然，成親後，安寧長公主和駙馬的日子一直平安順遂，還育有兩個孩子。

京城裡早前有傳聞，安寧長公主曾經喜歡過一個年輕太醫，太醫為了救長公主差點丟了命，但二人不知為何並未走到一起。

駙馬也聽說過這位吳太醫的事跡，他來自民間，知道老百姓看不起病的苦楚，若是天下能多幾個這樣的活菩薩，百姓們也不至於為了幾棵藥草而丟了命。至於那些傳聞，駙馬每次聽到後都是一笑而過。

五公主曾經資助過吳遠幾次，成親後，她見吳遠有了自己的籌款渠道，便斷了對吳遠的資助，轉頭開始經營自己的事業。

五公主不參與朝政，她把自己封地上的收成和皇帝給的賞賜全部拿去救助百姓。大魏朝疆域遼闊，不是這裡發大水，就是那裡鬧了蝗災，五公主每年都在京城籌款，然後帶著駙馬和孩子們一起去災區賑災。

五公主的日子很清貧，她所有的錢財都拿來救助百姓，為皇家掙來了無數美名，後輩公主們紛紛仿效，成了大魏朝皇室的一大特色。

等到年老之時，五公主卸下重任，帶著駙馬在公主府裡過著簡樸的日子。五公主每日裡種菜、養花，偶爾在公主府裡的湖中釣一尾魚，親自下廚做給駙馬和孩子們吃。

五公主做祖母那一年，太醫院又考進來一個年輕的吳太醫，據說是當年那位吳太醫的養子。小吳太醫和他養父一樣，年紀輕輕卻醫術極好，來太醫院也是為了鍍層金，很快又會去雲遊天下。

五公主生病時，小吳太醫來給她看病。看著小吳太醫的行事作風，五公主忽然想起曾經那個默默幫助過自己的吳太醫，臉上忍不住帶起笑。

原來我年輕時鍾情過他啊，真是有意思！

番外四

清晨，京城的天剛剛泛起一點魚肚白，衛景明就想起床。

今日他請假了。無他，因為顧綿綿過三十歲生辰。

他剛剛動了一下手腳，顧綿綿就察覺到了。「還早呢，起來做啥？」

衛景明把顧綿綿的頭髮捋到一邊。「我起來練武，妳要不要起來？」

顧綿綿半睜開一隻眼睛。「還練什麼，衛大人天下無敵，再練下去，你要上天不成？今日你好不容易休沐，多睡一會兒吧。」

衛景明在她臉上吧唧親一口。「聽妳的，那就多睡一會兒。」

這回籠覺一睡就睡到了日上三竿，兩個孩子都去上學了，他們還沒起來。末郎兄妹倆早就習慣了，吃過飯之後各自去學堂。

等太陽掛得老高，顧綿綿懶洋洋地在被窩裡踢了衛景明一腳。「起來啦。」

衛景明笑道：「娘子不再多睡一會兒？」

顧綿綿坐起身埋怨。「再睡晚上就要睡不著，都怪你，好好的非要大半夜拉人家起來看星星。」

衛景明也跟著坐了起來。「難道不好看嗎？下次咱倆再飛高一點，說不定能給妳摘兩顆星星下來。」

顧綿綿呸一聲。「別吹牛了，快起來！」

兩口子一起穿好了衣裳，衛景明出去叫了熱水，親自幫顧綿綿漱洗。

「今日郡主生辰，我來替郡主梳妝。」

說罷，他兩隻巧手立刻在顧綿綿頭上搗鼓起來，很快就幫顧綿綿梳了一個仙氣飄飄的仙女髻。又從旁邊的梳妝匣子裡拿出一些首飾，幫她戴好。

顧綿綿對著鏡子看了看。「怎麼梳這個髮髻？我又不是十八歲。」

衛景明諂媚道：「娘子比所有十八歲的姑娘都好看。」

顧綿綿笑道：「那行吧，就這個了。」

她見衛景明穿著舊衣裳，親自去旁邊的屋子裡給他找了一身新外衫。「來，衛大人穿上這件衣裳，定能迷死人。」

兩口子互相吹捧著，顧綿綿幫衛景明梳好頭髮，戴上玉冠，三十多歲的人了，還是面白無鬚，說他二十歲也沒人懷疑。

兩口子你看看我、我看看你，然後一起笑成一團。

吃飯的時候，衛景明道：「娘子，等會兒咱們出去逛逛吧。」

顧綿綿點頭。「好啊，給師伯帶些好酒回來，給師父訂一批好木頭，他說要給孩子們做些東西。再買些好料子，我要給幾位長輩做幾件夏衫。」

衛景明給她挾一個蝦肉餃。「今日是娘子生辰，我要送娘子一件禮物。」

顧綿綿斜睨他一眼。「我都多大了，還要禮物嗎？」

衛景明把頭湊到她面前。「當然要，等娘子七老八十，過生辰也要收禮物。」

顧綿綿挾起一口吃的餵進他嘴裡。「衛大人整日嘴巴抹了蜜一樣，怪不得御史們總要參你。」

衛景明眉毛一挑。「讓他們參，本官不貪一個錢，御史能找出證據本官立刻就辭官。」

吃過了飯，衛景明親自去向兩個老頭子打過招呼，帶著顧綿綿一起出了門。

顧綿綿坐車，衛景明騎馬，走著走著，衛景明也鑽進了馬車。

顧綿綿正掀開車窗簾看外頭的人來人往，她忍不住道：「這幾日天氣真好，不冷不熱，風又暖又柔。」

衛景明在後面接話。「當年咱們訂親時，也是這樣的好天氣。」

顧綿綿輕笑。「下個月楊大人家的小兒子娶親，咱們送份厚禮去。」

衛景明撇嘴哼一聲。「別送厚禮，送厚禮到時候他還要囉嗦，就隨便送份薄禮，這才符合楊大清官的美名。」

顧綿綿嗔怪他。「怎麼你們兩個就跟冤家一樣？見了面就吵架。」

衛景明喊冤。「哪裡是我要跟他吵架？是他看不慣我。什麼三十歲的人了不留鬍鬚，像個佞臣；什麼穿得花裡胡哨，不像個統帥的樣子；又說我要多曬曬太陽，把自己曬黑一些。

呸！還不是看我跟他站一起時顯得他老。」

顧綿綿笑著放下車簾子。「楊大人就是那個性，你既然長得好看占了便宜，就老實些，莫要總是嘲笑人家楊大人老氣。」

衛景明咧嘴笑。「陛下整日沈悶，楊石頭也不說話，我要是再不說話，那這差事當得真是一點意思都沒有，還不如回青城縣當個衙役。」

兩口子說笑的工夫，走到了京城最大的銀樓前面，衛景明忽然叫停車。

顧綿綿看向他。「你要去銀樓？」

衛景明拉著她下車。「那是自然，我給娘子做了件好東西。」

顧綿綿也來了興致，二人一起進了銀樓。

掌櫃的一見到衛景明，立刻迎了上來。「衛大人好，郡主好，今日難得，二人貴人一起來小店，小店蓬蓽生輝。」

衛景明笑罵。「休要囉嗦，本官讓你做的東西做好了沒？」

掌櫃的陪笑道：「大人放心，前日就做好了，就等著您來呢。」

旁邊夥計立刻端出了一個托盤，掌櫃的揭開上面的一塊紅布，只見一條細細的金鏈子連著一顆碩大的紅寶石，靜靜地躺在紅色的絨布上。

顧綿綿眼睛一亮。「好大的一顆寶石。」

衛景明把那條眉心墜取了出來，仔細看了看。

只見金鏈子上的每個細小的環都做得十分精緻，把整個首飾擺開，中間那顆寶石非常亮眼，寶石裡面一點雜色都沒有，透明乾淨，被打磨出很多光面，每個光面都閃耀著紅色的光芒。金鏈子上還掛了一些小綴物，用來襯托寶石。

顧綿綿略微向前傾身。「這寶石真好看！」

衛景明笑著幫顧綿綿戴上眉心墜。「娘子戴了才好看。」

旁邊掌櫃的連聲誇讚。「這眉心墜是為郡主量身打造的，金鏈子要多長，寶石往下墜多高，還有旁邊飾物的品類和多寡，都是衛大人一樣樣說清楚後，小店照做的。這種寶石很少見，郡主這一戴上，小老兒詞窮，只能說得出一句寶馬配英雄！」

衛景明笑罵他。「快住嘴，我家娘子是仙女，可不是什麼英雄。」

掌櫃的立刻笑著打哈哈。

顧綿綿也十分喜歡這眉心墜，用手摸了摸，高興道：「多謝官人。」

衛景明又看向掌櫃的。「掌櫃的費心了。」

掌櫃的立刻用一堆好話送走了二人。

等上了馬車，顧綿綿笑問：「敢問衛大人哪裡來的這寶石？莫不是貪污？」

衛景明抬起下巴。「陛下問我要什麼賞賜時，我說要一顆大寶石。」

顧綿綿心裡有些感動。尋常男人要賞賜，不是要官就是要錢財美人，誰會給自家婆娘要首飾的？

衛景明摸了摸顧綿綿眉心的寶石。「娘子戴著真好看。」

衛景明並不怕人家笑話，官做到他這個位置，他也不稀罕再繼續往上爬，不如老老實實當差，有時間就回來陪家人。

顧綿綿順勢依偎在衛景明懷裡。「咱們去綢緞莊看看。」

衛景明自然允諾。「給娘子添些夏日的料子。」

顧綿綿想了想。「前幾日娘給了我許多料子，夠我穿了，咱們給家裡老老小小買一些吧，等天熱後都要換上薄一些的料子。嘉言說女學裡近來攀比之風盛行，明兒我去請皇后娘娘殺一殺這股歪風邪氣。末郎的鞋子總是壞，我得想辦法給他找一些結實的布。」

衛景明最喜歡聽她說這些家長裡短，把她往懷裡摟緊一些。「好，娘子說去哪裡就去哪裡。」

這一整天，兩口子去了銀樓、去綢緞莊，又去酒肆買酒，還去了茶樓吃茶，中間還找了一家大酒樓吃了頓外頭的酒席，最後在戲園子裡聽了個把時辰的戲。顧綿綿覺得人家唱得好，還給了一些賞賜。

聽戲結束後，顧綿綿覺得高興極了，回來的路上拉著衛景明的手上了車。「今日真是玩得痛快！」

衛景明手裡還拿著剛出爐的點心，他往顧綿綿嘴裡餵一塊，自己吃一塊。

「這官當得忒沒意思，耽誤我吃喝玩樂。再過幾年末郎長大一些，我就辭官，咱們想去哪裡玩就去哪裡玩。」

顧綿綿笑罵他。「整日就想著辭官，白白浪費陛下對你的栽培。」

衛景明從車箱底下拿出熱茶，二人一人吃一口茶後，他放下茶盞道：「誰家也不能興旺萬萬年，我要是占著這個位置一百年，除了招後來皇帝討厭，讓子孫沒出息之外，也沒別的好處。孩子們的前程還要他自己去闖，我把能教的教給他們，多的事咱們就別管了。」

兩口子到家的時候天都黑了，嘉言這幾年跟著郭鬼影學得五識特別靈敏，父母還沒進大門她就聽見了，風風火火跑了出來。「爹，娘，你們去哪裡了？」

顧綿綿拉著女兒的小手。「要入夏了，我跟妳爹去買了好多料子，給妳做好看的衣裳穿。」

嘉言扯著她娘的袖子撒嬌。「我給娘準備了生辰禮物，結果娘現在才回來。」

顧綿綿笑問：「什麼禮物呀？」

嘉言抿嘴笑。「娘進屋就知道了。」

到了屋裡，入眼就是一只豪華的匣子，顧綿綿打開一看，裡面密密麻麻都是針。

嘉言一樣樣拿出來給顧綿綿看。「娘，這都是我自己磨出來的，一共一百二十四根針，有金的、銀的、銅的、鐵的，還這有帶針鼻子的，那有不帶針鼻子的，給您平日玩。」

顧綿綿摸了摸那些針，每一根針打磨得都很光滑，看得出來，費了不少的心思，若不是嘉言整日跟著郭鬼影學功夫，怕是做不出來這麼好的針。

顧綿綿收起盒子，摸了摸女兒頭上的小髮髻。「娘很喜歡，妳費心了。」

嘉言瞇起眼睛笑。「娘今日真好看，說出去都沒人相信娘三十歲了。」

顧綿綿拉女兒坐下。「今兒晚上娘準備了宴席，咱們一起吃飯吧。」

嘉言眼睛一亮。「有酒嗎？」

衛景明笑道：「娘子，可不得了，師伯養出了一個小酒鬼。」

顧綿綿摟住女兒。「胡說，我們嘉言知道分寸，又不是天天吃酒，今日娘過三十歲生辰，允許妳吃酒。妳爹今日買了好酒，等會兒先給妳大爺爺送一罈子去，剩下的咱們晚上吃。」

嘉言高興地道好，母女繼續嘰嘰喳喳說著，只見末郎扛著一個又長又大的東西過來了。那東西外頭用一塊紅綢布包裹著，也看不清是什麼。

嘉言笑道：「娘，大哥給您送禮物來了。」

末郎輕輕鬆鬆把那東西放下，先對著顧綿綿拱手。「兒子祝娘芳華永駐、福壽安康。」

顧綿綿看著那東西道：「多謝我兒，快讓娘看看，你做了什麼好東西。」

末郎笑著把紅布揭開，裡面赫然是一尊木雕像，雕的不是別人，正是顧綿綿。木雕人雕刻得十分逼真，頭髮、眉眼、衣衫上的褶皺都雕刻得唯妙唯肖，只見木雕人雙目含笑，眼睛看著前方，眼神柔和，彷彿在看世界上最珍貴的寶物。

顧綿綿忍不住起身站在木雕人旁邊，那木雕人居然和她一般高。

衛景明讚嘆。「這手藝，到街頭一站，那些大師傅都要沒飯吃。」

顧綿綿摸摸這裡、又摸摸那裡。「像！真像，末郎辛苦了，娘很喜歡。」

衛景明撫掌。「娘子，師父和師伯幫咱們養了兩個好孩子。」

顧綿綿笑道：「可不是？往後咱們得多孝敬兩位長輩。」

這幾年間，郭鬼影整日帶著活潑的嘉言學輕功、做武器，鬼手李帶著稍微沈穩一點的末郎學五行八卦、做手工活，再加上父母教授，兄妹倆越發多才多藝，隨便給個材料，都能做出很新奇的東西。

此次顧綿綿過三十歲生辰，兄妹倆私底下合計好，一個做雕像，一個做全套的針，兩樣東西都送到顧綿綿心坎裡去了。

衛景明笑道：「娘子，把這雕像放到咱們房裡吧，那針妳隨身帶著用。」

顧綿綿立刻讓人把雕像抬到自己屋裡，又把那一盒子針放在梳妝檯上，忙完之後立刻命人擺宴席。

還沒開席呢，外頭忽然傳來聲音，原來清暉園太皇太后和顧季昌等人先後送了東西過來。

三十歲是個重要的生辰，太皇太后就這一個女兒，早早就準備好了，吃的、穿的、用的拉了一車過來，其中一套珍貴的首飾是她拆了自己許多舊首飾上的珠寶，重新打造成新首飾給女兒戴。顧季昌知道女兒什麼都不缺，自己瘸著腿，給女兒做了一把普通的椅子。

顧綿綿看著滿屋子的禮物，忽然眼眶有些泛紅。「官人，今日我真高興。」

衛景明也不避諱孩子們在，輕輕幫她擦了擦眼淚。「娘子，咱們開席吧！」

顧綿綿笑著點頭。「好，就在亭子裡擺宴。」

翠蘭帶著人把亭子周圍都掛上了紅燈籠，酒菜一樣樣端了上來，天上半輪明月高懸，四月的夜晚，微風起，卻一點感覺不到涼。

一家子坐下之後，衛景明向顧綿綿敬酒。「娘子，我願妳一百歲時，咱們還能在一起吃酒。」

顧綿綿一飲而盡。「官人放心，我定能活到一百歲。」

兩個孩子也起身祝賀，不光敬酒，還一起獻藝，末郎舞劍，嘉言吹簫。

一家四口吃酒作樂，好不快活。

衛景明五十歲的時候，辭去了所有的官職，帶著顧綿綿和兩個老頭子到京郊一個農家小院裡生活。夫妻倆自己耕作，還時常去清暉園和薛家看望父母，日子過得十分逍遙自在。

等送走了家中四個老人，夫妻倆已七十多歲。旁人都覺得衛家夫婦終於可以清閒養老了，但誰知二人給兒女留下一封書信，居然就悄悄離開了京城。

衛景明帶著顧綿綿一起在城郊飛行，他笑著對顧綿綿道：「娘子，往後咱們就四海為家啦！」

顧綿綿看著他的頭髮，忍不住笑道：「官人往後再也不用染白頭髮啦！」

衛景明大笑。「可不是？整日染頭髮，真是煩人。等咱們出了京城，咱們把頭髮洗乾淨，就說娘子二十歲，我二十一歲。」

顧綿綿不禁笑罵。「好不要臉！」

衛景明在她臉上狠狠親一口。「我有娘子就夠了，要臉做什麼？」

傳說玄清門第三代掌門活了近兩百歲，從他七十歲開始，再也沒有人見過他和夫人嘉和郡主的真實模樣。連他們的兒女後輩，說起他們來也是不知仙蹤。

後來，衛家後人去青城縣，無意中發現青城山頂有一座墳墓，上面寫著「夫衛景明之墓，妻顧綿綿之墓」。

後人大喜，兩位老祖宗當年消失後，家裡人再也沒找到他們，沒想到他們回歸了故土。可衛家後人來遷墳時，卻發現墓裡面居然是空的，衛家後人十分遺憾。

再後來，大魏朝又有了新傳說，說衛家兩位老祖宗大概和玄清子大師一樣，早已成仙得道離開凡塵了。

——全書完

2021年11月出版

小富婆養成記

文創風 1012～1013

她生平無大志，唯有一個小小的願望——當個小富婆！
正所謂靠山山倒，這天底下最可靠的朋友，就只有孔方兄啊！
不過她不貪，賺的錢夠她一家滋潤地過日子就好，
那種成天忙得團團轉的富豪生活她可不想要，麻煩死了～～

一人巧做幾人羹，五味調得百味香／明月祭酒

她實在不明白，怎麼一覺醒來，就從飯店主廚變成窮得要命的村姑蘇秋？
這個家真是窮得不剩啥耶，爹娘亡故，只留下四個孩子，偏不巧她是最大的那個！
自己一個單身未婚的女子，突然間有三個幼齡弟妹要養，分明是天要亡她吧？
何況她沒錢，她沒錢啊！可既然占了人家長姊的身體，她自然要扛起教養責任，
而且，這三個小傢伙可愛死了，軟萌地喊幾聲「大姊」，她就毫無招架之力了，
養吧養吧，反正一張嘴是吃，四張嘴也是吃，她別的不行，吃這事還難得倒她？
……唉，還真是難！巧婦難為無米之炊，家裡窮得端不出好料投餵他們啊！
幸虧鄰居劉嬸夫婦是爹娘生前的好友，二話不說出錢出力解了她的燃眉之急，
擁有一手好廚藝的她靠著這點錢，賣起獨一無二的美味鳳梨糕，
幸運地，一位京城來的官家少爺就愛這一味，還重金聘她下廚燒菜好填飽胃，
沒想到這貴人不僅喜歡她煮的菜，還喜歡她，竟說想納她為妾，讓她吃香喝辣，
可是怎麼辦，她喜歡的是沈默寡言又老愛默默幫忙她的帥鄰居莊青啊，
雖然他只是個獵戶，但架不住她愛呀！況且，論吃香喝辣的本事，誰能比她強？

文創風 1031

綿裡繡花針 4 完

國家圖書館出版品預行編目資料

綿裡繡花針 / 秋水痕著. --
初版. -- 臺北市 : 狗屋出版社有限公司, 2022.01
冊 ; 公分. --（文創風 ; 1028-1031）
ISBN 978-986-509-289-4（第4冊 : 平裝）. --

857.7　　110020241

著作者	秋水痕
編輯	林俐君
校對	沈毓萍
發行所	狗屋出版社有限公司
地址	台北市104中山區龍江路71巷15號1樓
電話	02-2776-5889～0
發行字號	局版台業字845號
法律顧問	蕭雄淋律師
總經銷	知遠文化事業有限公司
電話	02-2664-8800
初版	2022年1月
國際書碼	ISBN-13　978-986-509-289-4

本著作物由北京晉江原創網絡科技有限公司授權出版

定價260元

狗屋劃撥帳號：19001626

網址：love.doghouse.com.tw　E-mail：love@doghouse.com.tw